Für Alex



periplaneta

Birgit Bestvater: „Betula Krummnagel und das Wurmloch des Herrn von Gras"
1. Auflage, Oktober 2017, Periplaneta Berlin, Edition Drachenfliege


Inh. Marion Alexa Müller, Bornholmer Str. 81a, 10439 Berlin
www.periplaneta.com



Lektorat: Sarah Strehle (www.lektorat-strehle.de)
Schlusskorrektur: Vanessa Franke
Cover & Illustrationen: Katrina Lange (www.katrinalange.de)
Satz & Layout: Thomas Manegold

Gedruckt und gebunden in Deutschland
Gedruckt auf FSC- und PEFC-zertifiziertem Werkdruckpapier

print ISBN: 978-3-95996-065-6
epub ISBN: 978-3-95996-066-3

Birgit Bestvater

# Betula Krummnagel

## und das Wurmloch des Herrn von Gras

periplaneta

# Erstes Kapitel

## In dem Betula wie andere Kinder ihre Ferien in einem Ferienlager verbringen soll

Betula war gerade dabei, ihren Rucksack für den Flohmarkt zu packen. So wie jeden Sonntag wollte sie gleich nach dem Essen dahin. Erst schepperte es. Dann ertönte ein spitzer Schrei. Betula eilte aus ihrem Zimmer in die Küche, um zu schauen, was passiert war. Ihre Mutter stand an der Spüle, das Gesicht vor Schmerz verzerrt, und hielt eine Hand unter das laufende Wasser.

„Diese dämlichen Topflappen", jammerte sie. Betulas Mutter hatte sich zum wiederholten Male die Finger an den Kochtopfhenkeln verbrannt und wie immer, wenn das passierte, waren die Kartoffeln im Ausguss gelandet.

„Wozu hat Frau Zwirnfitz diese verflixten Löcher in die Topflappen gehäkelt?" Betulas Mutter schimpfte verdrossen und die Holzlockenwickler auf ihrem Kopf klapperten, als wollten sie ihr zustimmen.

Betula nahm flugs eine Schüssel aus dem Schrank und sammelte die Kartoffeln aus dem Spülbecken. Dann hob sie die quietschgrünen Topflappen vom Boden auf und betrachtete grinsend das Häkelmuster, welches hauptsächlich aus erbsengroßen Löchern bestand. „Frau Zwirnfitz sagt, Topflappen sind sehr dekorativ", sagte sie und hielt sich mit vornehm gespreizten Fingern die Topflappen an ihre Ohren. „Genau genommen sind das gar keine Topflappen, sondern ganz entzückende Ohrlappen. Schau doch mal!" Betula hoffte, mit diesem Spaß ihre Mutter zum Lachen zu bringen. Doch das schien mit den Kartoffeln in die Spüle gefallen zu sein.

Betula senkte betrübt die Hände. „Ich werde Frau Zwirnfitz bitten, ein anderes Muster zu häkeln. Eines ohne

Löcher." Sie hängte die Topflappen zurück an den Haken. „Wann fahre ich denn nun nach Hintermühlen?", fragte sie ihre Mutter. Vor zwei Tagen hatten die Sommerferien begonnen und seitdem drückte sich ihre Mutter vor einer Antwort.

Die Mutter gab ihr auch dieses Mal keine Antwort und hielt ihr stattdessen zwei Schüsseln hin. Eine mit Bohnen und eine mit Kartoffeln. „Kannst du die auf den Tisch stellen?"

Betulas Vater betrat im Schlafanzug die Küche. Er hatte kleine müde Augen von der Nachtschicht.

Betula stellte die Schüsseln auf den Tisch und setzte sich zu ihm. „Du bist ganz schwarz im Gesicht", sagte sie und strahlte ihn an. Ihr Vater arbeitete in der Kokerei des Gaswerkes am Koksofen. Der Ruß der letzten Nacht klebte noch tief in den Poren seiner Wangen. Sie hatte ihn die ganze Woche nicht gesehen und nach einer Nachtschicht war er nie sehr gesprächig.

Die Mutter marschierte mit einer Pfanne brutzelnder Spiegeleier zum Tisch. Sie hatte winzige Schweißperlen auf der Oberlippe. Geräuschvoll stellte sie die Pfanne ab. Der Vater zuckte zusammen.

„Sie hat sich wieder die Finger verbrannt", flüsterte Betula ihm zu und angelte sich eine zerkochte Bohne aus der Schüssel.

Der Vater nickte, als wollte er sagen: *Na, das hab ich mir gedacht.* Er griff nach dem Pfannenwender und fuhrwerkte an den Spiegeleiern herum.

Betulas Mutter setzte sich nun ebenfalls an den Tisch und sah sie mit einem Wir-müssen-mit-dir-reden-Blick an. Sie fuhr sich mit dem Handrücken über die Oberlippe und dann kam es: „Was würdest du dazu sagen, wenn du in diesem Jahr in ein Ferienlager fährst?"

Betula glitt die Bohne aus den Fingern. „Ich soll in ein Ferienlager?", rief sie entsetzt.

„Du wirst an die Ostsee fahren und es werden viele Kinder

dort sein“, sagte ihre Mutter und fing an, Kartoffeln auf die Teller zu verteilen.

Betula sprang so abrupt vom Stuhl auf, dass ihre Mutter vor Schreck zusammenzuckte. Sie war immer aufs Neue überrascht, wie sehr ihre Tochter in den letzten Wochen gewachsen war.

„Wo alle in drei Minuten eine beste Freundin haben werden, nur ich nicht!“, entgegnete Betula und spürte die Tränen hinter den Augenlidern brennen.

„Es wird dir sicher gefallen“, sagte ihr Vater ruhig.

Betula starrte ihre Eltern an, die es offenbar ernst meinten.

Sie schluckte. „Wie lange geht denn so ein Ferienlager?“

„Drei Wochen!“, antwortete ihr Vater.

„Siebzehn Tage“, korrigierte ihre Mutter.

„Siebzehn Tage? Das heißt, ich werde siebzehn Tage weniger bei Martha und Großvater sein?“

Die Eltern nickten.

„Nein!“, rief Betula, stürzte aus der Küche und rannte in ihr Zimmer. Schluchzend warf sie sich aufs Bett. Warum wollten ihre Eltern nur, dass sie in so ein doofes Ferienlager fuhr? Sie wussten genau, wie sehr sie sich auf Großvater und Martha freute und die Tränen rannen nun wie Bäche über ihr Gesicht. ‚Ja, mit Zehnjährigen kann man das machen‘, dachte sie verzweifelt. Als sie die Stimmen ihrer Eltern durch die dünne Betonwand hörte, setzte sie sich auf und lauschte.

„Das mit dem Ferienlager war wohl keine so gute Idee, Conni.“

„Vielleicht muss sie sich erst einmal an den Gedanken gewöhnen. Wir sollten nicht gleich nachgeben.“

Sie schwiegen kurz und dann hörte Betula ihre Mutter sagen: „Sie geht jetzt sicher wieder zu diesem Flohmarkt, Peter. Sie hat noch nie etwas verkauft. Sie trägt diesen alten Krempel seit Monaten nur hin und her und behauptet, es wären kostbare Geschenke von Großvater und Martha.“ Ihre Mutter schraubte die Stimme nach oben. „Ein kaputter Wecker? Eine Zigarrenschachtel? Eine Flasche Holzwurmtod?“

Der Vater lachte.

Jetzt sprach sie wieder leise weiter. „Sie wird bald elf, Peter. Elfjährige tun so etwas nicht. Sie treffen sich mit Freunden, gehen ins Schwimmbad oder ins Kino. Und darum ist ein Ferienlager mit anderen Kindern genau das Richtige für sie.“

Betula nahm ihren Rucksack und schlich sich leise aus ihrem Zimmer und zur Wohnungstür. Obwohl es nicht das erste Mal war, dass sie ihre Mutter so reden hörte, versetzte es ihr einen Stich. Traurig legte sie die Hand auf die Klinke.

„Aber Conni“, entgegnete der Vater beschwichtigend. „Was ist schon dabei? Sie geht eben gern auf den Flohmarkt. Und sie freut sich die ganze Woche darauf.“

Betula seufzte und nickte.

„Ich gehe jetzt!“, rief sie und schloss flugs die Tür hinter sich.

Betula lebte mit ihren Eltern in einem Wohnviertel am Ende der Straßenbahnschienen. Alles war hier neu. Die Hochhäuser, die Spielplätze, die Fußwege, ja sogar die Mülleimer. Vor ihrem Haus verlief ein langer Graben mit schwarzen dicken Kabeln. Ein breites Eichenbrett, dick genug um einen Elefanten zu tragen, lag darüber. Als Betula heute den Graben überquerte, war ihr, als würde es sich unter der Last ihres Herzens biegen. Um die Straßenbahn zu erreichen, hätte sie nicht den Hügel aus aufgeschüttetem Bausand hinaufsteigen müssen. Sie tat es dennoch.

Oben angekommen blieb sie stehen, drehte sich um und ihr Blick kletterte das graue Haus mit seinen hunderten von Fenstern hinauf. ‚Ein riesiger Betonklotz mit viereckigen Schlupflöchern‘, dachte Betula. Sie musste an Sir William, den kleinen schlauen Holzwurm, und an seine nimmersatte Verwandtschaft denken, die sie in den letzten Sommerferien in Marthas Sekretär entdeckt hatte. Und obwohl sie hier schon oft gestanden hatte, war ihr diese Ähnlichkeit noch nie aufgefallen.

Sie zählte die Fenster und stellte sich vor, es wären lauter Bohrlöcher, die von Betonwürmern hineingenagt worden waren. Vierzehntes Loch von rechts und achtzehntes Loch von unten. Das waren die Koordinaten von Sir Williams Schlupfloch in Marthas altem Sekretär gewesen. In dem Haus befand sich an dieser Stelle ein Fenster mit einer rosa Spitzengardine. Betula schmunzelte.

‚Nein, ein Schlupfloch mit rosa Spitzengardine würde Sir William nicht gefallen', dachte Betula. ‚Aber ganz sicher der Baronesse. Das heißt, wenn das Fenster nicht so schmutzig wäre. Pfui, würde die Baronesse rufen, wenn sie den Taubendreck am Glas sehen könnte, weil sie es doch so gern sauber hat, in ihrem Schlupfloch.'

Betula zählte abermals. Zehntes Loch von links und sechstes Loch von unten. Dort wohnte Bettina. Sie war Betulas Freundin und die Einzige, die sie nicht wegen ihrer Größe hänselte und eine Bohnenstange nannte. Nach der Schule trafen sie sich immer hinter der Hauswand. Mit Stöcken zogen sie Striche in den grauen Sand, wo die Bühne sein sollte für ihr Theaterstück, in dem sie beide die Hauptdarsteller waren.

Es quietschte. Die Straßenbahn fuhr in die Wendeschleife! Betula rannte den Hügel hinunter und dann im Zickzack um die frisch angepflanzten Eichen, die kaum dicker waren als Rhabarberstängel.

Völlig außer Atem ließ sie sich auf einen der braunen Kunstledersitze fallen. Den Rucksack hielt sie auf ihrem Schoß mit den Armen fest umschlungen.

Nach fünf Stationen stieg Betula aus.

# Zweites Kapitel

## In dem Betula auf dem Flohmarkt unerwarteten Besuch bekommt

Schon von weitem konnte sie den Flohmarkt am Menschengewimmel und den Holzbuden erkennen. Er lag am Rande des Stadtparks. Als sie näher kam, wurde sie zuerst vom alten Schrott-Benni begrüßt. Der hatte wieder vom Auspuff bis zur Badewanne seinen ganzen gesammelten Schrott mitgebracht und unter dem Kastanienbaum abgeladen. Sie sah Lumpen-Trude, die zehn Koffer voller Kleider bei einer Versteigerung im Fundbüro für einen Apfel und ein Ei ergattert hatte. Fischbrötchen war auch wieder da. Sie verkaufte frische Brötchen mit sauren Heringen, wenn die Marktbesucher der Hunger überkam. Und es fehlte auch Karton-Ede nicht, der damit prahlte, dass er seine Kartons bis zum Himmel stapeln konnte.

„Hallo, Betula“, begrüßte einer nach dem anderen sie.

Betulas Traurigkeit verzog sich wie eine dunkle Wolke. „Hallo“, rief sie fröhlich zurück.

„Die ersten Käufer warten schon auf dich, du Glückspilz“, verkündete Lumpen-Trude.

„Den Stuhl bringe ich dir, sobald es in deiner Geldbüchse klimpert!“, versprach der alte Schrott-Benni.

Schnurstracks ging Betula zu ihrem angestammten Platz. Eine alte, hohle Eiche. Dort hatten sich bereits ein paar Kinder versammelt. „Da bist du ja endlich“, riefen sie und wie jeden Sonntag verfolgten sie gespannt Betulas Handgriffe. Zuallererst breitete sie die moosgrüne Decke aus und platzierte darauf folgende Gegenstände: drei Postkarten, einen ziemlich ramponierten Wecker, eine braune Flasche mit Holzwurmtod, eine Zigarrenkiste mit zehn Glasfläschchen und eine Lupe. Des Weiteren zauberte sie ein kornblumenblaues Häkelgarnknäuel, eine Häkelnadel und eine leere Blechdose aus ihrem Rucksack. Sie betrachtete dabei jeden einzelnen Gegenstand, als wäre er Teil eines Pharaonenschatzes, und die Kinder bestaunten alles mit großen Augen. Vor jedes dieser Dinge stellte sie eine kleine Pappkarte mit der Aufschrift *Unverkäuflich*. Nur die Blechdose bekam ein Schild, auf das ein Pfeil gemalt war und vier schwarze Buchstaben, alles großgeschrieben: *GELD*. Dann nahm Betula in der hohlen Eiche Platz.

„Du hast den goldenen Schlüssel vergessen!“, rief ein kleines Mädchen mit roten Zöpfen.

Betula schlug sich mit der Hand gegen die Stirn. „Stimmt.“ Sie kramte in ihrem Rucksack und zog ihn heraus.

„Der muss zwischen die dritte Postkarte und den Wecker“, diktierte ein Junge mit struppigen, strohgelben Haaren und rückte seine Brille gerade.

Betula hauchte den Schlüssel an, polierte ihn an ihrem Rock, bis er glänzte, und legte ihn an seinen Platz. Jetzt war alles bereit. Es fehlte nur noch ein Käufer.

Alle schauten nun auf einen Jungen, dem eine Tabakpfeife lässig im Mundwinkel klemmte. Der war nämlich neu in der Runde. Prompt fing er laut zu lachen an. „Du bist vielleicht komisch“, rief er prustend, wobei er mit einer Hand seine Pfeife festhielt. „Wofür willst du denn Geld? Deine Sachen sind doch unverkäuflich. Warst du noch nie auf einem Flohmarkt?“

Betula kniff listig die Augen zusammen. „Ich verkaufe eine Geschichte.“

„Pah“, machte der Junge. „Eine Geschichte! Und wozu brauchst du da den ganzen Krempel?“ Er zeigte mit seiner Pfeife auf Betulas Sachen.

Das Mädchen mit den roten Zöpfen rammte ihm den Ellenbogen in die Seite. „Mann! Für einen Detektiv bist du aber ziemlich blöd!“, rief es. „Das ist kein Krempel, sondern das sind Gegenstände, die eine wichtige Rolle in der Geschichte spielen.“

„Na, wenn Pippi Langstrumpf das sagt“, erwiderte der Junge und grinste hämisch.

„Haha“, machte das Mädchen. „Der Witz ist alt. Aber wenn du wissen willst, was es mit dem Wecker auf sich hat oder der Lupe oder der Flasche Holzwurmtod, musst du in diese Blechdose dort ein paar Münzen werfen.“

Der Junge kramte in seiner Hosentasche nach Geld, doch dann zögerte er. „Warum wirfst du nicht *dein* Geld in die Dose? Ich will mir von meinem lieber ein Schokoladeneis kaufen.“

„Weil ich das letzte Mal bezahlt habe“, erwiderte das Mädchen.

„Und ich das vorletzte Mal“, rief der strohblonde Junge mit der Brille.

Der Junge kaute unschlüssig auf seiner Pfeife herum. „Aber wenn ich da mein kostbares Geld hineinwerfe, kriege ich doch wenigstens eine eigene Geschichte?“

„Mann, du bist echt schwer von Begriff!“, sagte nun wieder

das Mädchen. „Du bist auf einem Flohmarkt. Hier gibt es keine neuen Geschichten, nur alte, gebrauchte. Nun mach schon. Es lohnt sich."

Die Münzen klirrten endlich in der Blechdose. Das war für den alten Schrott-Benni das Signal, den gusseisernen Stuhl zu bringen. „Bitte schön, der Herr", sagte er zu dem Jungen mit der Pfeife. „Sie sind der Glückliche, der sich heute den Hintern auf dem harten Ding platt sitzen darf."

Der Junge nickte und nahm Platz.

Betula begann die Geschichte natürlich mit Marthas geheimnisvoller Postkarte an den Sargtischler Ferdinand Krummnagel, Betulas Großvater. Sie erzählte, wie aufgeregt die Postfrau an jenem Morgen über diese Postkarte gewesen war, weil sie geglaubt hatte, Martha sei seit vielen Jahren tot. „Martha ist Großvaters Schwester, wisst ihr", erzählte Betula. „Und niemals hat er von ihr gesprochen. Nur einen einzigen Satz. ‚Die hat der Teufel geholt!' Und darum haben alle geglaubt, sie sei tot. Ich schnappte mir also die Karte und konnte gerade noch rechtzeitig in Großvaters Wohnung verschwinden, bevor mir die Postfrau sie wieder aus der Hand reißen und damit zur Polizei gehen konnte." Betula erzählte von Großvaters Nachbarin Frau Zwirnfitz, die ihr verraten hatte, dass Martha sich in einem Altersheim versteckte. Sie habe sich sogleich auf den Weg gemacht, um ihre Großtante kennenzulernen.

„Ein spitzes Ding stach mir in den Rücken", sprach Betula mit schauriger Stimme. „Und als ich mich umdrehte, sah ich eine große, klapperdürre, alte Frau, die in einem Rollstuhl saß und mit ihrem Spazierstock herumfuchtelte. Sie war hässlich wie die Nacht. Ihr Kinn war so lang und spitz, dass sie mühelos drei Äpfel auf einmal hätte damit aufspießen können und aus ihren Augen sprühten rote Blitze." Dann gab Betula vor, sich zu fürchten und machte ein ängstliches Gesicht. „‚Ich will zu Frau Krummnagel', habe ich gesagt und vor Angst schlotterten mir die Knie. Zum Glück ließ mich die Alte in Ruhe und setzte ihren Rollstuhl wieder in Bewegung. Aber plötzlich blieb sie stehen und sagte ...“ Jetzt knetete Betula an ihrem Kinn herum und schaute so düster in die Runde, wie sie nur konnte.

„Frau Krummnagel bin *ich*!“, rief da jemand mit einer knarzigen Stimme und es war nicht Betulas. Erstaunt fuhren die Kinder herum. Da stand sie plötzlich. Die große, dürre, alte Frau mit dem spitzen Kinn, die doch eben noch in Betulas Geschichte vorkam. Vor Schreck machten die Kinder einen Satz nach vorn.

Auch Betula wollte ihren Augen nicht trauen. Es war tatsächlich ihre Großtante Martha. Das eisgraue Haar hatte sie wie immer zu einem straffen Dutt nach hinten gebunden. Sie trug eine blaue Pumphose und eine weiße Bluse. Über ihren Schultern hing ein zerknautschtes, zitronengelbes Sommerjackett, das eben noch bei Lumpen-Trude in der Kiste gelegen hatte. In der Hand hielt sie ein Fischbrötchen.

Betula sprang aus der Eiche hervor. „Großtante Martha! Du bist es! Du bist es! Du bist es wirklich!“ Sie klatschte vor Freude in die Hände. Dann schaute sie in die Runde zu den anderen Kindern. Oh, wie sie diese Gesichter genoss. Wie alle ihre Großtante anstarrten, mit heruntergeklappten Kiefern und weit aufgerissenen Augen. Ein Kind streckte Martha seinen Apfel entgegen.

Martha grinste. Doch statt den Apfel zu nehmen, biss sie in das Fischbrötchen, dass es nur so krachte.

Karton-Ede platzte in das allgemeine Staunen hinein. „Einhundert Kartons“, rief er lauthals. „Karton-Ede stapelt heute wieder seine Kartons bis zum Himmel. Wird er es schaffen oder nicht?“

Vor Martha blieb er stehen und schaute zu ihr hinauf, da sie ihn um zwei Köpfe überragte.

„Oha“, machte er, zog anerkennend seinen Hut, der ebenfalls ein Karton war, und verbeugte sich vor ihr. „*Sie* könnten mir dabei helfen. Sie haben eine ordentliche Länge, will ich meinen.“ Mit einem Auge zwinkernd hielt er Martha den Hut hin.

Martha starrte irritiert in den Kartonhut, dann zu dem Stapel Kartons, den er in einem Anhänger hinter sich herzog. „Das muss der Kartonfluch sein“, sagte sie und ließ vor Schreck ihr angebissenes Fischbrötchen in seinen Hut fallen.

Betula und die Kinder lachten laut los. Da griff Martha Betula am Arm. „Du musst sofort deine Sachen einpacken“, sagte sie. Das kam so unerwartet und ernst, dass alle erschraken. Sekundenschnell erstarb das Gelächter.

„Aber warum denn?“, fragte Betula verdattert. „Ich dachte, wo du schon mal da bist, könnten wir die Geschichte gemeinsam ...“ Noch ehe sie den Satz zu Ende gesprochen hatte, schüttelte Martha den Kopf.

„Wir müssen auf der Stelle los. Wir müssen nach Hintermühlen.“

Die Kinder um sie herum begannen aufgeregt zu tuscheln.

„Das geht nicht. Meine Eltern wollen, dass ich in ein Ferienlager fahre“, sagte Betula bedrückt.

„Ich weiß, ich weiß“, entgegnete Martha. „Deine Mutter hat es mir eben erzählt. Doch das Ferienlager muss ohne dich stattfinden.“ Sie zeigte mit einem Finger auf den kleinen braunen Koffer, der neben ihr stand.

„Das ist mein Koffer!“ Betula riss vor Staunen die Augen auf. „Das heißt, meine Eltern lassen mich mit dir fahren?“

Martha nickte. Betulas Herz klopfte aufgeregt vor Freude. Doch sofort machte sich in ihr auch das Gefühl breit, dass irgendetwas in Hintermühlen nicht stimmte. Martha war sicher nicht ohne Grund so plötzlich hier aufgetaucht.

„Bist du wegen Großvater gekommen?“, fragte sie. Martha antwortete mit einem ernsten Blick. Betula schluckte. „Was ist mit ihm?“, hauchte sie und knackste mit den Fingernägeln. Das tat sie noch immer, wenn sie nervös war.

Martha schauderte. „Das ist widerlich. Du solltest es dir doch abgewöhnen! Dein Fingernagelknacksen klingt wie –“

„Das verfluchte Nagen eines verfluchten Holzwurmes. Ich weiß", unterbrach Betula sie und versteckte die Hände hinter dem Rücken. „Ich hör ja schon auf. Nun sag doch endlich, was ist mit Großvater?"

Martha riss ihre kleinen Augen auf. Sie waren grau und trüb wie die Kieselsteine an der Spree. „Er hat wieder mit dem Tischlern angefangen", stieß sie hervor.

„Oh nein! Du meinst, er baut wieder Fenster?", rief Betula entsetzt.

Martha zog die Luft zischend ein. „Er baut Särge", sagte sie und es klang so unheilvoll wie nur sonst irgendetwas.

Betula kapierte nichts mehr. „Aber dann ist doch alles gut. Oder etwa nicht?"

Der Junge mit den strohblonden Haaren rief: „Hurra! Der Krummnagelfluch ist zurück und die Holzwürmer in Marthas Sekretär können wieder sprechen."

Das Mädchen mit den roten Zöpfen schlug sich an die Stirn. „Oh Mann! Den Sekretär gibt es doch gar nicht mehr. Aus dem hat der Großvater doch einen Sarg gebaut. Und solange der Großvater Särge baut, kann der Fluch nicht wiederkommen und solange sind die Holzwürmer auch stumm. Irgendetwas anderes muss passiert sein."

Martha nickte, beugte sich zu Betula und raunte ihr ins Ohr. „In der Stadt erzählt man sich, dass dein Großvater nachts im Altersheim herumschleicht und die Alten aus ihren Betten holt, um ihnen einen Sarg zu verkaufen."

„Was?", rief Betula erschrocken. Das klang so seltsam, dass sie es nicht glauben konnte.

„Dein Großvater streitet natürlich ab, jemals im Altersheim gewesen zu sein und behauptet, ein anderer müsse dort unter seinem Namen einen Streich spielen."

Das klang noch unglaubwürdiger.

„Doch das Schlimmste sind seine Särge." Martha schüttelte verzweifelt den Kopf. „Er hat am Sterbebett seines Vaters versprochen, Särge zu bauen. Särge! Särge! Nichts als Särge!

Dafür, dass dein Ururgroßvater Max Krummnagel vor einhundertundeinem Jahr den Sarg eines Vampirs zerstört hat. Doch die Särge, die dein Großvater baut, sehen wie scheußliche Kartoffelkisten aus. Er gibt sich einfach keine Mühe. Während er den Hammer schwingt und die Nägel ins Holz klopft, schaut er verträumt den Schwalben beim Nestbauen zu. Und wenn er sein erbärmliches Werk betrachtet, hat er dieses schelmische Grinsen im Gesicht. Der Vampir wird uns mit einem neuen, noch schrecklicheren Fluch strafen. Ich weiß es, Betula. Dieses Mal werden es keine kleinen, sprechenden Chol… Chol…“ Sie räusperte sich. „Holzwürmer sein, die du offenbar ganz niedlich findest.“ Martha zog eine Fratze, als würde sie etwas Übles riechen. „Jede Nacht schleicht sich der Vampir in meine Träume und färbt sie schwarz. Und jede Nacht werden sie ein bisschen schwärzer. Du musst mit Großvater reden“, beschwor sie Betula. „Auf mich hört er nicht.“

Betula schluckte. Martha glaubte offenbar mehr denn je, dass der Krummnagelfluch von einem Vampir stammte. Und wie ängstlich ihre Großtante jetzt aussah. Die Spitze ihres Kinns war so weiß, als hätte sie die eben in Milch getaucht. Obwohl Betula nicht an diesen Vampir glaubte, wusste sie, dass nichts und niemand einfach so durch Marthas Träume schlich, ohne dass es eine Bedeutung hatte.

„Wir müssen uns beeilen, Betula“, drängte Martha. „Der letzte Zug nach Hintermühlen fährt in einer Stunde.“

Der Junge mit der Pfeife hatte sich bis jetzt alles schweigend auf Schrott-Bennis Stuhl angehört. Doch als Betula nun eilig die Sachen von der Decke in ihren Rucksack steckte, rief er wütend: „Hey! Was soll das? Ich habe bezahlt. Ich will die Geschichte bis zum Ende hören!“

Betula streckte ihm das Geld hin, das er in die Büchse geworfen hatte. „Du kannst dein Geld wiederhaben.“

„Das Geld will ich aber nicht. Ich will die Geschichte. Sag deiner Oma, dass sie gefälligst warten soll.“

Betula schaute zu Martha. Die Augen ihrer Großtante verengten sich zu schmalen Schlitzen. Dann ging sie langsam auf den Jungen zu und beugte sich so tief zu ihm hinunter, dass sich ihre Nasenspitzen beinahe berührten. „Mit meinem Kinn kann ich nicht nur Äpfel aufspießen", knurrte sie ihn an.

Der Junge lachte unsicher. Dann sprang er vom Stuhl, schnappte sich das Geld und rannte, so schnell er konnte, davon. Betula sah, wie er sich hinter Schrott-Bennis Badewanne versteckte und über den Rand linste.

„In echt sind Sie noch viel grusliger", flüsterte das Mädchen mit den roten Zöpfen und starrte verzückt auf Marthas Kinn.

„Ach was", sagte Martha und strich sich mit vergnügtem Grinsen eine eisgraue Haarsträhne aus dem Gesicht.

„Ja. Sie sind wirklich cool", bestätigte der Junge mit den strohblonden Haaren und schob seine Brille ein Stück zu weit auf die Nase.

Als Betula eine Stunde später neben ihrer Großtante im Zug nach Hintermühlen saß, spürte sie, dass sie geradewegs in ein ungewöhnliches Abenteuer fuhren, und sie nahm sich fest vor, egal wie aufregend es werden würde, auf keinen Fall mit ihren Fingernägeln zu knacksen.

# Drittes Kapitel

## In dem von Farbklecksen, alten Sargskizzen und Zwiebelsud die Rede ist

Martha und Betula kamen am späten Nachmittag in Hintermühlen an. Anders als sonst hatte niemand ungeduldig am Bahnhof gewartet und auch im Haus duftete es nicht wie gewohnt nach süßer Kirschsuppe. Stattdessen war es still und es roch nach beißendem Lösungsmittel. Offenbar hatte jemand erfolglos versucht, Farbspuren vom Linoleum im Hausflur zu entfernen.

„Lass mich raten“, sagte Betula und zeigte kichernd auf zwei rote Schuhabdrücke. „Tischlerstiefel in der Größe dreiundvierzigeinhalb?“

Martha nickte. „Diese Prachtexemplare stammen von deinem Großvater und kommen aus der Werkstatt.“

Betula trat auf die Terrasse und ihr Blick folgte der roten Stiefelspur rückwärts. Sie führte hinunter auf den Hof, dann hinüber zur Werkstatt und wieder zurück ins Haus. „Die Werkstatt wirkt, als würde sie schlafen, findest du nicht?“, flüsterte Betula. Der Großvater hatte die grünen Weinreben an der Werkstatt lange nicht geschnitten, Backsteine und Fenster waren beinahe zugewachsen. „Ich kann nichts hören. Glaubst du, er ist drin?“, fragte sie Martha.

„Er ist den ganzen Tag da drin. Geh hinein und sieh es dir mit eigenen Augen an, Betula. Es ist die Werkstatt eines verrückten Sargtischlers“, raunte Martha.

„Ach, so schlimm wird es nicht sein. Du übertreibst sicher, Großtantchen“, rief Betula und hüpfte die Stufen zum Hof hinunter. Rasch drückte sie die Klinke hinunter, öffnete die Tür und steckte neugierig ihren Kopf in die Werkstatt. „Wow!“

Nicht einmal im Traum hätte sie sich so etwas ausgemalt. Wände und Fenster waren übersät mit kunterbunten Farbspritzern. Särge in Rot, Grün, Blau und Gelb stapelten sich hoch bis unters Dach. An den Deckenbalken hingen buntgetupfte Schwalbennester. Sogar in den Spinnennetzen hatten sich farbenfrohe Tropfen verfangen.

Betulas Blick wanderte zum Boden. Überall lagen Großvaters Zigarrenstummel und markierten den Weg durch die kniehohen Hügel aus Sägespänen. Großvater stand in einer Ecke und übermalte gerade einen grünen Sarg mit roter Farbe. Mit drei spinatgrünen Holzlocken auf der Glatze und blutroten Streifen im Gesicht sah er aus wie ein Clown mit Kriegsbemalung. „Das muss die Werkstatt eines verdammt fröhlichen Sargtischlers sein", rief Betula voller Freude in den Raum.

Der alte Mann zuckte zusammen. „Betula!" Erstaunt sah er sie an. „Wo kommst *du* denn plötzlich her?", fragte er und kratzte sich mit einem Pinselstiel am Kopf.

„Es sind doch Ferien", rief Betula, sprang auf ihn zu und drückte ihm einen Kuss auf seine stopplige Wange. Wie winzige Tannennadeln pikste es an ihren Lippen.

Der Großvater trat erstaunt zurück. „Donnerwetter!", rief er. „Bist du gewachsen!" Er zog den Zollstock aus seiner Hosentasche, und während er ein kleines Kunststück zum Besten gab, ließ er verschmitzt seine buschigen Augenbrauen tanzen: Der Zollstock balancierte auf seiner Hand, dann ließ er ihn überschlagen und nach jedem Salto landete er auf einem anderen Finger. In der nächsten Sekunde war der Zollstock auf die ganze Länge auseinandergeklappt. „Du bist jetzt einen Meter und dreiundsechzig", sagte der Großvater stolz. „Warst du auch schön fleißig in der Schule?"

„Klar doch!", antwortete Betula.

„Dann lass mal sehen."

Betula beschloss, ihm ihre Lieblingsfratze zu zeigen. Im Fratzenziehen war sie ziemlich gut. Sie konnte den

Kugelfisch, den Briefkasten und den Gorilla. Fratzen waren immer eine tolle Antwort, wenn sie keine Worte auf die gemeinen Hänseleien der anderen Kinder fand. Die Gorillafratze liebte sie am meisten. In Nullkommanichts verwandelte sich ihr schmales Gesicht in das eines Affenmädchens, das eine Kokosnuss zu viel auf den Kopf bekommen hatte.

„Potz Blitz!", rief der Großvater beeindruckt. „Und ich dachte schon, ihr lernt nur dummes Zeug."

Betula lachte. „Die da drüben", sagte sie und zeigte auf den Stapel mit den roten Särgen, „die sollen wohl für den Vampir sein?"

Der Großvater grinste breit. „Gefallen sie dir?"

„Naja, sie sehen ein wenig windschief aus", sagte Betula kichernd.

„Du hast recht. Aber besser krieg ich sie nicht hin. Sie wollen mir einfach nicht gelingen. Das liegt daran, dass ich sie nur mit dem Verstand baue und nicht mit dem Herzen. Man kann Farbe draufschmieren, soviel man will, es sind und bleiben traurige Totenkisten", knurrte der Großvater.

Betula verschränkte die Hände hinter dem Rücken und lief zwischen den Sägespänehaufen herum, um die anderen Särge zu begutachten. Sie waren ebenso schief wie die roten. „Wolltest du nicht aufhören? Mit dem Tischlern, meine ich", fragte sie.

„Das sag mal dem Herrn Tinnitus", entgegnete der Großvater. Er tippte mit dem Pinselstiel an sein rechtes Ohr. „Je länger ich nichts tat, um so lauter wurde der, bis ich am Ende dachte, mir wachsen Flöten aus den Ohren." Er machte drei große Schritte hin zur Hobelbank. Die Zigarrenstummel knisterten wie trockenes Laub unter seinen Stiefeln. „Als ich dann aber ein Stück Holz in die Hand nahm und meinen Hobel darüber zog, wurde das Pfeifen leiser." Er streichelte einen Holzklotz, als wäre er ein kleines Tierchen.

Betula hörte Geschirrgeklapper und hüpfte zurück zur Tür. „Martha und ich waren beim Bäcker *Krümel* und haben deinen Lieblingskuchen mitgebracht. Steht sicher schon alles auf dem Tisch. Kommst du?", fragte sie.

„Spritzkuchen?" Der Großvater warf einen prüfenden Blick auf seinen neuen Werkstattwecker. Er schüttelte den Kopf. „Für Kaffee ist es zu spät und für das Abendessen viel zu früh. Das solltest du doch wissen!" Geschäftig tauchte er den Pinsel in die Farbdose.

„Och, nun komm schon", drängelte Betula. „Du bist doch jetzt Sargtischler. Deine neue Kundschaft hat es nicht so eilig." Sie feixte. „Oder ich muss die Kuchen alle allein essen!"

*Platsch* machte es da. Der rote Farbeimer war zu Boden gefallen. Der Pinsel flog mit einem *Plog* hinterher.

„Ist Frau Zwirnfitz nicht zu Hause?", fragte Betula, als sie sich setzte. Martha hatte den kleinen Tisch auf der Terrasse mit nur drei Tellern gedeckt. Betula schaute hinüber zum Küchenfenster. Es war geschlossen und die Gardinen waren zugezogen. „Ist sie verreist?"

Martha hob ihre Tasse und nippte am Tee. „Um diese Zeit ist Frau Zwirnfitz im Altersheim und trainiert für den Häkelwettbewerb."

Der Großvater nickte zustimmend und griff mit einer großen, mit Farbe vollgeschmierten Hand nach einem Spritzkuchen. „Der Sieger soll eine Goldene Häkelnadel bekommen", sagte er und lachte. Zwischen seinen Zähnen steckten winzige schwarze Kaffeekrümel.

„Ist die Häkelnadel wirklich aus echtem Gold?", fragte Betula kauend.

„Gold hin oder her. Ich finde den Häkelwettbewerb überflüssig", knurrte der Großvater. „Denn leider kocht sie nun auch nicht mehr für uns. Kirschsuppe können wir uns für diesen Sommer abschminken. Und Martha kann nur Bohnensuppe kochen."

Betula schluckte. Bohnensuppe? Jetzt fand sie den Häkelwettbewerb auch blöd.

Ein kühler Windstoß wehte vom Garten herüber und fegte eine grüne Holzlocke von Großvater Kopf. Sie fiel direkt in seinen Kaffeepott. Er grinste und wischte sich auch noch den Rest von seiner verschwitzten Glatze. Staub und Späne rieselten herunter und landeten auf seinem Teller. Martha schaute pikiert zu.

Plötzlich erhob sich eine Krähe höhnisch kichernd aus der Birke. Sie rauschte herüber, schnappte mit ihren Krallen eine Holzlocke vom Teller und flatterte wieder davon. „So eine freche Krähe", rief der Großvater und ballte die Faust. Martha starrte ihr voller Angst hinterher. „Was ist los, Martha? Es war doch nur eine Krähe", sagte der Großvater feixend.

„Krähen sind Unglücksboten", raunte Martha mit versteinertem Blick. „Deine Särge sind grauenvoll, Ferdinand. Sie gefallen *ihm* nicht. Niemand wird jemals darin seine letzte Reise antreten wollen."

Großvaters Augen funkelten streitlustig. „Ach, das hat dir wohl die Krähe gerade erzählt. Und gleich behauptest du, dass die Krähe *ihm* gehört. Dem Vampir."

Vor Zorn bekam Martha rote Flecken im Gesicht.

Betula schluckte. Sie wollte nicht, dass Martha und Großvater sich stritten. „Aber dein Vater hat dir doch das Sargtischlern beigebracht, Großvater. Seine Särge sollen so schön gewesen sein, dass sie berühmt waren. Ihr habt mir erzählt, dass er immer den schönsten Sarg vor dem Haus auf den Bürgersteig gestellt hat."

Da begann Martha mit verzücktem Blick zu erzählen: „Daneben stellte unser Vater ein Schild mit der Aufschrift: *Praktisch denken, Särge schenken!* Die Leute blieben vor dem Sarg stehen und dachten darüber nach, was für einen Sarg sie sich wünschen würden. Der Gemüsehändler Knackig war der Erste in der Stadt, der sich traute. Er wünschte sich einen orangefarbenen Sarg mit vielen Möhren darauf. Das war eine Beerdigung! Die Leute tanzten und sangen um den Möhrensarg herum und klapperten dabei mit Gemüsemessern, genauso wie es sich Herr Knackig gewünscht hatte. Und dann trauten sich auch die anderen. Der Herr aus der Schokolaterie *Schmelz* zum Beispiel wollte einen Sarg so braun wie Schokolade. Und statt salziger Tränen gab es süße Pralinen am Grab." Martha schaute zu ihrem Bruder. „Und all das hat unser Vater dir beigebracht, während ich die Wäsche waschen musste."

„Unser Vater hatte Talent. Ich habe keins", sagte der Großvater schroff.

„Wir brauchen nur seine Skizzen. Er hat jeden seiner Handgriffe darauf festgehalten", erwiderte Martha. „Den Rest kriegen wir schon hin."

„Wo sind denn die Skizzen?", fragte Betula neugierig.

Der Großvater hob die Hände, als lohnte es sich nicht, ein weiteres Wort darüber zu verlieren. „Die habe ich vergraben. Irgendwo im Garten", entgegnete er.

„Dann graben wir sie eben wieder aus", schlug Betula vor.

Der Großvater schüttelte den Kopf. „Ich habe alles, was mit der Sargtischlerei meines Vaters zu tun hatte, vergraben. Das Werkzeug, die Bücher und auch die Skizzen. Das ist über dreißig Jahre her. Die Würmer haben den Sarg und die Skizzen längst gefressen. Und damit ist nichts mehr übrig als ein paar Sägespäne, wie hier auf meinem Teller."

Martha reckte dem Großvater ihr Gesicht entgegen. Ihr dürrer Hals war ganz lang. „Du hast es vielleicht vergessen, Ferdinand. Aber unser Vater hat seine Skizzen in Zwiebelsud getaucht. Er hat sie ..." Dann benutzte Martha dieses Wort, das Betula nur von Mischgemüse in Dosen kannte. Sie sprach es geheimnisvoll aus: „Konserviert."

„Konserviert?", fragte Betula. „Soll das heißen, du glaubst, sie sind noch frisch?"

Martha nickte. Der Großvater schaute zu Martha und dann zu Betula. Er begriff, dass es keinen Sinn hatte zu widersprechen. „Also gut", sagte er schnaufend. „Wir können ja morgen mal nachschauen. Ihr zwei lasst ja sonst nicht locker."

# Viertes Kapitel

## In dem sich der Großvater zum fröhlichen Sargtischler herausputzt

Am frühen Morgen weckte Betula ein Geräusch, ein seltsames Poltern und Scheppern. Durch die geöffnete Wohnzimmertür sah Betula Großvaters zurückgeschlagene Bettdecke. Als Martha im letzten Jahr vom Altersheim zurück ins Haus gezogen war, hatte der Großvater sein Schlafzimmer im Obergeschoss für sie geräumt und sich sein Bett auf der Couch im Wohnzimmer hergerichtet.

Bevor sich Betula fragen konnte, was den Großvater so früh aus dem Bett geholt hatte, hörte sie durch das geöffnete Fenster, wie sich Martha beschwerte. „Typisch. Nichts als Krempel. Womit sollen wir bloß nach dem Sarg graben, Ferdinand?“

Nach dem Sarg graben? Na klar! Heute wollten sie im Garten den Sarg ausgraben! Betula sprang aus dem Bett, schlüpfte in ihre Sandalen und stürzte hinaus auf die Terrasse. Martha und Großvater stiegen gerade die Stufen zum alten Sarglager hinauf. „Hey, ihr wollt doch nicht etwa ohne mich anfangen!“, rief Betula und stemmte die Hände in die Hüften.

„Anfangen?“ Gereizt drehte sich Martha zu ihr um. „Seit einer Stunde suchen wir schon nach einem brauchbaren Spaten.“

„Sie sind alle verrostet“, bemerkte der Großvater kichernd und verschwand mit Martha im alten Sarglager. Betula eilte ihnen hinterher. Als sie durch die Tür trat, nahm sie einen tiefen Atemzug. Es gab keinen schöneren Geruch als den nach altem, staubigem Holz. Bevor Betula Martha und Großvater bei ihrer Suche half, sah sie zuerst in ihrem Kuschelsarg nach dem Rechten. Am Fußende stehend beugte sie sich darüber und warf einen prüfenden Blick hinein.

Es bot sich ihr das gleiche Bild wie die anderen Male. Sie schüttelte besorgt den Kopf. In der linken Seite, wo die nimmersatte Verwandtschaft Sir Williams wohnte, wurde mit viel zu viel Appetit gefressen. Das sah man an den Bohrmehlhäufchen, die sich auf den Kissen gebildet hatten. Sie waren viel größer als die auf der rechten Seite. Hier wohnten Sir William, die Baronesse, der Vetter und das Tenörchen und denen schien seit dem letzten Sommer der Appetit vergangen zu sein. ‚Liegt es vielleicht daran, dass sie jetzt in einem Sarg leben und nicht mehr in einem Sekretär?', fragte sich Betula. ‚Aber es ist doch dasselbe Holz! Großvater und Martha haben nur den alten Sekretär auseinandergebaut und zu einem Kuschelsarg zusammengenagelt. Deshalb muss man doch nicht gleich eine Diät machen!' Betula kicherte, weil sie in ihren Gedanken die Baronesse rufen hörte: ‚Pfui, das Auge isst aber mit. Das weiß doch jeder Wurm. Und ein Sarg sieht soo unappetitlich aus.'

Betulas Blick blieb an einem eigenartigen Pfropfen hängen, der in der Mitte des Sarges lag. Sie nahm ihn in die Hand und betrachtete ihn. Er war hart und braun wie Holz, aber er war nicht aus Holz. Er war aus Kitt, wie Großvater ihn benutzte, wenn er ein Loch im Holz verschmierte.

„Mal sehen", murmelte Betula. Sie suchte den Sarg ab und fand in seiner Wand tatsächlich ein passendes Loch von der Größe einer Haselnuss. Sie steckte den herausgefallenen Pfropfen wieder hinein. Dann schüttelte sie die Kissen aus, dass es ordentlich staubte. Ein halber vertrockneter Spritzkuchen flog heraus. ‚Soso', dachte Betula schmunzelnd. ‚Der ist doch ganz sicher von Martha. Dabei ist sie es, die immer meckert, wenn man im Sarg herumkrümelt. Wegen der kleinen Viecher, die die Krümel anziehen.'

„Ferdinand! Hast du einen Spaten gefunden?" Marthas Stimme hatte so etwas Schrilles, dass der Großvater rasch die Büchse mit der getrockneten Ostereierfarbe abstellte, in der er gerade gedankenversunken mit einem Spachtel herumgekratzt hatte. „Äh, nein!“, rief er.

„Dann müssen wir weiter suchen.“

„Ja, ja.“

Betula bückte sich tief in den Sarg und linste in das Loch mit dem Bleistiftkreuz, in dem ihr kleiner Freund Sir William wohnte. Seit einem Jahr hatte sie weder ihn noch irgendein anderes Würmchen gesehen. Manchmal hatte sie in den letzten Tagen der vergangenen Sommerferien noch ein leises Knacksen gehört. Aber nie, wenn Martha oder Großvater in der Nähe war.

Auch wenn die Würmer stumm geblieben waren, hatte Betula nicht aufgehört, mit ihnen zu reden. Martha hatte es anfangs tapfer ertragen. Mit blassen Lippen und viel Augenrollen hatte sie dann neben ihr zwischen den Kuschelkissen gelegen. Bis zu dem Tag, an dem sie ein Buch gemeinsam lasen, in dem eine Ziege das Sprechen lernte, nur weil man dauernd auf sie einredete. „Das ist doch nur ein Märchen“, hatte Betula Martha widersprochen. Aber Martha hatte darauf beharrt, dass in jeder Geschichte ein Fünkchen Wahrheit stecke. Betula musste damals Martha versprechen, nicht mehr mit den Würmern zu reden. Doch wenn sie allein beim Sarg gewesen war, passierte es trotzdem und ganz ohne Absicht. Eben so wie andere Kinder mit ihrem Lieblingsteddy reden oder alte Damen mit ihrem Hund.

„Typisch. Nichts als Krempel“, moserte Martha.

„Dann kann ich ja jetzt in meine Werkstatt gehen.“ Der Großvater ließ die Schraubzwinge zurück ins Regalfach fallen, die er gerade in der Hand hielt, und marschierte zur Tür.

Betula stellte sich ihm rasch in den Weg. „Nein. Nein. Du hast versprochen mit uns den Sarg auszugraben. Und darum werden wir in die Stadt gehen und drei Spaten kaufen“, sagte sie so entschlossen, dass der Großvater spürte, jeglicher Widerspruch war zwecklos.

Betula brauchte eine Minute, um sich ein Apfelmusbrot zu schmieren, eine weitere Minute, um es hinunterzuschlingen und noch eine, um in ihr T-Shirt und ihren Ballonrock zu schlüpfen. Doch da hielt sie inne und schaute an sich herunter. War das wirklich ihr Lieblingsrock? Er war blau und reichte bis zu den Knien. Aber was war das? Ihre Mutter hatte tatsächlich eine blöde Rüsche drangenäht! Und breit war die! Mindestens zehn Zentimeter. Genau die zehn Zentimeter, die Betula seit dem letzten Jahr gewachsen war. Mit einem Murren nahm Betula es hin.

„Verflixt, die Hose passt mir nicht mehr", murrte Großvater vor dem Wohnzimmerschrank, warf sie in das Fach zurück und stieg wieder in seine staubige Tischlerhose. Dann zottelte er ein schwarzes Jackett hervor und schüttelte es, als wolle er die Knitterfalten herausschütteln.

„Dein Hochzeitsjackett?", fragte Betula verwundert. Sie erkannte es, weil es das einzige Jackett war, das ihr Großvater besaß. „Willst du das jetzt anziehen? Wir wollen doch nur einen Spaten kaufen."

„Für einen Sargtischler ist jeder Spaziergang in die Stadt ein Geschäftsgang, hat mein Vater gesagt", gab er zur Antwort.

„Ein Geschäftsgang?" Betula hatte keine Ahnung, was der Großvater damit meinte.

Doch er sah sie mit wichtiger Miene an. „Jeder, den wir in der Stadt treffen, ist früher oder später unser Kunde, Betula." Er machte eine Pause. „Selbstverständlich hört das keiner gern. Und erst recht verschwendet keiner auch nur den klitzekleinsten Gedanken daran, wie einmal sein Sarg aussehen soll." Er zog eine Augenbraue hoch. „Doch wenn unsere Kunden erst mal tot sind, können wir sie nicht mehr fragen. Das verstehst du doch?" Er zog sich das zerknitterte Jackett über. „Heute will ich dir zeigen, wie man sich als Sargtischler seinem zukünftigen Kunden nähert", verkündete er feierlich. „Du wirst sehen, es ist nicht leicht. Unser Geschäft erfordert ein feines Fingerspitzengefühl", betonte er und starrte für einen Moment versunken auf seine verhornten Hände.

Betula sprang aufgeregt um den alten Mann herum. Der schob sie beiseite und ging noch einmal zum Schrank.

„Och, was brauchst du denn jetzt noch?", fragte Betula ungeduldig.

Der Großvater beugte sich über ein Schubfach mit allerlei nützlichem Tischlerkram. Betula linste ihm neugierig über die Schulter. Sie sah, wie er ein Notizbuch und einen Bleistift herausnahm. Das Notizbuch steckte er in die Hosentasche zum Zollstock. Den Zimmermannsbleistift klemmte er sich hinter sein rechtes Ohr. Dann stellte er sich vor seine Enkelin. „Sind wir bereit?"

Betula kniff die Augen zusammen, musterte ihren Großvater von Kopf bis Fuß und konnte sich dabei ein Grinsen nicht verkneifen. Er sah so lustig aus in seinem schwarzen Hochzeitsjackett, seinem alten Tischlerhemd und in der mit Farbe vollgekleckstеn Hose.

„Wir sind bereit", sagte Betula. „Das heißt, etwas fehlt noch."

Der Großvater runzelte die Stirn. „So? Was denn?"

„Ich hätte auch gern so ein Tischlerhemd." Betula setzte ihr schönstes Lächeln auf. „Bitte. Das wünsche ich mir schon so lange."

„Du sollst es bekommen. Ich werde dir eins kaufen, gleich, wenn wir in der Stadt sind", versprach der alte Mann feierlich.

Daraufhin hüpfte Betula an der Seite ihres Großvaters hinaus in die Julisonne.

# Fünftes Kapitel

## In dem Betula ihre erste Lektion im Sargtischlern erhält

„Jeder Spaziergang ist ein Geschäftsgang und jeder gute Geschäftsgang beginnt mit einer Portion Eis", erklärte der Großvater und hielt Kurs auf die Eisbude.

„Dann könnte die Eisfrau doch unsere erste Kundin sein?", schlug Betula vor. Der Großvater willigte ein.

‚Schade, dass Martha nicht mitgekommen ist', dachte Betula. Doch sie gehe nicht mehr in die Stadt, hatte Martha gesagt. Sie ertrage das Getuschel und Starren der Leute nicht.

Betula trat mit einem Räuspern an den Tresen und bestellte vier Kugeln Erdbeereis für sich, jedoch ohne ein Wort über ihre Verkaufsabsichten zu äußern. Sie wollte so dem Großvater beweisen, dass auch sie durchaus feines Fingerspitzengefühl für das Sarggeschäft besaß. Und das hieß zuallererst einmal, den richtigen Moment abzuwarten.

„Vier Kugeln?", staunte die Eisfrau und klapperte mit dem Eiskratzer. „Du warst wohl heute schon mächtig fleißig." Ihr Gesicht war kugelrund und auch die Augen und die Nase. Irgendwie war alles rund an ihr, so wie die leckeren Eiskugeln, die sie verkaufte. „Wie viele Holzwürmer musstest du denn dafür aus dem Holz pulen, du armes Ding? Schade, dass die nicht von selbst aus ihren Löchern kriechen, wie? Wegen der Hitze, meine ich. Also Schnecken tun das, wenn es ihnen in ihrem Haus zu heiß wird. Und ich halte es auch kaum noch in meiner Bude aus", plapperte sie und fuhr sich mit ihrem dicken Unterarm über die verschwitzte Stirn. „Na, deinen Großvater möchte ich jedenfalls nicht geschenkt haben", fügte sie noch hinzu, bevor sie auf ihrer kleinen, runden Hand eine Muschel-Waffel mit vier Kugeln Erdbeereis über den Tresen balancierte. Offenbar hatte sie den Großvater neben Betula nicht erkannt.

Eine alte Männerhand schlug breit auf den Tresen und Kleingeld klirrte. „Die Würmer können ab jetzt im Holz herumkriechen, soviel sie wollen“, schnaufte der Großvater.

Die Eisfrau erschrak und schürzte die Lippen, dass sie aussahen wie eine saftige Himbeere.

Betula knuffte den Großvater in die Seite. „Du musst lächeln“, flüsterte sie ihm zu. „Denk an das Geschäft.“

Der Großvater gehorchte, zog mechanisch die Mundwinkel nach oben und rückte den Zimmermannsbleistift hinter seinem Ohr zurecht. „Hrmhrm“, räusperte er sich. „Guten Morgen, Ferdinand Krummnagel, seit kurzem Sargtischler.“ Er leckte sich über die Lippen. „Ich hätte gern vier Kugeln Erdbeereis.“

„Herr Krummnagel! Meine Güte!“, flötete es aus dem Himbeermund der Eisfrau. Mit plötzlichem Eifer begann sie, die Tresenscheibe zu polieren, obwohl nicht ein einziger klebriger Fingerabdruck darauf zu sehen war. Während Betula genüsslich an ihrem Eis leckte, musste sich der Großvater noch etwas gedulden.

„Es ist eine Ewigkeit her, dass Sie bei mir ein Eis gekauft haben, Herr Krummnagel“, sagte sie entschuldigend, ohne mit dem sinnlosen Geputze aufzuhören. Der Großvater schielte ungeduldig in die Eisbehälter. Plötzlich beugte sich die Eisfrau nach vorn, sodass ihr praller Busen auf dem Tresenglas ganz platt gedrückt wurde. „Was haben Sie denn da im Gesicht?“, fragte die Eisfrau.

„Äh ... ein Lächeln?“, stammelte der Großvater und blinzelte nervös zum Busen, über dem die Bluse bis zum äußersten gespannt war. Die Knöpfe zerrten so sehr am Stoff, dass sie drohten, jeden Moment abzureißen und sich in gefährliche Geschosse zu verwandeln. Auch Betula konnte nicht anders, als darauf zu starren. Doch bevor das Unglück passieren konnte, richtete sich die Eisfrau wieder auf. „Nein. Nein. Ich meine das Rote da“, sagte sie. „Haben Sie sich verletzt?“

Dem Großvater begann die Eisfrau auf die Nerven zu gehen. Betula sah es an der Falte, die zwischen seinen Augenbrauen wuchs. „Das ist nur rote Farbe“, antwortete Betula rasch. „Wir streichen nämlich unsere Särge. Und rot ist unsere Lieblingsfarbe. Und darum hätte auch mein Großvater jetzt gern seine vier erdbeerroten Eiskugeln.“ Der Großvater nickte.

„Rote Särge?“ Die Eisfrau lachte, dass alles an ihr bebte. „Hahaha.“ Dabei griff sie nach dem Eiskratzer und fuhr damit in das Erdbeereis. Eine rosa Welle türmte sich im Eistopf auf und rollte sich zu einer übergroßen Kugel zusammen. Großvaters Augen blitzten vor Freude.

Betula schien, dieser Moment sei genau richtig, um die Eisfrau als erste Kundin für das Sarggeschäft zu gewinnen. „Wollen sie auch einen Sarg?“, fragte sie und es klang, als würde sie ihr einen Kaugummi abgeben wollen.

Der Eisfrau blieb das Lachen im Hals stecken. „Na hör mal! Wozu benötige ich denn einen Sarg?“, fragte sie pikiert. „Ich will mir nächste Woche einen bequemeren Fernsehsessel kaufen. Einen mit Automatik und Heizkissen.“

Betula blickte zu ihrem Großvater und hoffte, er würde sie unterstützen. Schließlich war es ihr erstes Verkaufsgespräch. Aber er nahm keine Notiz davon, sondern starrte gierig auf die beladene Waffel, die in der Hand der Eisfrau über dem Tresen verharrte.

Betula holte tief Luft und setzte wieder an. „Für Sie wäre doch ein runder Sarg ganz hübsch.“ In Gedanken hatte sie für die Eisfrau bereits einen entworfen. Er sollte rund sein wie eine Eiskugel.

Endlich reichte diese dem Großvater das Eis. „Einen runden Sarg?“ Die Eisfrau zog die Wangen ein. „Weil ich dick bin?“

Betulas Kopf lief rot an. Oje! Warum verstand die Eisfrau nur alles falsch. „Ähm, nein ... Ich dachte, rund wie eine Eiskugel. Ähm ... Außerdem hätten Sie auch viel Platz für Kuschelkissen, ähm ... um es sich darin bequem zu machen", druckste sie.

„Kuschelkissen? Willst du mich etwa lebendig in deinem Sarg begraben?"

Im Augenwinkel konnte Betula sehen, wie Großvaters Zungenspitze nach dieser Antwort auf der Eiskugel verharrte.

„Nein, nein. Ster-sterben können Sie natürlich vorher oder auch später. Viel später ... wann sie wollen ... irgendwann." Betula brachte nur dieses schreckliche Kuddelmuddel aus Wörtern heraus.

„Na, da bin ich aber froh", rief die Eisfrau erleichtert.

Plötzlich packte der Großvater Betula am Arm und zog sie hinter sich her. Erst als die Eisfrau sie nicht mehr hören konnte, ließ er sie wieder los.

„Typischer Anfängerfehler", sagte er und winkte mit einer Hand ab.

„Ich habe es vermasselt!" Betula schaute bedrückt auf ihr Eis.

„Ach, das passiert jedem Sargtischler beim ersten Mal."

„Wirklich?" Betula wurde wieder leichter ums Herz. Sie gingen ein paar Schritte und leckten an ihrem Eis, das viel zu schnell in der Waffel schmolz.

„Ohne diese erste Sargtischlerlektion zu beherzigen, wirst du nie einen von unseren Krummnagelsärgen verkaufen", erklärte der Großvater. „Lass uns rasch die Spaten besorgen und dann gehen wir schnurstracks nach Hause."

Betula horchte auf. Erste Sargtischlerlektion! Davon hatte er noch nie etwas gesagt. Das Eis drohte jeden Moment von der Waffel zu rutschen, wenn sie es nicht sofort aufschlürfte. „Willst du ... mir nicht sagen ... was die erste ... Sargtischlerlektion ... ist?", fragte sie und musste alle paar Worte schnell am Eis lecken, damit es nicht von der Waffel fiel.

Der Großvater blieb stehen. Er hatte diesen durchdringenden Blick und schien sich zu fragen, ob es richtig war, Betula von dieser Lektion zu erzählen. Während er sich den Rest seiner Eiswaffel in den Mund stopfte, nuschelte er: „Die isch sehr schwierisch." Ein paar Waffelkrümel flogen dabei aus seinem Mund und blieben an seinen Bartstoppeln hängen.

„Nun sag schon! Ich bin nicht auf den Kopf gefallen", drängte Betula.

Der Großvater rang mit sich. „Nun ja ... Also ... Mein Vater hat sie mir beigebracht. ‚Beherrsche sie, oder aber jeder wird dich für verrückt halten, noch ehe du den Zollstock gezückt hast', hat er immer gesagt."

„Wie lautet sie denn nun?", fragte Betula ungeduldig.

Der Großvater hob den Zeigefinger und tippte an seine Stirn. „Sei in Gedanken dem Tod voraus, aber mit den Worten einen Sarg hintenan."

Betula schien es, als hätte sie noch nie etwas Sinnloseres gehört.

Der Großvater lachte. „Wie du schaust, Betula! Es ist vollkommen zwecklos", sagte er und wollte es dabei belassen.

„Ist es nicht!", rief Betula beleidigt. „Erklär es mir! Was soll diese Lektion bedeuten: ‚Sei in Gedanken dem Tod voraus, aber mit den Worten einen Sarg hintenan'?"

Ihr Großvater schaute jetzt wie ihr Mathelehrer Herr Ungefähr, wenn er den allerletzten Versuch startete, einem Schüler etwas begreiflich zu machen, bevor er ihn für immer in die Baumschule schicken wollte. „Die Lektion meint: Sterben werden wir alle. Der eine früher, der andere später. Mit diesem Gedanken bist du dem Tod voraus, Betula." Er machte eine Pause. Betula nickte.

„Die Kunst des Sargtischlers ist es nun, den Wunsch nach einem Sarg im Kunden zu wecken. Der zweite Teil der Lektion: ‚Mit den Worten einen Sarg hintenan', meint also, dass du dem Kunden erst dann einen Sarg vorschlagen darfst, wenn dir das gelungen ist."

Das klang schon gar nicht mehr so schwierig. „Aber wie hätte ich in der Eisfrau den Wunsch nach einem Sarg wecken können?“, fragte Betula.

„Gar nicht. Das ist es ja, was ich dir begreiflich machen will“, erklärte der Großvater. „Ihr Wunsch nach einem Fernsehsessel mit Automatik und Heizdecke ist zurzeit noch stärker. Dein Vorschlag hat sie in ihrer ... Eiskugelseele beleidigt. Ich habe dir gesagt, dass unser Geschäft nicht leicht ist. Und ohne dieses feine Fingerspitzengefühl wirst du unseren Ruf ruinieren.“

Betula sah ein, dass sie einen Fehler gemacht hatte. Doch da erinnerte sie sich an das, was Martha über den Großvater erzählt hatte. „Ich werde unseren Ruf schon nicht ruinieren“, sagte sie. „Wenn du nur aufhörst, nachts ins Altersheim zu schleichen, um Särge zu verkaufen.“

„Himmel, Arsch und Wolkenbruch!“, donnerte der Großvater. „Jetzt fängst *du* auch damit an.“ Wütend wischte er sich über das Kinn und die Waffelkrümel flogen aus den Bartstoppeln. „Ich will darüber nicht reden, hörst du.“

Betula schob ihren Arm unter seinen und der Großvater drückte ihn fest an sich. Dann zündete er sich eine Zigarre an und mit der ersten Qualmwolke war der Ärger verpufft.

# Sechstes Kapitel

## In dem der Großvater an ein Versprechen erinnert wird

Es war Markttag. Betula und der Großvater schauten sich vergnügt um und lenkten ihre Schritte zu den Holzbuden.

„Herr Krummnagel! Heute habe ich was ganz Feines für Sie!“, rief der Verkäufer am Tabakstand, sobald er den Großvater im Menschengetümmel erblickte. Er trug einen struppigen, schwarzen Bart am Kinn. Hinter seinen Ohren klemmten zwei dicke Zigarren. Der Großvater schaute mit dem gequälten Gesichtsausdruck eines Kindes, das sich auf der Stelle zwischen zwei Teddybären entscheiden soll, auf die Auslage.

„Sie müssen unbedingt diese Exemplare hier einmal versuchen“, empfahl der Verkäufer mit Nachdruck. „Die haben einen Geruch für Kenner, Herr Krummnagel.“ Er tippte auf eine Schachtel mit daumendicken Zigarren, die die Aufschrift *Cubana Miefre* trug.

Der Großvater zögerte. „Ich denke, ich nehme wie immer eine Schachtel *Cubana*. Ohne *Miefre*.“

Betula kicherte und war zugleich froh, dass der Großvater sich so entschied.

„Aber Herr Krummnagel! Sie als großer Kenner sollten so etwas zu schätzen wissen. Je mehr die Zigarre stinkt, desto besser schmeckt sie doch.“ Als der Verkäufer das sagte, zögerte der Großvater nicht länger.

„Dann nehme ich natürlich die mit *Miefre*. Eine Schachtel, bitte“, sagte er entschlossen und strahlte über das ganze Gesicht.

Dann verließen sie den Markt und schlenderten die große Einkaufsstraße entlang. Der Laden, in dem man Werkzeuge,

Spaten, Arbeitskleidung und eben alles für den Garten kaufen konnte, befand sich ganz am Ende.

„Wie hat dein Vater es gemacht, dass die Leute sich einen Sarg von ihm wünschten?", fragte Betula den Großvater auf dem Weg dorthin.

Der Großvater überlegte kurz. „Irgendwann fing mein Vater damit an, dass er zu seinen Freunden ging. Oder zu Menschen, die er gut kannte oder bei denen er regelmäßig einkaufte, und stellte ihnen seine Arbeit vor. Später kamen die Kunden dann von selbst zu ihm. Aber da hatte er schon einen guten Ruf als Sargtischler. Einer, der ausgefallene Ideen hatte." Der Großvater blieb stehen. Er hielt eine flache Hand über seine Glatze. Die Mittagssonne fing an, ihn zu piesacken. „Vor allem aber verstand er es, den Menschen die Angst vor dem Tod zu nehmen. Er sagte immer: ‚Ferdinand, in dem Moment, wenn der Mensch den Tod akzeptiert, beginnt sein wirkliches Leben.'"

Während sie weitergingen, überlegte Betula, ob sie den Großvater nicht doch noch dazu überreden könnte, an einem Beispiel die erste Sargtischlerlektion zu demonstrieren. Wie sollte sie diese sonst lernen? Da ihr kein einziger Freund ihres Großvaters einfiel, hielt sie Ausschau nach Geschäften, in denen der Großvater regelmäßig einkaufte. Aber über die Türschwellen des Blumengeschäftes *Immergrün*, des Herren- und Damenausstatters *Flotter Schnitt* und des Friseurs *Glatze und Co.* hatte der Großvater in seinem ganzen Leben noch nie einen Fuß gesetzt.

Dann kamen sie beim Gemüseladen *Knackig und Frisch* vorbei. Eine dunkelgrüne, vom Wind zerzauste Markise ragte über zwei Auslagen, die mit frischem Obst und Gemüse gefüllt waren. Aufgeregt griff Betula Großvaters Hand und zog ihn zur Seite. „Knackig und Frisch. Das war doch der mit der Möhre?" rief sie.

Der Großvater verstand nicht. „Natürlich hat ein Gemüseverkäufer Möhren", murmelte er. Die Markise warf einen grünen Schein auf seinen Haarkranz und ließ ihn aussehen wie grünen haarigen Schimmel. Das verlieh dem Großvater etwas Unheimliches. Wie ein übergroßer Schimmelpilz stand er zwischen dem erntefrischen Obst und Gemüse. So konnte er sich auf keinen Fall als Sargtischler bei einem neuen Kunden vorstellen.

„Erinnerst du dich nicht an Herrn Knackig?", fragte Betula und so ganz nebenbei strich sie mit zwei raschen Handbewegen Großvaters Haarkranz glatt. „Der hatte sich damals einen Möhrensarg von deinem Vater gewünscht." Sie sprang auf die erste Stufe. „Vielleicht will der da drin auch einen." Sie zog an Großvaters Arm. „Los! Lass uns reingehen."

Doch der Großvater schüttelte heftig den Kopf und schaute sie entgeistert an. „Lass den Unsinn. Das ist über sechzig Jahre her. Den Mann da im Laden kenne ich nicht."

„Könnte es nicht der Sohn von Herrn Knackig sein?", fragte Betula und schaute durch das Schaufensterglas zu dem Verkäufer. „Sieh doch nur, wie schön alt er ist." Sie überlegte, welcher Sarg zu seiner langen und hageren Gestalt, seinem blassen Gesicht, dem weißen Haar und seiner grünen Schürze passen könnte. „Ich hab's!", rief sie übermütig. „Ein weißer Rettich-Sarg! Was hältst du davon?"

„Bist du noch zu retten?!", donnerte der Großvater los. Nervös knispelte er an einem Kohlrabi in der Auslage und schaute sich nach allen Seiten um, als befürchtete er, jemand könne sie belauschen.

Betula schmollte. „Och, du verdirbst uns den ganzen Spaß."

Der Großvater schnaufte. „Du wirst niemals einen Rettich-Sarg bauen können, wenn du nicht –"

„Wenn ich was nicht?", unterbrach sie ihn.

„Wenn du nicht die zweite Sargtischlerlektion verstanden hast!"

„Die zweite Sargtischlerlektion?", fragte Betula überrascht. Und dachte: ‚Aber klar, wenn es eine erste gibt, dann gibt es auch eine zweite.' Betula stieg die Stufe wieder hinunter.

„Erklär sie mir!"

Der Großvater hob bedauernd die Hand. „Das geht nicht so einfach."

„So? Wie lautet sie denn?", bohrte Betula nach.

Der Großvater knispelte nun wieder an dem Kohlrabi. „Du musst mit dem Herzen verstehen, was es bedeutet, einen Sarg zu bauen, Betula. Ein Sarg ist das letzte Bett, die letzte Wohnung für den Menschen."

Eine Tür knarrte. „Wollen Sie den Kohlrabi kaufen?", fragte eine tiefe Stimme hinter ihnen.

Betula und der Großvater fuhren herum und schauten in das blasse Gesicht des Gemüseverkäufers. Sein weißes Haar sah nun ebenfalls wie grüner Schimmel aus.

Der Großvater knipste sein Lächeln an. So ein steifes, als hätte man seine Mundwinkel festgenagelt. „Guten Tag, Herr Knackig", sagte er.

„Ich heiße nicht Herr Knackig", stellte der Gemüseverkäufer klar.

„Dann sind Sie vermutlich Herr Frisch", erwiderte der Großvater lächelnd.

Der Gemüseverkäufer nahm einen Apfel, polierte ihn an seiner grünen Schürze und legte ihn zurück. „Wollen Sie nun den Kohlrabi oder wollen Sie ihn nicht?", fragte er barsch.

Der Großvater schüttelte kaum merklich den Kopf, wobei er verwundert auf den Kohlrabi in seiner Hand schaute und sich zu fragen schien, warum er ihn in der Hand hielt. Rasch ließ er ihn los und der Kohlrabi purzelte zurück in die Auslage.

„Mein Großvater ist Sargtischler", platzte Betula heraus.

„Sargtischler?", fragte der Gemüseverkäufer mit einem empörten Blick auf den Kohlrabi, denn er hatte das Loch darin entdeckt, das der Großvater hineingeknispelt hatte.

„Das stimmt. Ähm ... ich bin Sargtischler", bestätigte der Großvater und blinzelte nervös. „Ich baue praktische Möbel. Ähm Erdmöbel, sie wissen schon, diese Kisten, in denen man begraben wird. Vielleicht wünschen Sie sich ja so eine Kiste und wissen es bloß noch nicht … also einen Sarg, meine ich. So einer, der aussieht wie ein Rettich. Wäre doch eine hübsche letzte Wohnung für Sie. Ach so, Krummnagel ist mein Name."

Nach diesem Gestammel war nun auch Betula ganz nervös. Mit jeder Faser ihres Körpers spürte sie es: ‚Dieses Geschäft geht schief.'

„Einen Sarg? Ich brauche keinen Sarg!", sagte der Gemüseverkäufer irritiert.

Der Großvater hätte sich nun verabschieden können. Doch stattdessen drückte er Betula seine Zigarrenkiste in die Hand und zog den Zollstock aus der Hosentasche. Betula dachte daran, wie gekonnt der Großvater gestern den Zollstock auf seinen Fingerspitzen balanciert hatte. Das kleine Kunststück würde den Gemüseverkäufer sicher aufheitern.

Aber als der Großvater jetzt den Zollstock auseinanderklappte, war es, als hielte er eine widerspenstige Schlange in seinen Händen. Das sah ziemlich ungeschickt aus. Als es ihm endlich gelang, den Zollstock auseinanderzuklappen, positionierte er ihn direkt neben dem Gemüseverkäufer. Dieser beobachtete misstrauisch aus seinen Rettichaugen, was mit ihm geschah. Erst recht, als der alte Mann sich vor ihm auf die Zehenspitzen stellte und mühsam versuchte, die Zahlen auf dem Zollstock zu entziffern. „Nen Meter siebenundachtzig. Donnerwetter! Das ist 'ne Menge Holz!", rief der Großvater, drückte Betula den Zollstock in die Hand und kritzelte mit dem Zimmermannsbleistift *1, 87 m* in seinen Notizblock. Dann sagte er wie selbstverständlich: „In zwei Tagen können Sie den Rettich-Sarg bei mir in der Werkstatt anprobieren."

Betula schlug sich mit der Zigarrenkiste an die Stirn. Der Großvater hatte gegen alle Sargtischlerlektionen dieser Welt verstoßen.

„Den Rettich-Sarg? Was für einen Rettich-Sarg?", fragte der Gemüseverkäufer aufgebracht.

„Ich bin Sargtischler. Vergaß ich, das zu erwähnen?" Großvaters Stimme erstarb, als er in die wütenden Augen des Gemüseverkäufers sah. Und dann passierte es. Der Gemüseverkäufer holte tief Luft und brüllte so laut, dass man es bis zum Markt, zum Altersheim, ja in ganz Hintermühlen hören konnte: „Ich will keinen verdammten Rettich-Sarg!"

Betula erstarrte vor Schreck. Ihr Herz klopfte bis zum Hals. Der Großvater stand stocksteif. Seine Wangen waren schlagartig grau und eingefallen. Ganz alt sah er plötzlich aus.

Und für eine unendliche Sekunde schien es Betula, als würden alle Augen der Stadt zu ihr und ihrem Großvater starren. Erst als der Gemüseverkäufer die Tür hinter sich zuschmiss, erwachten sie wieder aus ihrem Entsetzen.

Betula und der Großvater liefen so schnell wie möglich weiter und wagten nicht, von den grauen Pflastersteinen aufzusehen. Zu sehr fürchteten sie die Blicke der Leute. ‚Genauso muss sich Martha fühlen, wenn sie durch die Stadt geht,' dachte Betula traurig. Sie schob ihre Hand in die des Großvaters. Ganz kratzig und trocken fühlte seine Hand sich an, wie die Rinde eines Baumes. Aber sie war groß und warm wie eine schützende Höhle. Jetzt rasch nach Hause und vergessen, was geschehen war.

„Herr Krummnagel!", rief jemand von der anderen Straßenseite herüber.

Betula und ihr Großvater beschleunigten ihre Schritte.

„Herr Krummnagel!", rief es wieder. Es war eine Männerstimme und sie klang freundlich.

Sie blieben stehen und schauten sich um. Ein kleiner, alter Mann bewegte sich auf sie zu. Er kam in einer wirklich seltsamen Aufmachung daher. Auf dem Kopf trug er einen übertrieben großen Zylinder, unter dem am Rand schneeweißes Haar hervorquoll. Dazu einen langen schwarzen Sommermantel mit hochgestelltem Kragen. Seine Hose war drei Nummern zu groß und mit so weitem Schlag, dass die

Schuhe vollständig darunter verschwanden. Er sah aus wie ein geschrumpfter Zauberer. Obendrein hatte er einen komischen Gang. Nach ein paar Schritten schien ihn plötzlich eine unangenehme Steife zu überfallen. Er musste das rechte Bein nachziehen, was ihm offenbar nur dadurch gelang, dass er gleichzeitig den rechten Mundwinkel spitz nach oben zog. Der Mund war auch das Einzige, das man von seinem Gesicht sah. Der Rest lag im dunklen Schatten seiner Hutkrempe. Der schwarze Samt des Zylinders glitzerte geheimnisvoll im Licht der Sonne.

„Das nenne ich einen Zufall, ich war eben auf dem Weg zu Ihnen, Herr Krummnagel", sagte er, als er endlich die Straße überquert hatte und vor dem Großvater stand. „Doch so kann ich mir den Weg sparen und die Zeit für weitere Besorgungen nutzen. Ach, ich bin in solcher Eile, so wie Sie, Herr Krummnagel, immer flink, flink und alle Arbeit ist erledigt." Diesen Satz sagte er, ohne ein einziges Mal Luft zu holen und jedes Wort triefte vor guter Laune.

Der Großvater starrte ihn verblüfft an. Nichts deutete darauf hin, dass er ihn kannte.

„Sagen Sie bloß, Sie erinnern sich nicht an mich?", fragte der Mann und wippte vergnügt auf und ab.

‚Kann er etwa durch seinen Hut schauen?', fragte sich Betula.

Der Großvater bückte sich etwas, wohl um einen Blick unter den geheimnisvollen Hut zu werfen. „Das liegt vielleicht daran, dass Sie sich unter Ihrem riesigen Zylinder verstecken wie ein Kaninchen", sagte er.

Darauf erwiderte der Fremde: „Ich helfe Ihnen gern ein wenig auf die Sprünge, Herr Krummnagel." Er hielt kurz inne, als wäre ihm sein Name eben selbst entfallen. „Mein Name ist Buttersäge!" Mit dem Zeigefinger fuhr er verschmitzt an der Kante seines Zylinderhutes entlang. „Maximilian Buttersäge, der immer Ihren Lieblingskaffee besorgt hat: *Die schwarze Bohne*."

Der Großvater kratzte sich nachdenklich am Kopf.

„Kommen Sie, das müssen Sie doch noch wissen. Damals, als der Kaffee knapp war in der Republik. Na, klingelt es bei Ihnen?", bohrte der Fremde nach.

Für den Bruchteil einer Sekunde sah Betula zwei listige, aber fröhliche Augen unter der Krempe aufblitzen.

Großvater nickte. „Ich trinke gern Kaffee. Das stimmt."

„Ah", machte Herr Buttersäge erleichtert. „Dann erinnern Sie sich auch an Ihr Versprechen!", rief er erfreut.

„Versprechen?" Großvater starrte auf ein Papier, das der Fremde ihm mit ausgestreckter Hand entgegenhielt. „Was haben Sie denn da?"

„Das ist eine Skizze. Sie haben mir diese Hochzeitskommode versprochen, für den glücklichen Fall, dass ich einmal heirate." Sein Mund wurde spitz wie bei einem Kuss. „Wird das Haar auch weiß, die Liebe, sie bleibt heiß", flötete er.

Der Großvater musterte die Skizze und hob anerkennend eine Augenbraue.

Ein lässiger Buttersäge-Finger tippte auf das Blatt. „Wie Sie sehen, ist alles exakt aufgezeichnet. Und das Ganze in Fichte, bitte sehr. Und so schnell wie möglich. Aber da niemand den Hobel so schnell schwingt wie Ferdinand Krummnagel, mach ich mir keine Sorgen!", rief er fröhlich.

Der Großvater schob seine Unterlippe nach vorn. „Und ich habe Ihnen wirklich versprochen, diese Kommode zu bauen?"

„Ja, das haben Sie, Herr Krummnagel. Und ein Krummnagel hält sein Wort, nicht wahr? Schließlich geht es um die Tischlerehre", beteuerte der Fremde.

Der Großvater runzelte die Stirn. „Um meine Tischlerehre", murmelte er. Und noch einmal: „Um meine Tischlerehre."

Die Worte wogen schwer für ihn. Er schien in seinem Gedächtnis zu kramen, zwischen all den tausenden Worten, die er in seinem Leben gesagt hatte und kam zu einem Schluss. „Ich bin wohl mächtig vertrottelt."

Er schaute zu seiner Enkelin. „Was soll ich bloß tun? Der Herr sagt, ich habe ihm eine Hochzeitskommode versprochen und darauf mein Krummnagelwort gegeben."

Betula schüttelte heftig den Kopf und flüsterte: „Du darfst ihm die Kommode trotzdem nicht bauen!" Sie faltete flehend die Hände. „Dein Großvater gab sein Versprechen, niemals etwas anderes zu bauen als Särge. Niemals! Hörst du. Dieses Versprechen gilt auch für dich."

Der Großvater dachte gründlich nach. Dann schlug er das Jackett auf, zog die Schultern zurück und vergrub die Hände tief in den Tischlerhosentaschen. „Das wollen wir doch mal sehen, welches Versprechen schwerer wiegt. Das meines Großvaters oder mein eigenes", sagte er entschlossen.

„Heißt das, Sie bauen mir die Kommode?", fragte Herr Buttersäge erfreut.

Der Großvater nickte. „Ja! Das heißt es!"

Betula spürte einen riesen Kloß in ihrem Hals. Dann sagte Großvater: „Kommen Sie morgen zu mir in meine Werkstatt. Das Fichtenholz müssten Sie allerdings mitbringen. Ich habe nur noch olles Bauholz."

„Abgemacht!", rief Herr Buttersäge und seine Mundwinkel schoben sich hoch und höher, bis sie unter seinem Zylinder verschwanden. Dann drehte er sich geschwind auf dem Absatz um und wechselte zur anderen Straßenseite. Wieder hatte er diesen seltsamen Gang.

Noch bevor Betula irgendetwas sagen konnte, traf sie ein strenger Blick ihres Großvaters. „Hier geht es um meine Ehre. Und kein Sterbenswörtchen zu Martha. Hörst du?"

Betula nickte und schwieg beklommen. Den Großvater jedoch versetzte die Begegnung mit dem Fremden in gute Laune. Er würde endlich wieder etwas anderes als einen Sarg bauen!

Beschwingt setzte er einen Fuß vor den anderen und pfiff dazu ein paar schiefe Töne. Beinahe wären sie am Laden *Praktisch und Clever* vorbeigegangen und hätten ihre Spaten vergessen. Der Großvater bestand darauf, allein hineinzugehen. Als er wieder herauskam, hatte er drei Spaten unter dem Arm und eine Papiertüte in der Hand. Die gab er Betula, die sofort hineinschaute. Es war ein Tischlerhemd. Weiß-blau gestreift. Genau so eins, wie sie es sich immer gewünscht hatte.

# Siebtes Kapitel

## In dem Frau Zwirnfitz in Bergen von Zeitschriften nach einem Häkelmuster sucht und Betula bittet, für sie zu spionieren

Zur Mittagszeit hatte es sich Betula in ihrem Kuschelsarg zwischen den Kissen gemütlich gemacht. Auf ihrem Schoß lag ein Papierblock, den sie für ihre allererste Sargskizze benutzte. Zaghaft setze sie den Bleistift an und versuchte, einen Kreis zu ziehen, doch plötzlich wurde es dunkel.

Betula blickte zu den kleinen Fenstern in der Tür. ‚Martha hat also doch recht', dachte sie, als sie die Regenwolken am Himmel sah. Sie hatte den Regen vorausgesagt, als noch kein einziges Wölkchen am Himmel zu sehen gewesen war.

Betula knipste die Lampe am Kopfende des Sarges an. Eigentlich war die Lampe eine Puppe, die Holz-Betula, in deren Bauch jetzt eine Glühlampe steckte. Sie hatte sie von Martha geschenkt bekommen. Ein Käfer flatterte aufgeschreckt hoch und verkroch sich in einem Wurmloch.

Dann starrte Betula wieder auf den Kreis auf ihrem Blatt und dachte darüber nach, wie der Eiskugel-Sarg aussehen sollte. Er sollte so schön sein, dass die Eisfrau bei seinem Anblick ihren Wunsch nach dem Fernsehsessel glattweg vergaß. Ein leises Nagen riss sie abermals aus ihren Gedanken. *Knacks, knacks, knacks.* Es kam aus einem der Bohrlöcher in der linken Seite. Flugs legte Betula den Stift aus der Hand, zog die Lupe unter dem Kissen hervor und hoffte, endlich einen Blick auf einen kleinen Wurmkopf zu erhaschen. Aufmerksam wanderte sie mit der Lupe an der Sargwand entlang. Feines Bohrmehl rieselte hier und da.

„Es ist gar nicht so leicht, einen runden Kreis zu malen, wisst ihr das?", begann sie zu den Wurmlöchern zu sprechen, wie sie es immer tat. „Da frag ich mich doch, ob es leicht ist, ein rundes Loch zu nagen.“ Sie wanderte mit der Lupe weiter nach rechts zu dem Wurmloch, das sie mit einem Bleistiftkreuz markiert hatte. „Also Ihr Schlupfloch, Sir William, ist wirklich perfekt. Nur etwas verstopft. Sie haben doch sicher nichts dagegen, wenn ich den Staub wegpuste.“ Betula holte tief Luft und blies in Sir Williams Schlupfloch hinein. „Bitte schön!“, sagte sie und wanderte mit der Lupe weiter.

Eines der Löcher hatte winzige Aushöhlungen, sodass es wie eine Blume aussah. Dort, da war sich Betula sicher, wohnte die Baronesse. Natürlich lag hier kein Sägemehl davor. Hier war frisch gefegt. „Guten Tag, Baronesse. Bei Ihnen ist alles hübsch sauber. Haben Sie gerade Besuch? Grüßen Sie den Vetter von mir.“ Das Knacksen verstummte.

Betula widmete sich wieder ihrer Skizze. Noch sah ihr Sarg wie eine flache Scheibe aus. Sie versuchte sich an der Perspektive. Der Sarg brauchte Höhe, damit die ganze Eisfrau hineinpasste und nachdem sie ein paar Striche gezogen hatte, sah die Zeichnung plötzlich aus wie eine Dose. Der grelle Schein eines Blitzes ließ Betula zusammenzucken. Draußen braute sich ein ordentliches Gewitter zusammen. Schon klatschten dicke Regentropfen gegen die kleinen Fenster und der Wind stieß gegen die Tür, als ärgerte er sich, dass man ihn nicht hineinließ.

Betula kletterte aus dem Sarg, ging zur Tür und sah hinaus auf den Hof. In den Erdkuhlen hatten sich tintenschwarze Pfützen gebildet. Plötzlich krachte der Himmel, als würde eine gewaltige Axt in einen Baumstamm schlagen. Und was Betula dann erblickte, war so ziemlich das Unheimlichste, das sie je gesehen hatte. Der Sturm hatte die Birke in ein wildgewordenes Ungeheuer verwandelt. Mit hunderten Armen griff es gierig nach der Werkstatt und zerrte an ihr herum, als wollte es sie aus dem Boden reißen. Betula schauderte vor Angst. Da tauchte ein zitronengelber Regenschirm auf dem Hof auf.

Betula riss die Tür auf. „Frau Zwirnfitz!“, rief sie gegen den Wind und lief durch den Regen zu der alten Dame. Ein kräftiger Windstoß drückte die beiden in den Hausflur.

„Ein Glück, dass wir zwei nicht aus Zucker sind!“, keuchte Frau Zwirnfitz und stellte ihr volles Einkaufsnetz auf dem Boden ab. Ganz zerzaust sah sie aus. Sie schüttelte das Wasser vom Schirm und klappte ihn zusammen. Mürrisch betrachtete sie ihre weißen Ballerina-Schuhe. „Och. Die schönen neuen Schuhe. Jetzt sind sie ganz voller Schlamm. Wer konnte auch ahnen, dass es heute so einen Regen gibt.“

„Martha wusste es“, sagte Betula. „Sie hat gesagt, sie spürt es in ihren Knochen, wenn es Regen gibt.“

Frau Zwirnfitz nickte und lachte. „Schön, dass du wieder da bist, Betulchen“, sagte sie mit warmer Stimme. Ihre großen braunen Augen ruhten einen Moment lang auf dem Mädchen. „Du bist ordentlich gewachsen. Aber das Tischlerhemd macht dich noch schmaler, als du sowieso schon bist. Eine hübsche Bluse stünde dir besser“, sagte die alte Dame und legte den Kopf schief. „Du siehst ein wenig blass aus. Ich hoffe, du hast keinen Kummer?“

„Ach. Das kommt nur vom Gewitter“, antwortete Betula und wischte sich mit dem Hemdsärmel die Regentropfen aus dem Gesicht. „Die Birke sah plötzlich so unheimlich aus.“

Bald darauf saßen die beiden am Häkeltisch, plauderten über dies und das und tranken warmen Kamillentee. Betula entging dabei nicht, dass Frau Zwirnfitz’ eigentliche Aufmerksamkeit der bunten Zeitschrift galt, in der sie herumblätterte. Irgendetwas war anders, beinahe fremd an ihr. Und während Betula darüber nachdachte, ließ sie ihren Blick durch das Zimmer wandern.

Und da war sie. Sie hing an einem Haken an der Wand. Ausrangiert mit schlaffen, leeren Taschen. Frau Zwirnfitz’ Kittelschürze. Sonst hatte sie immer ihre Schürze angezogen, kaum dass sie über die Türschwelle getreten war, weil sie zwischen Teewasser aufsetzten und Kirschkernen auspulen ein paar flotte Maschen häkeln musste. Doch nun trug die alte Dame ein enges, meeresgrünes Kostüm und sah aus, als würde sie ihrem eigenen Sessel nur noch gelegentlich einen Besuch abstatten.

„Großvater hat mir erzählt, dass Sie für einen Häkelwettbewerb trainieren. Und dass der Gewinner eine goldene Häkelnadel bekommt", sagte Betula in die Stille. „Er sagte auch, dass Sie deshalb keine Zeit mehr haben, um Kirschsuppe zu kochen. Müssen Sie denn so viel trainieren? Also ich kenne niemanden, der so schnell häkeln kann wie Sie."

Frau Zwirnfitz lächelte schwermütig. „Bei diesem Häkelwettbewerb geht es nicht um Schnelligkeit, Betula. Sondern um das schönste Muster." Sie griff unter den Tisch und hielt Betula einen ihrer Topflappen unter die Nase. „Mein Muster ist mehr als gewöhnlich", klagte sie. „Man kann es in jeder x-beliebigen Häkelzeitschrift finden." Sie nickte zur Kommode hin, auf der sich ein meterhoher Stapel Zeitschriften türmte.

Der Wind jaulte leise. Die Ritzen in den Fensterrahmen waren ihm zu eng. Doch er wollte einfach nicht aufgeben.

„Sie heißt Frau Gierzahn." Frau Zwirnfitz' Stimme zitterte, als sie diesen Namen aussprach.

„Wer?", fragte Betula.

Frau Zwirnfitz griff abermals unter den Tisch und holte einen fein säuberlich ausgeschnittenen Zeitungsartikel hervor. Zwei runde, traurige Augen schauten nun zu Betula.

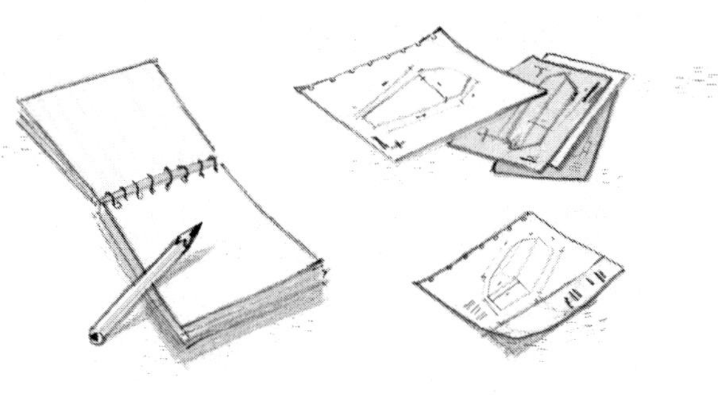

„Frau Gierzahn ist die Besitzerin der Goldenen Häkelnadel. Seit fast sechzig Jahren hat sie die nun schon.“ Sie knipste die Stehlampe an und die Mohnblumen auf dem Lampenschirm erblühten im feurigen Rot. „Da!“, sagte sie und tippte auf einen Artikel. „Lies es selbst.“

Und Betula las.

***Die Stadt Hintermühlen freut sich, eine Heimkehrerin begrüßen zu dürfen.***

*Frau Gierzahn, die in diesem Jahr das biblische Alter von 105 Jahren erreicht hat, ist nach Hintermühlen zurückgekehrt und mit ihr die Goldene Häkelnadel. Diese Häkelnadel war einst im Besitz des Markgrafen Otto der Faule. Dieser musste die Häkelnadel im Jahre 1367 zusammen mit der Mark Lausitz an den Bömischen König, der eine Vorliebe für das Häkeln hatte, verkaufen. Nach den Geboten ihres Preisstifters muss der Träger der Goldenen Häkelnadel seinen Preis verteidigen, wenn er zu einem Häkelwettstreit herausgefordert wird. Gibt es ein mutiges Häkeltalent in unserer Stadt, das sich mit Frau Gierzahn messen möchte? Wir dürfen gespannt sein.*

„Jetzt verstehe ich. Sie wollen Frau Gierzahn zu diesem Wettstreit herausfordern, doch Sie glauben, dass sie ein viel schöneres Muster hat“, sagte Betula. Frau Zwirnfitz seufzte zustimmend.

„Wenn Sie in den Zeitschriften nichts finden, müssen Sie sich eben selber ein Muster ausdenken“, schlug Betula vor und dachte an ein Muster mit weniger Löchern, damit man sich nicht die Hände an den Topfhenkeln verbrannte.

Frau Zwirnfitz winkte ab. „Ach, ich hab schon alles versucht. Es endet immer in einem einzigen Fitz.“ Sie musterte geringschätzig ihren Topflappen.

Betula goss ihr etwas Kamillentee nach.

Nachdem Frau Zwirnfitz einen Schluck getrunken hatte, erzählte sie Folgendes: „Dabei hatte ich einen guten Plan.

Als ich den Artikel gelesen hatte, machte ich mich auf ins Altersheim und schlug der Pflegerin, Fräulein Frühling, einen Häkelkurs für die Heimbewohner vor, um gemeinsam für den Wettstreit zu trainieren. Ich hoffte, ich könnte Frau Gierzahn dabei etwas auf die Finger schauen.“ Frau Zwirnfitz linste vielsagend über den Brillenrand. „‚Einen Häkelkurs! Das ist ja großartig!‘, hatte Fräulein Frühling gerufen und sich sogleich an die Organisation gemacht. Seit vier Tagen gehe ich nun ins Altersheim und trainiere mit den alten Damen Masche für Masche.“ Sie ließ sich entmutigt in die Sessellehne sinken.

Betula ahnte warum. „Frau Gierzahn ist nicht dabei?“

Frau Zwirnfitz nickte. „Fräulein Frühling erzählte mir dann, dass Frau Gierzahn so gut wie nie ihr Zimmer verlässt.“

„Dann hat Ihr Plan nicht funktioniert“, schlussfolgerte Betula.

Frau Zwirnfitz nickte abermals. „Mit meinem Topflappenmuster habe ich keine Chance gegen sie. Und ich hätte sie so gern herausgefordert“, sagte sie resigniert. Doch kaum hatte sie das ausgesprochen, ging eine plötzliche Wandlung in ihr vor. Sie setzte sich kerzengerade auf und strahlte mit einem Male über das ganze Gesicht. „*Du* könntest …“, hob sie mit lauter Stimme an. Aber dann hielt sie inne und fuhr leise fort: „*Du* könntest sie besuchen und das Häkelmuster ausspionieren.“

Betula riss die Augen auf. „Ich soll was?“

Ein Funken blitzte in Frau Zwirnfitz Augen auf. „Das Häkelmuster muss wahnsinnig kompliziert sein. Sie hat es sicher auf einen Zettel geschrieben.“

„Aber Sie sagten doch eben, dass Frau Gierzahn nie das Zimmer verlässt.“

Mit etwas zu viel Schwung stellte Frau Zwirnfitz die Teetasse auf den Unterteller zurück, dass es klirrte. „Ach. Das ist gar kein Problem. Wir nehmen etwas selbstgebackenen Kirschkuchen mit, und während ich mit den Häkeldamen das Häkelstündchen halte, klopfst du höflich an Frau Gierzahns Tür und sagst, dass du gern bei ihr das Häkeln erlernen möchtest." Sie sagte dies, als wäre es die kleinste Kleinigkeit auf dieser Welt.

Betula schüttelte den Kopf. Gleich nach dem Regen wollte sie mit Martha und Großvater den Sarg im Garten ausgraben. Das war viel spannender, als einer alten Frau beim Häkeln zuzusehen „Ich habe keine Zeit", entgegnete sie.

„Keine Zeit?" Frau Zwirnfitz reckte erstaunt ihren kurzen Hals. „Du hast doch Ferien!"

„Der Großvater will mir das Sargtischlern beibringen", erwiderte Betula.

Frau Zwirnfitz runzelte die Stirn. „Ach darum trägst du dieses Hemd. Du willst doch nicht etwa auch Sargtischler werden?", fragte sie ungläubig.

Betula zuckte mit den Schultern. „Das hängt davon ab, ob ich es lernen kann. Großvater sagt, dass es nicht so einfach ist."

Frau Zwirnfitz zog den Kopf zwischen ihre Schultern. „Was gibt es da zu lernen?", gluckste sie. „Seine Särge sind doch nur Kisten. Ein paar zusammengenagelte Bretter. Mehr nicht."

Betula schüttelte den Kopf. „Ich muss die Sargtischlerlektionen von meinem Urgroßvater lernen. Ich muss den Tod akzeptieren, Skizzen zeichnen und Kunden finden und ich muss lernen, mit dem Werkzeug umzugehen." Sie hatte die Punkte mit den Fingern mitgezählt.

Frau Zwirnfitz erhob sich kopfschüttelnd und ging zum Vitrinenschrank. Sie schob die Glasscheibe beiseite und nahm ein Buch mit einem braunen Ledereinband heraus.

„Keine Zeit", murmelte sie enttäuscht. „Ich habe immer Zeit für dich gehabt, Betula. Und jetzt bitte ich dich um einen kleinen Gefallen und du sagst, du hast keine Zeit." Schwer wie ein Stein sank sie in ihren Sessel zurück und legte das Buch auf den Tisch. Es war ein Fotoalbum. Sie schlug es auf und die Pergamentblätter raschelten. Dann plötzlich tippte sie auf ein kleines Schwarz-Weiß-Foto, auf dem ein altmodischer Kinderwagen zu sehen war. Ein kleines Mädchen saß darin. Es trug ein Häkelkleid mit Rüschen. „Das bist du“, sagte Frau Zwirnfitz.

Neugierig rückte Betula näher.

„Das Kleidchen hab ich für dich gemacht. Du hast so goldig darin ausgesehen.“ Dann blätterte sie rasch ein paar Seiten weiter und tippte auf ein weiteres Foto. „Da bist du schon fünf.“

Betula starrte auf das Bild. Auch dieses Foto weckte keine Erinnerung.

„Hier hattest du dich versteckt, weil du wütend warst. Oh, du warst sehr wütend.“ Frau Zwirnfitz lachte. „Du hattest nämlich keine Lust mehr, die Holzwürmer aus dem Holz zu pulen und darum hast du dich versteckt. Dein Großvater hätte dich wer weiß wie lange dort schmollen lassen.“ Frau Zwirnfitz schielte zu Betula, als wollte sie sichergehen, dass sie ihr zuhörte. „Drüben im Schleifraum habe ich dich gefunden. Ganz verstaubt.“ Das Mädchen auf dem Bild war über und über mit Sägemehl bedeckt. Es sah aus, als hätte man es in Semmelbrösel-Panade getaucht.

„Und hier“, sagte Frau Zwirnfitz und tippte auf das Foto daneben, „hast du ein Holzkästchen gebaut.“

„Das weiß ich noch“, rief Betula. „Es sollte ein Geburtstagsgeschenk für Großvater werden.“ Sie erinnerte sich sogar, wie sie in den Sägeresten nach Holzklötzen gesucht hatte. Anschließend hatte sie mit einem Lötkolben kleine Blumen ins Holz hineingebrannt und sie bunt angemalt.

Frau Zwirnfitz’ kleiner, dicker Zeigefinger klopfte bedeutungsvoll auf das Foto. „Aber siehst du das Pflaster an deinem Daumen?“ Betula reckte den Hals und nickte.

„Du hattest dir einen großen Holzsplitter eingezogen. Dein Großvater wollte ihn mit seiner rostigen Zange herausholen“, erzählte Frau Zwirnfitz. „Ich kam gerade noch rechtzeitig, um das zu verhindern. Du hättest ganz sicher eine Blutvergiftung bekommen."

Betula starrte auf ihren Daumen. Der Holzsplitter hatte keine Spur hinterlassen.

„Wie du siehst, ist dein Daumen noch dran. Aber nur, weil ich dir diesen fiesen Splitter herausgezogen habe. Natürlich mit einer sterilen Pinzette." Frau Zwirnfitz klappte das Album wieder zu. Der Staub, der aufstieg, kitzelte so sehr in Betulas Nase, dass sie niesen musste. Wie auf Kommando hielt Frau Zwirnfitz ihr ein frisch gebügeltes Taschentuch hin.

Betula nahm es und schnäuzte. „Ist ja schon gut", sagte sie lachend. „Ich tue Ihnen den Gefallen und spioniere ein bisschen bei Frau Gierzahn herum."

Frau Zwirnfitz lächelte dankbar. „Du hast ja keine Ahnung, wie erleichtert ich bin, Betulchen. Ich verspreche dir, es wird nicht lang dauern und du kannst den Rest der Ferien so viele Särge bauen, wie du willst." Sie stand auf und zog das Kostüm glatt. „Und jetzt backe ich schnell einen Kirschkuchen." Und schon machte sie sich an die Arbeit.

Betula ging hinaus auf die Terrasse. Das Gewitter war vorüber. Als sie zur Birke schaute, war diese nicht länger ein Ungeheuer. Arglos ließ der Baum seine Äste hängen. Betula lief zu Martha und Großvater ins Haus, um ihnen zu sagen, dass der Regen vorüber war und sie endlich mit dem Graben beginnen konnten.

# Achtes Kapitel

## In dem Frau Zwirnfitz sich wünscht, die Zeiger an den Uhren könnten rückwärts laufen

„Ich bin zu jedem Unfug bereit!“, rief der Großvater, nachdem er mit seinem langen Mittagsschläfchen fertig war. Er schnappte sich einen Spaten und stiefelte damit in den Garten. Martha und Betula folgten ihm voller Ungeduld. Hinter dem kleinen hölzernen Tor blieb er plötzlich stehen. Ein schmaler Weg teilte den Garten in zwei gleich große Hälften. Der Großvater ließ seinen Blick über die mit kniehohem Unkraut bewachsenen Beete schweifen und kratzte sich nachdenklich am Kopf. „Rechts“, sagte er schließlich und lenkte seine Schritte in den rechten Teil des Gartens. Unter dem ausladenden Blätterdach der Birke blieb er stehen.

„Hier?“, fragte Betula.

„Ausgerechnet unter diesem verfluchten Baum!“, zeterte Martha. In gebückter Haltung folgte sie widerwillig dem Großvater. Auf dem Kopf trug sie einen Strohhut. Die Krempe war ausgefranst, vermutlich angefressenen von den Mäusen, die im letzten Winter ihr Nest darin gebaut hatten.

Der Großvater antwortete nicht. Stattdessen hob er seinen Spaten an. Jedoch stach er ihn nicht in die Erde, sondern verharrte in dieser Stellung, als wäre er zu Stein erstarrt. Seine Stirn lag in nachdenklichen Falten.

„Warum stichst du ihn nicht in die Erde, Ferdinand?“, drängte Martha.

„Ich glaub, er ist sich noch nicht sicher, ob er den Sarg hier vergraben hat“, sagte Betula und trat ungeduldig mit dem Fuß gegen ihren Spaten.

„Seid still. Ich denke nach“, knurrte der Großvater.

Als zwei weitere ereignislose Minuten verstrichen waren,

verfinsterte sich Marthas Miene. „Argh“, machte sie. „Du alter Trottel hast es vergessen.“

Betula wollte nicht länger warten. Sie stach ihren Spaten in den Rasen und hob einen Erdballen heraus. Als hätte er einen Geistesblitz, rief der Großvater: „Nee! Das ist die falsche Stelle, Betula.“ Dann machte er drei weitere Schritte nach rechts.

Martha brauste auf: „Du hältst uns zum Narren, Ferdinand, wie du es immer gemacht hast.“ Mit geducktem Kopf folgte sie ihm.

Der Großvater kicherte und stach seinen Spaten in die Erde, gerade dort, wo er stand. Er tat einen Stich und noch einen und ohne aufzusehen, rief er forsch: „Was ist? Soll ich den Sarg etwa allein ausgraben?“ Nach kurzem Zögern fingen auch Martha und Betula zu graben an.

Die Erde war weich vom Regen. Die ersten Spatenstiche waren schnell ausgehoben. Doch je tiefer sie gruben, umso mühseliger wurde es. Nach einer Weile hatten sie ein tiefes Loch gegraben, doch ein Sarg wollte und wollte sich nicht zeigen. Betula wurde misstrauisch.

„Wie tief hast du den Sarg denn vergraben, Großvater?“

Der Großvater hielt inne. Ein Schweißtropfen hing an seiner Nasenspitze. „Es ist über dreißig Jahre her“, sagte er und schaute sich suchend um. „Außerdem war es mitten in der Nacht und deswegen stockfinster.“

Betula starrte auf die Blase an ihrer Hand. „Willst du damit sagen ...“ Sie schnappte nach Luft und sagte dann: „Dass wir an der falschen Stelle graben!“

Der Großvater nickte und der Schweißtropfen löste sich von der Nasenspitze. „Lasst es uns woanders versuchen.“

„Woanders?“, keifte Martha und ließ den Spaten los. „Am Ende hast du ihn gar nicht im Garten vergraben, sondern auf irgendeinem Friedhof!“ Ihre Augen funkelten streitlustig.

„Aber Martha. *Das* wüsste ich doch!“, entgegnete der Großvater spöttisch.

Da tauchte Frau Zwirnfitz auf. „Huhu, Betulchen“, rief sie über den Hof. „Bist du hier irgendwo?“ Die alte Dame konnte die drei unter dem Blätterdach nicht sehen, weil es wie eine grüne Glocke bis zur Erde gewachsen war.

Betula warf den Spaten hin und arbeitete sich durch die Birkenzweige. „Ich bin hier“, rief sie. „Unter dem Baum.“

Frau Zwirnfitz kam ihr freudig entgegen. „Bist du bereit für unseren kleinen Ausflug?“ Sie zwinkerte Betula zu und hatte dabei ein geheimnisvolles Lächeln auf den Lippen, das so viel hieß wie: Bist du bereit zum Spionieren?

Großvater und Martha steckten die Köpfe ebenfalls durch die Birkenäste.

„Wohin soll es denn gehen?“, fragte der Großvater neugierig.

„Betula möchte mir gern beim Häkeln zuschauen“, erklärte Frau Zwirnfitz ohne Umschweife.

„So? Will sie das?“, entgegnete Martha verwundert.

Betula nickte grinsend. „Ähm ... ja.“

„Ich höre immer nur häkeln, häkeln, häkeln. Vor lauter Häkeln kommen Sie gar nicht mehr zum Kochen“, stichelte der Großvater.

„Nicht einmal für eine Kirschsuppe haben Sie Zeit“, moserte Martha.

„Ist schon erledigt“, trällerte Frau Zwirnfitz in glänzender Laune. „Die Kirschen sind gepflückt, entsteint und nun liegen sie eingezuckert im Topf.“ Sie schaute amüsiert in die Runde und genoss die überraschten Gesichter. „Sie geben wohl Ihrer Enkelin gerade eine Lektion im Sargtischlern?“, erkundigte sie sich, schob ein paar Birkenzweige beiseite und spähte neugierig unter den Baum. „Oh, ein Loch. Oder soll ich sagen ein Grab?“ Sie ließ die Zweige wieder fallen. „Wen wollen Sie denn unter die Erde bringen?“ Irritiert fegte sie eine Fliege von ihrer Nase.

Der Großvater schwieg verlegen.

„Wir suchen einen Sarg“, erklärte Betula. „Großvater hat

ihn vor langer Zeit hier irgendwo mit den Skizzen und dem Werkzeug meines Urgroßvaters vergraben."

„Wir wollen unser Sarggeschäft etwas ankurbeln", sagte Martha. „Und dazu brauchen wir Betulas Hilfe. Sie muss uns beim Graben helfen."

„Aber ja doch, Martha. Sie bekommen Ihre kleine Sargtischlerin bald wieder", sagte Frau Zwirnfitz, griff dabei nach Betulas Arm und wollte schon auf dem Absatz kehrt machen, doch Betula zog ihren Arm zurück.

„Können wir nicht später gehen, Frau Zwirnfitz?", bat sie. „Ich hab mich so darauf gefreut, den Deckel des Sarges als Erste zu öffnen."

Frau Zwirnfitz schüttelte erschrocken den Kopf. „Das geht nicht!", rief sie und das Lächeln verschwand aus ihrem Gesicht. „Die Häkeldamen warten sicher schon auf mich. Ich habe zu viel Zeit vertan. Erst mit den Kirschen und dann mit dem Kuchen. Und auch mit der ollen Farbe im Flur." Sie wandte sich an den Großvater. „Ich bekomme den Geruch gar nicht mehr aus meiner Nase. Können Sie sich nicht ein bisschen vorsehen? Noch und nöcher hab ich Ihnen gesagt, Sie sollen mit ihren schmutzigen Stiefeln nicht ins Haus gehen. Alles ist voller Kleckse. Ich habe auch nur zwei Hände. In drei Tagen ist der Häkelwettstreit, ich habe noch kein Muster und die Zeit läuft mir davon." Sie hielt erschöpft inne und stöhnte. „Ich wünschte mir, ich könnte die Zeit anhalten."

Großvaters Augenbrauen hüpften spöttisch. „Na, wenn Sie das schaffen, dann lassen Sie die Zeiger doch gleich noch ein paar Jahre rückwärts laufen. Dann fällt mir sicher ein, wo ich den verflixten Sarg vergraben habe ..." Auf einmal stockte er. Dann schlug er sich an die Stirn. „Rückwärts!", rief er. „Martha! Es war nicht dieses Rechts. Sondern das andere Rechts."

Er sprang zurück auf den kleinen Weg, der den Garten teilte. „Ich bin rückwärts hier entlang gegangen", sagte er und demonstrierte, wie er damals rückwärtsgehend den Sarg mit beiden Händen gezogen hatte. Doch dann kratzte er sich schon wieder nachdenklich am Kopf.

Marthas Gesicht war mit einem Mal puterrot. „Du vergesslicher, alter Trottel!", beschimpfte sie ihn.

Der Großvater verschränkte die Arme und eine tiefe Zornesfalte wuchs auf seiner Stirn. „Ich bin also ein vergesslicher, alter Trottel? Und was bist du? Ich sag es dir. Eine Giftnudel bist du! Wessen Idee war es denn, den Sarg auszugraben, hm?"

Martha schnappte nach Luft. „Giftnudel? Na warte! Du ... du Holzkopf. Warum musstest du den Sarg denn überhaupt vergraben?", keifte sie.

Martha und Großvater stritten, dass Betula die Ohren glühten. „Das wird eine Weile dauern", sagte Frau Zwirnfitz und gab Betula ein rotes Einkaufsnetz in die Hand. „Und solange die Zankhähne sich streiten, kannst du ruhig mit mir mitkommen."

„Ist da der Kuchen drin?" Betula schaute neugierig auf das Päckchen aus Alufolie im Netz.

Frau Zwirnfitz nickte und zusammen machten sie sich auf den Weg.

Die Teerstraße dampfte. Sie war noch ganz nass vom Regen. Die Luft stand zwischen den Häusern, als hätte die Stadt den Atem angehalten. Frau Zwirnfitz gab leise schnaufende Geräusche von sich. Weil das Kostüm an ihren Beinen ziemlich eng saß, musste sie viele kleine und sehr schnelle Schritte machen, um zügig voranzukommen. Außerdem schien sie in Sorge um ihre neuen Schuhe zu sein, weswegen sie ihre Füße umständlich um jedes Pfützchen herum manövrierte. Während die kleine Dame also sich bemühte, keine Zeit zu verlieren, gab sich Betula, als hätte sie zu viel davon und schritt auf ihren langen Beinen neben ihr her. Auf der anderen Straßenseite tauchte die Eisbude auf. „Wir haben doch sicher noch Zeit für ein Eis?", fragte sie, weniger wegen der Aussicht auf ein leckeres, zweites Eis, sondern vielmehr aus geschäftlichem Interesse.

Frau Zwirnfitz tupfte sich mit einem Taschentuch die Stirn, ohne ihr Tempo zu verlangsamen. „Haben wir nicht, Betulchen", japste sie. „Haben wir nicht."

Betula sah die Eisfrau hinter ihrem Tresen Waffeltürmchen stapeln. ‚Du hast sie in ihrer Eiskugelseele beleidigt', hörte sie in Gedanken die Stimme ihres Großvaters und nahm sich vor, sobald sie die Sargskizze fertig hatte, einen neuen Versuch zu wagen.

„Mein allererster Sarg ist für die Eisfrau. Er soll deswegen auch wie eine große Eiskugel aussehen", erzählte Betula.

Frau Zwirnfitz gluckste. „Du meine Güte. Du hast ja einen richtigen Sargfimmel." Dann stoppte sie ruckartig. „Du wirst doch nicht auf die Idee kommen und im Altersheim herumerzählen, dass du ... dass du ..." Sie schraubte ihre Stimme nach oben. „... eine Sargtischlerin bist?" Nervös nestelte sie an einem Kostümknopf. „Dein Großvater hat weiß Gott schon genug Unruhe unter den alten Damen gestiftet. Am besten, du verrätst niemandem, dass du die Enkelin von Ferdinand Krummnagel bist. Du könntest sie damit erschrecken und dann ..."

Die Kirchturmuhr läutete. Frau Zwirnfitz sprach den Satz nicht zu Ende. Hektisch setzte sie ihren Weg fort. „Herrje! Es ist schon drei", rief sie. „Wir kommen zu spät!" Sie eilten die Einkaufsstraße hinauf, dann über den Marktplatz und am Güterbahnhof vorbei. Nicht weit davon stand ein grauer Betonklotz, das Altersheim der Stadt Hintermühlen.

Endlich waren sie da. Die Tür stand offen. Doch wie zum Hohn lauerte eine riesige Pfütze vor der Schwelle des Einganges, so eine, bei der man den Boden nicht sieht. Voller Grauen starrte Frau Zwirnfitz auf das schlammige, schwarzgrüne Nass.

„Oh-Gott-oh-Gott-oh-Gott!“, rief sie und tippelte am Pfützenrand auf und ab. „Wie soll ich denn da rüber kommen?“

‚Fehlt nur noch, dass sie ‚Herr Fischer, Herr Fischer’ ruft, wie in dem Spiel, das die anderen Kinder auf dem Schulhof spielen‘, dachte Betula und musste lachen.

„Hüpfend!“, rief sie und zog die Sandaletten von den Füßen. Der erste Satz brachte sie in die Mitte der Pfütze, dass es laut platschte. Mit einem zweiten landete sie an der Tür.

„Jetzt sind Sie dran!“, rief Betula Frau Zwirnfitz zu.

„Nie und nimmer gehe ich durch dieses olle Wasserloch“, sagte Frau Zwirnfitz und schaute sich hilfesuchend um.

„Es gibt nur diesen einen Eingang. Denken Sie an die Goldene Häkelnadel“, lockte Betula die alte Dame.

„Ich habe wohl keine andere Wahl.“ Resigniert kniff sie die Lippen zusammen, zog die Schuhe aus und watete durch das knöcheltiefe Wasser. Mit nackten Füßen eilte sie dann den Flur entlang. Sie hinterließen kleine, feuchte Abdrücke auf dem Linoleum.

„Ich komme, Ihr Lieben!“, hallte Frau Zwirnfitz’ Rufen durch den Gang, und dann war sie im Speisesaal verschwunden. Betula aber stand, die Augen weit aufgerissen, vor einer der Zimmertüren, hinter der eine Frau Gulasch wohnte und starrte auf den Zettel, der daran klebte.

# Neuntes Kapitel

## In dem Zettel an Türen hängen

*Hallo Herr Krummnagel. Hab keine Lust zu sterben*, stand dort auf einem Zettel. Drei Mal hatte Betula es schon gelesen und trotzdem wollte sie ihren Augen nicht trauen. Sie schielte zur nächsten Tür, hinter der eine Frau Ast wohnte. *Bin kerngesund. Versuchen Sie Ihr Glück bei meiner Nachbarin*, hatte diese auf eine herausgerissene Buchseite gekritzelt. Betula schaute bei der Nachbarin. Die hieß Frau Grimm und hatte ihre Nachricht auf einem fettigen Butterbrotpapier hinterlassen. *Morgen beiße ich ins Gras, Herr Krummnagel* und *(Aber nur, wenn Sie mein Gebiss finden.)*

Betula ging von Tür zu Tür. Auch die anderen Heimbewohner dieser Etage hatten ihrem Großvater Nachrichten hinterlassen. Voller Bangen las sie, was an Frau Kramers, Frau Kleinfuß' und Herrn Neuneiers Tür stand. Natürlich hatte auch von denen keiner die Absicht zu sterben, sie wollten nicht den Löffel abgeben und schon gar nicht die Hufe hochreißen. *Bums! Aus! Ende! Herr Krummnagel!*, schrieben sie.

‚Oje', dachte Betula. Das hier hatte mit den nächtlichen Besuchen ihres Großvaters zu tun. Sie stellte sich vor, wie ihr Großvater nachts an die Türen klopfte, um alte Damen und Herren zu Tode zu erschrecken. Doch irgendwie wollte ihr das nicht gelingen. „Irgendetwas stimmt hier nicht", murmelte Betula und nahm sich vor, Augen und Ohren offenzuhalten.

„Betula!" Frau Zwirnfitz stand im Türrahmen des Speisesaals und winkte sie zu sich. Neben ihr stand Fräulein Frühling. Betula winkte zurück und lief zu ihnen.

„Hallo Betula", sagte Fräulein Frühling lächelnd. „Ich habe dich lange nicht gesehen. Wen möchtest du denn heute besuchen?“ Betula starrte auf die honiggelben Locken, die wie wogende Korkenzieher über Fräulein Frühlings Schultern fielen. Ihr Ponyhaar hatte sie mit einer Haarspange aus glänzendem Perlmutt nach hinten gesteckt.

„Ich bin wegen –“, begann Betula.

Doch Frau Zwirnfitz fuhr aufgeregt dazwischen. „Betula begleitet mich heute zu meinem Häkelkurs.“ Betula nickte und Frau Zwirnfitz erkundigte sich: „Wann sagten Sie, kommt der Herr von der Zeitung, dieser Herr Wortklauber? In einer halben Stunde schon?“ Sie klang enttäuscht. „Ach, dann fällt wohl mein Häkelkurs heute aus?“

Fräulein Frühling schüttelte ihren Lockenkopf und ein Duft von Zitrone lag in der Luft. „Nein, nein. Der findet natürlich wie geplant statt.“

Betula schielte zu der schönen Perlmuttspange in Fräulein Frühlings Haaren. ‚So eine hätte ich gern‘, dachte sie und stellte sich die neidischen Blicke der anderen Kinder vor. Doch in der nächsten Sekunde hörte sie eine innere Stimme sagen: ‚Diese Spange würde nichts daran ändern, dass dein Haar hässlich ist. Schnittlauchhaare! Schnittlauchhaare!‘

„Herr Wortklauber möchte Frau Gierzahn ein paar Fragen stellen“, zwitscherte Fräulein Frühling. „Die anderen Häkeldamen und Sie können sich also ganz in Ruhe auf das Duell vorbereiten.“

„Duell?“ Frau Zwirnfitz riss die Augen auf. „Wer redet denn von einem Duell?“

„Wettstreit klingt doch langweilig, finden Sie nicht auch?“, flötete Fräulein Frühling.

Mit lautem Geschnatter näherten sich in diesem Moment fünf weißhaarige Damen dem Speisesaal. Wie auf unsichtbaren Schienen schoben sich ihre Füße, die in karierten Filzpantoffeln steckten, über das Linoleum. Sie trugen weit geschnittene, lange Sommerkleider, aus denen die Sonne längst die Farbe gestohlen hatte, sodass sie grau waren wie die Betonwände des Altersheims.

„Das sind Frau Kleinfuß, Frau Grimm, Frau Gulasch, Frau Ast und Frau Rummschüssel", erklärte Frau Zwirnfitz Betula.

Frau Gierzahn war also nicht dabei. Betula hatte verstanden. Doch in welchem Zimmer wohnte Frau Gierzahn eigentlich? Gerade als Betula das fragen wollte, warf Frau Zwirnfitz ihr einen Blick von der Sorte zu, den Erwachsene aufsetzen, wenn sie sich wünschen, dass ihr Kind sie nicht blamiert.

„Ist schon gut. Ich frag die Häkeldamen nicht, ob sie einen Sarg haben wollen", flüsterte Betula ihr darum zu.

Frau Zwirnfitz schien beruhigt und löcherte Fräulein Frühling weiter mit ihren Fragen. „Frau Gierzahn wird wohl heute auch wieder nicht ihr Zimmer verlassen, wie? Woher soll denn Herr Wortklauber wissen, in welchem Zimmer sie wohnt?", hakte sie nach und nestelte nervös am Saum ihrer Kostümjacke.

Eine kleine runzelige Hand tippte Betula an die Schulter, sodass sie sich überrascht umdrehte.

„Frau Zwirnfitz hat sich wohl heute Verstärkung mitgebracht?", sprach die Alte mit krächzender Stimme, zu der diese Hand gehörte. „Du wirst uns doch nicht die Goldene Häkelnadel wegschnappen?" Und als würde die Antwort auf Betulas Nasenspitze sitzen, stellte sich die alte Dame auf ihre Zehen und streckte Betula ihr Gesicht entgegen. Ihr Atem roch nach süßem Malzkaffee.

Betula zuckte mit den Schultern. „Sie können sicher besser häkeln als ich."

„Warum muss sie so nuscheln? Konnten Sie ihren Namen verstehen, Frau Kleinfuß?", beschwerte sich eine kleine Dicke unter den Damen.

„Sie hat doch ihren Namen noch gar nicht gesagt, Frau Rummschüssel", gab Frau Kleinfuß zur Antwort.

„Ich heiße Betula", sagte Betula freundlich.

Sogleich legten die Damen ihre Hände an die Ohren wie Muscheln und fragten im Chor: „Wie bitte?"

Betula holte tief Luft und sagte dann sehr deutlich und laut: „Mein Name ist Betula."

„Meine Topfpflanze heißt auch Betula", verriet Frau Kleinfuß.

„Nein, die heißt Petunie", korrigierte sie sogleich eine ziemlich grimmig dreinschauende alte Frau.

‚Das muss wohl Frau Grimm sein', dachte Betula. Denn sie sah, dass diese ihr Gebiss in einem Tüllsäckchen spazieren trug. Offenbar in der Absicht, es vor Betulas Großvater zu verstecken.

Betula beugte sich zu Frau Kleinfuß hinunter. „Mit der Topfpflanze haben Sie beinahe richtig gelegen. Betula heißt nämlich Birke, wissen Sie. So wie der Baum."

„Ach so? Ich heiße Kleinfuß, weil ich so kleine Füße habe", erwiderte Frau Kleinfuß schmunzelnd. Sie raffte ihr Kleid und hob ihren Fuß, der in einem winzigen Pantoffel steckte.

Nun trat die kleine dicke Häkeldame an Betula heran. „Ich heiße Rummschüssel, weil ich so ..." Sie hielt inne und schien zu überlegen. „Och. Ich hab es vergessen!", jammerte sie los und schluchzte laut auf.

Betula versuchte, sie zu trösten. „Ach, das fällt Ihnen sicher gleich wieder ein. Bis dahin verrate ich Ihnen, wie ich zu meinem Namen kam. Mein Großvater mag nämlich Holz so sehr, dass er seiner Enkelin den Namen eines Baumes gab. Und die Birke mag er ganz besonders." Als sie das gesagt hatte, biss sie sich vor Schreck auf die Lippe.

„Sie ist eine Krummnagel!", rief Frau Grimm und Spucke flog aus ihrem zahnlosen Mund. Ihr Gebiss klapperte empört im Tüllsäckchen, das an ihrem Handgelenk baumelte.

Frau Gulasch rückte ihre Brille gerade. „Genau. Jetzt erkenne ich sie auch. Sie hat die gleiche spitze Nase wie diese Martha."

Betula spürte, wie ihr Mund ganz trocken wurde.

„Dann ist sie die Enkelin von diesem verrückten Sargtischler!", kombinierte Frau Ast scharfsinnig. „Er hat sie zu uns geschickt, um zu schauen, wer von uns dringend einen Sarg benötigt." In aller Eile nahm sie ein Rougedöschen heraus und puderte sich damit ihre bleichen Wangen rot.

Betula schüttelte den Kopf. „Sind Sie sich wirklich sicher, dass mein Großvater hier herumschl–?"

Doch Frau Grimm schnitt ihr das Wort ab. „Seit hundert Jahren versetzt ihr Krummnagels mit euren Särgen die Stadt in Angst und Schrecken. Wir wollen eure Särge nicht! Ihr Krummnagels seid doch allesamt verrückt. Verschwinde von hier! Wir wollen dich hier nicht sehen!"

Betula spürte, wie das Netz mit dem Kuchenpäckchen aus ihrer Hand glitt. Aber sie hörte nicht mehr, wie es auf den Boden fiel. Denn plötzlich waren diese Stimmen in ihrem Kopf. ‚Verschwinde, wir wollen nicht mit dir Brennball spielen. Verschwinde, wir wollen dir nichts von der Kreide abgeben. Verschwinde, wir spielen alleine Gummihopse. Verschwinde! Verschwinde! Verschwinde!'

Dann wurde eine andere Stimme laut: ‚Nun mach schon, Betula! Zieh eine Fratze! Lass die Alten ruhig glauben, dass du verrückt bist. Verrückt wie deine Großväter, verrückt wie deine Großtanten. Verrückt wie alle Krummnagels zusammen und noch tausendmal verrückter', sprach sie zu ihr. Betula nickte kaum merklich.

‚Ja, und wenn ich bis ans Ende meiner Tage mit ausgeleierten Ohren und schielenden Augen herumlaufen muss', dachte sie. Und dann holte sie tief Luft und zog eine Gorillafratze, bei der sich jedem Gorilla von Dzanga-Sangha bis zum Leipziger Zoo die Nackenhaare aufgestellt hätten. Ihre Ohren zwiebelten entsetzlich und ihre Augen brannten fürchterlich. Aber das war ihr egal.

„Also, so was Verrücktes habe ich noch nicht gesehen!", kreischte Frau Grimm.

„Sie soll aufhören!", wimmerte Frau Gulasch.

„Ich spüre meinen Puls nicht mehr!", japste Frau Ast in ihr Puderdöschen.

„Fräulein Frühling! Fräulein Frühling!“, riefen nun alle zusammen.

Flugs vergrub Betula ihre Hände in den Taschen ihrer Trainingshose und setzte ein braves Lächeln auf.

Fräulein Frühling, ganz vertieft in das Gespräch mit Frau Zwirnfitz, hob überrascht den Blick. „Schschschsch“, machte sie und dieses Zischen klang wie sprudelnde Zitronenlimonade. „Was haben Sie denn, meine Damen?“ Fragend schaute sie in die Runde.

„Das ist eine von den verrückten Krummnagels“, erklärte Frau Grimm, ihren knöchrigen Zeigefinger auf Betula gerichtet.

Frau Zwirnfitz drängte sich erschrocken dazwischen. „Betula?“, rief sie entrüstet. „Du hast die Damen doch nicht etwa gefragt, ob sie einen Sarg wollen?“

„Nein! Hab ich nicht!“, verteidigte sich Betula. Und das war die Wahrheit.

„Das musste sie auch nicht. Wir sind von selbst darauf gekommen, warum sie hier ist!“, rief Frau Gulasch mit weißen Lippen.

Frau Zwirnfitz schüttelte den Kopf. „Aber, aber. Sie irren sich, meine Damen. Betula ist meinetwegen hier. Ich habe sie gebeten, mich zu begleiten. Um mich ...“ Sie suchte nach Worten. „Um mich zu unterstützen.“ Sie bückte sich nach dem Netz mit dem Kuchenpäckchen, das auf dem Boden lag, und gab es Betula zurück. Dann machte sie mit Kopf und Händen Zeichen, um Betula zu sagen, dass sie sich zu ihr hinunter beugen solle. „Frau Gierzahn wohnt in Marthas Zimmer“, flüsterte sie ihr ins Ohr.

„Und jetzt muss Betula leider auch schon los“, sagte sie nun wieder lauter und an die Häkeldamen gewandt.

„Wer ist tot?“, fragte Frau Rummschüssel.

„Niemand ist tot, Frau Rummschüssel“, antwortete Fräulein Frühling und lachte. Dann tänzelte sie zu Betula. „Dein Großvater hat hier mit seinen Besuchen für ziemliche

Aufregung gesorgt. Sag ihm bitte, dass er gern am Nachmittag auf einen Kaffee vorbei kommen kann. Aber nicht in der Nacht.“

Betula nickte und senkte den Blick zu Boden. „Ich habe die Zettel an den Türen gelesen.“

Fräulein Frühling strich ihr behutsam eine Haarsträhne aus dem Gesicht und dann steckte sie Betula diese Haarspange aus Perlmutt in den Pony. Einfach so.

„Danke!“, hauchte Betula und ihre Finger tasteten ungläubig nach der Spange. Doch so richtig konnte sie sich nicht darüber freuen. „Sie denken doch nicht auch, dass wir Krummnagels verrückt sind?“, fragte Betula.

Fräulein Frühling schüttelte den Kopf und zwitscherte wie eine Amselmutter: „Nein. Das denke ich nicht. Weder dein Großvater noch deine Großtante. Und auch du bist ein ganz normales Mädchen.“

Betula spürte, wie die Röte in ihr Gesicht stieg, und lächelte verlegen. Als sie sich umdrehte, saßen die fünf Häkeldamen schon auf ihren Stühlen und warteten darauf, dass Frau Zwirnfitz das Startkommando gab.

„Und nun, meine Damen, wird für den Wettstreit trainiert. Linke Masche, rechte Masche, Faden holen, straffziehen! Linke Masche, rechte Masche ...“, rief sie und Fräulein Frühling tänzelte fröhlich dazu im Takt.

Betula aber schlich sich unbemerkt hinaus und nach oben in die dritte Etage. Dort wohnte Frau Gierzahn.

# Zehntes Kapitel

## In dem Betula Frau Gierzahns Geheimnis entdeckt

Oben angekommen stellte Betula erleichtert fest, dass es hier keine Zettel an den Türen gab. Von irgendwoher erklang leise Walzermusik und eine Männerstimme sang: „Dam, dam, dam, dam, Damtaramtatam."

Betula erkannte die Stimme. Sie gehörte Herrn Meridiani, dem Hobbyastronom, der hier auf dieser Etage sein Zimmer hatte. Betula hätte nur allzu gern an seine Tür geklopft, um nach seiner Planetenkonstellation aus Keksbüchsen und Cremedosen zu schauen. Ob er wohl immer noch den alten Damen die Haarnadeln aus dem Dutt stahl? Doch Betula hatte keine Zeit, ihn danach zu fragen. Sie musste sich beeilen, den Spionageauftrag auszuführen, wenn sie etwas über Frau Gierzahns Häkelmuster herausfinden wollte, bevor Herr Wortklauber kam.

Betula war an Marthas Tür angekommen, an der nun in großen schwarzen Druckbuchstaben *Frau Gierzahn* zu lesen war. Sie legte ein Ohr an die Tür. Und während sie lauschte, stellte sie sich eine alte Frau in einem stockdunklen Zimmer vor, die in einem Sessel saß und das Geheimnis der sechsfach rechtsgedrehten Schnirkelschnorkelstäbchenmasche hütete. Es war still.

Zaghaft klopfte Betula an die Tür. Auch jetzt war nichts zu hören. Sie klopfte noch einmal. Und als sich auf das dritte Klopfen noch immer niemand meldete, öffnete sie, ohne zu zögern die Tür und betrat das Zimmer.

Die Luft war zum Ersticken, und wie sehr sich Betula auch bemühte, sie konnte nichts erkennen. Überall war grauer Rauch, wie in einer Räuberkneipe. „Hallo? Ist hier jemand?", fragte sie und der Rauch brannte in ihrer Lunge und brachte sie zum Husten.

„Du hast sie verscheucht“, antwortete eine raue Stimme.

Betula erschrak. Und da entdeckte sie in den grauen Rauchschwaden einen ebenso grauen Schatten, der reglos und unheimlich am Fenster stand.

„Verscheucht? Wen denn?“, fragte Betula und hustete abermals.

„Die Dohle. Seit Stunden saß sie auf meinem Fensterbrett“, antwortete die raue Stimme. Plötzlich bewegte sich ein Arm des Schattens und öffnete das Fenster. Der Rauch hob sich wie ein graues Tuch, schwebte hinaus und alles, was übrigblieb, war eine kleine graue Frau. Sie trug ein kurzärmeliges aschfarbenes Kleid mit Glasknöpfen so groß wie Trauben und weiße Seidenhandschuhe. Ihre Füße steckten in schwarzen Pumps. Sie hatte rot gefärbtes, kinnlanges Haar. Ihr Gesicht war so ziemlich das Älteste, was Betula in ihrem Leben gesehen hatte und erinnerte sie an eine verschrumpelte Rosine. Und grau und stumpf war es, dieses Rosinengesicht, wie Großvaters Schleifpapier. In einem Mundwinkel steckte eine qualmende Zigarette.

Betula brachte nur ein halblautes „Guten Tag“ hervor und behielt dieses Mal ihren Namen für sich. Frau Gierzahn hatte den wachen Blick einer tausendjährigen Schildköte. Und obwohl sie gerade gesprochen hatte, fragte sich Betula, ob die alte Frau während der letzten zwei Minuten gestorben war.

‚Wenn sie doch wenigstens mal zwinkern würde‘, dachte Betula und ihr wurde ganz mulmig. Im Zimmer sah es aus wie bei Schrott-Benni vom Flohmarkt. Der hätte sich auf der Stelle in die alten Möbel verliebt, so altmodisch und durcheinandergewürfelt waren die. Alles schien versehentlich hier hineingeraten zu sein. Ein großer goldgerahmter Schinken, so nannte Benni immer die Bilder alter Meister, lehnte mit dem Gesicht an der Wand. Darüber hing eine Küchenuhr, die sich nach ihren verlorenen Zeigern sehnte. Mitten im Zimmer stand ein altes, hölzernes Schreibpult mit einem Blumentopf, in dem eine lila Aster blühte. Betula hatte vor einiger Zeit so ein Schreibpult im Museum gesehen, in dem ein altes Klassenzimmer nachgebildet war. Sie schloss daraus, dass Frau Gierzahn einmal Lehrerin gewesen sein könnte. Und Lehrer bringen doch Kindern gern etwas bei.

Betula nahm einen tiefen Atemzug von der frischen Luft, die durch das geöffnete Fenster hereinströmte, und sagte: „Ich wollte Sie bitten, mir das Häkeln beizubringen. Also richtiges Häkeln, so mit coolen Mustern, meine ich. Nicht nur langweilige Topflappen. Die kann ich nämlich schon. Und Kuchen hab ich auch dabei." Betula nahm das Alupäckchen mit dem Kuchen und legte es auf dem Schreibpult ab. Das leere Netz stopfte sie in ihre Hosentasche.

Plötzlich schauten zwei sehr wache, kleine Augen aus dem Rosinengesicht. Das todsichere Lebenszeichen aber war ein Qualmwölkchen, das aus den schrumpeligen Lippen auftauchte. „Ich glaube, du verstehst nichts vom Häkeln", sagte die alte Frau mit belegter Stimme.

„Doch, doch. Ich verstehe eine Menge davon", widersprach Betula. Als Frau Gierzahn ungläubig eine Augenbraue nach oben zog, die genau genommen nur ein aufgemalter schwarzer, dünner Strich war, fügte Betula rasch hinzu: „Es gibt Luftmaschen, feste Maschen, ganze Stäbchen und halbe Stäbchen. Man braucht ein Garn und eine Häkelnadel."

Frau Gierzahn nickte zufrieden. „Du sollst deine Häkelstunde bekommen. Aber nur unter einer Bedingung: Du musst mit mir ein Spiel spielen", sagte sie und warf Betula einen herausfordernden Blick zu.

„Ein Spiel?", fragte Betula verdattert.

Frau Gierzahn ging zum Schreibpult. Die Frau war so klein, dass sie für einen Moment gänzlich dahinter verschwand und auf einen Hocker steigen musste, um darüber zu schauen. Als sie wieder auftauchte, reckte sie ihren Hals und betrachtete

Betula vom Pult herab. Sie hatte dabei den gleichen bedauernden Blick, mit dem der Großvater ein Brett betrachtete, weil es zu viele Astlöcher hatte. Dann schloss sie für drei Sekunden die Augen. Betula wurde unheimlich zumute.

„Du bist nicht gerade hübsch. Du bist zu groß und zu dünn“, sprach sie leise und öffnete wieder die Lider. „Wie alt bist du? Zehn?“

„Ja, zehn“, antwortete Betula. „Aber in zwei Wochen werde ich elf.“

Frau Gierzahn drückte die Zigarette in einem Aschenbecher aus, der aussah wie eine Muschel. „Hänseln Sie dich in der Schule?“

Diese Frage überraschte Betula. „Ähm ... ja“, stammelte sie. „Manchmal. Ich meine ...“ Betulas Schultern fielen nach unten. „Oft.“

Frau Gierzahn nickte, als hätte sie es gewusst.

Betula rollte mit den Augen. „Sagten Sie nicht, Sie wollen ein Spiel spielen? Was für ein Spiel ist es denn?“

Frau Gierzahn lächelte, wobei sie die Oberlippe nach oben schob und ein paar gelbe Zähne zeigte. „Es ist ein Ratespiel. Ich will die Hänseleien erraten, mit denen dich die Kinder auf dem Schulhof verspotten.“ Frau Gierzahns Augen waren jetzt voller Ungeduld.

„Das soll ein Spiel sein?“, fragte Betula irritiert.

Frau Gierzahn spitzte die Lippen. „Aber sicher. Ich war vierzig Jahre Lehrerin in einer Schule“, erklärte sie. „Ich konnte mir nie die Namen der Kinder merken. Die Hänseleien hingegen schon.“ Während sie erzählte, zupfte sie der Aster in dem Blumentopf die vertrockneten Blätter aus. „Hatte ein Kind einen langen Hals, nannten sie es Schwanenhals. War es klein und dick, nannten sie es Klops. Eins aß im Winter immer Schnee. Darum nannten sie es Schneeesser, auch im Sommer.“

„Ja, ja. Hab schon verstanden“, sagte Betula. Sie hatte nicht die geringste Lust auf dieses dumme Spiel.

Frau Gierzahn kicherte. Dann zog sie ihre weißen Seidenhandschuhe glatt und das Ratespiel begann. „Nennen sie dich Klappergerüst?"

Betula schüttelte den Kopf. „Nein."

„Nennen sie dich dreimal um den Kirchturm gewickeltes Bandwurmgerippe?"

Betula schüttelte wieder den Kopf. „Nein."

Frau Gierzahn kniff die Augen zusammen und bewegte genüsslich ihre Lippen, als würde sie ein süßes Bonbon auf ihrer Zunge zergehen lassen. Plötzlich schnellte ein weißer Seidenfinger nach oben. „Dann nennen sie dich Bohnenstange", rief sie.

‚Volltreffer!', dachte Betula und nickte.

Daraufhin schloss Frau Gierzahn für drei Sekunden die Augen und lächelte zufrieden. Dann wanderte ihr Blick hin zu Betulas Nase. „Die ist ein echter Hingucker", sagte sie anerkennend und fügte ohne zu überlegen hinzu: „Ich tippe auf Langnase."

Betula schüttelte den Kopf. „Nein."

„Nein?" Frau Gierzahn legte den Zeigefinger an ihr Kinn. „Wenn es nicht Langnase ist, dann ist es ... Popelzinken?"

Popelzinken war von allen Hänseleien die Schlimmste, weil sie Betula an den hässlichen Kasper aus dem Puppentheaterstück erinnerte, der diesen Namen trug. Er jammerte und prahlte zugleich damit, dass er die größte Nase von allen hätte. Als er dann in die Runde schaute, ob jemand im Publikum sei, der eine noch längere Nase hätte, zeigten alle Finger auf Betula. Das war in der ersten Klasse gewesen und seitdem klebte dieser Name an ihrer Nase wie ein verwunschener Popel, der einfach nicht verschwinden wollte.

„Und?", fragte Frau Gierzahn ungeduldig. „Hab ich richtig geraten?"

Betula nickte und stieß einen tiefen Seufzer aus. „Sie kennen sich wirklich gut aus."

Frau Gierzahn lächelte geschmeichelt und ihr Blick

wanderte nun zu Betulas Füßen. „Ui, ui, ui!“

„Ja, ja. Der Klassiker“, murmelte Betula verdrossen.

Frau Gierzahn blickte sie enttäuscht an. „Doch nicht etwa Quadratlatschen. Das wäre nicht sehr originell.“

„Doch, doch“, entgegnete Betula rasch. „Quadratlatschen. Sie haben richtig geraten. Und nun ist das Spiel auch leider schon vorbei.“

„Warum denn?“, fragte Frau Gierzahn unglücklich.

„Sie haben alles erraten. Mehr Hänseleien hab ich nicht zu bieten“, sagte Betula und vergrub die Hände tief in ihren Taschen.

Frau Gierzahn kletterte von ihrem Hocker und kam in langsamen, bedächtigen Schritten auf sie zu.

‚Seltsam‘, dachte Betula, als sie vor ihr stand. Die alte Frau schien noch kleiner geworden zu sein. Betula hatte davon gehört, dass alte Menschen schrumpften, und schloss daraus, dass sehr, sehr alte Menschen, die wie Frau Gierzahn über hundert Jahre alt waren, besonders schnell schrumpften, möglicherweise minütlich.

„Bekomme ich nun meine Häkelstunde?“, fragte Betula.

Frau Gierzahn schaute zu Boden und spielte an einem der funkelnden Glasknöpfe ihres Kostüms herum. Sie schüttelte den Kopf. „Nein“, sagte sie beleidigt.

„Aber warum denn nicht?“, wollte Betula wissen.

„Weil du mich angelogen hast. Darum“, erwiderte sie.

„Angelogen?“

„Du hast gesagt, das Spiel ist vorbei und ich hätte alles erraten“, die kleine Frau blinzelte zu Betula hinauf. „Gib es doch zu. Du hast mich angelogen.“

Betula kroch ein schwerer Seufzer über die Lippen. Sie dachte an Frau Zwirnfitz und daran, wie enttäuscht sie sein würde, wenn sie rein gar nichts über Frau Gierzahns Häkelmuster herausfand. „Also gut. Sie haben recht“, gab Betula nach. „Die Kinder hänseln mich auch wegen meiner Haare. Nun raten Sie schon.“

Doch Frau Gierzahn schmollte. „Jetzt will ich nicht mehr mit dir spielen." Sie schielte zu dem Alupäckchen auf dem Schreibpult. „Gib mir was von deinem Kuchen ab", sagte sie.

„Den Kuchen können Sie haben. Der ist sowieso für Sie", entgegnete Betula. Doch statt es auszupacken, nahm Frau Gierzahn den Kuchen und versteckte ihn unter ihrem Kopfkissen.

Plötzlich und ohne anzuklopfen wirbelte ein aufgeregtes Fräulein Frühling herein. „Frau Gierzahn, sind wir bereit für das Interview?", trällerte sie, hielt inne und reckte ihr Näschen in die Luft. „Ach, Frau Gierzahn", sagte sie mit Schmollmund. „Wir wollen doch nicht so viel rauchen. Ganz grau ist es hier." Sie ging zu den Vorhängen und wedelte damit etwas herum. „Hier können wir keinen Journalisten empfangen. Wir machen das Foto im Speisesaal. Ich stelle schon mal einen Stuhl für uns bereit. Unter unserem hübschen grünen Gummibaum. Wie finden Sie das? Etwas Grün stünde uns wirklich gut. In fünf Minuten, Frau Gierzahn, und bringen Sie die Goldene Häkelnadel mit. Die muss unbedingt auf das Foto", zwitscherte Fräulein Frühling und war wieder durch die Tür verschwunden.

Für eine halbe Minute hatte das herumwirbelnde Fräulein Frau Gierzahns Aufmerksamkeit voll und ganz in Anspruch genommen und Betula war es gelungen, sich unbemerkt hinter dem Schreibpult zu verstecken. Dort kauerte sie und wagte kaum zu atmen. Es war mucksmäuschenstill im Zimmer. Frau Gierzahn bewegte sich nicht einen Zentimeter von der Stelle. Ganz sicher fragte sie sich, wo das lange, dünne Mädchen mit der spitzen Nase und den großen Füßen geblieben war. Betula hörte leise Schritte, dann das Knarren einer Schranktür.

Vorsichtig linste Betula hinter dem Pult hervor, um zu sehen, was Frau Gierzahn tat. In einem Spiegel, der in der geöffneten Schranktür hing, beobachtete sie, dass Frau Gierzahn eine blaue Samtschachtel zu dem runden Tisch am

Fenster trug. Als sie jedoch die Schachtel öffnen wollte, rutschten die glatten Seidenhandschuhe immer wieder am Deckel ab. Frau Gierzahn warf einen misstrauischen Blick über die Schulter, wohl um sich zu vergewissern, dass sie tatsächlich allein im Zimmer war.

Rasch zog Betula den Kopf ein, aus Angst, Frau Gierzahn könnte sie im Spiegel erblicken. Als nichts geschah, linste Betula abermals hinter dem Pult hervor. Jetzt sah sie, wie Frau Gierzahn zuerst an den zehn Fingerkuppen des Handschuhes zupfte und dann die Handschuhe auszog. Betula staunte, denn die Haut an ihren Händen sah aus wie weißer Käse.

Frau Gierzahn bewegte ihre Finger. Sie machte Krallen, um sie dann wieder zu strecken. Und gerade als sie die Finger spreizte, erblickte Betula etwas, das so unglaublich war, dass sie fast aufgeschrien hätte. Der kleine Finger an Frau Gierzahns rechter Hand war doppelt. Wie ein störrisches Ästchen stand ein sechster Finger von der Seite ab. Sofort begriff Betula: ‚Nicht ein Häkelmuster, sondern der sechste Finger an Frau Gierzahns Hand ist ihr großes Geheimnis.'

Ohne die glatten Seidenhandschuhe ließ sich die Schachtel nun leicht öffnen. Auch die Häkelnadel konnte Frau Gierzahn mit zwei flinken Handgriffen herausnehmen. Dann zog sie die Handschuhe wieder über und verließ das Zimmer, um pünktlich zum Interview im Speisesaal zu erscheinen.

Betula seufzte erleichtert, als Frau Gierzahn verschwunden war. Sie sprang aus ihrem Versteck und wollte so schnell wie möglich Frau Zwirnfitz von ihrer Entdeckung berichten. Doch bevor sie sich mit dieser Botschaft auf und davon machte, schaute sie neugierig in die blaue Samtschachtel. Diese war leer, bis auf ein rotes Band, nicht länger als zwei Zentimeter, das auf dem Boden lag. Erst als Betula genauer hinsah, bemerkte sie, dass dieses Band in einem Schlitz im Samtstoff festklemmte. Sie zog daran und der Boden der Schachtel ließ sich herausheben. Betula fand darunter ein gefaltetes Stück Papier, auf dem etwas in Schnörkelschrift und blauer Tinte geschrieben stand. Doch ehe sie es herausnehmen konnte, wurde sie von einem Glitzern geblendet. Erschrocken fuhr sie auf.

Es war einer der Glasknöpfe, der an einem aschfarbenen Kostüm hing. Ein Sonnenstrahl hatte sich darin verfangen. In der Tür stand Frau Gierzahn, in ihrem Gesicht hatte sie eintausend versteinerte Falten.

Betula spürte, wie sie bis unter die Haare rot wurde. Die Samtschachtel glitt ihr aus den Händen und dann rannte sie aus dem Zimmer.

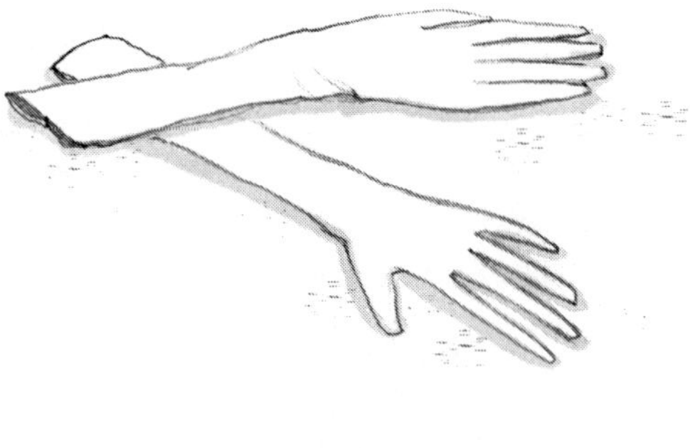

# Elftes Kapitel

## In dem Martha, Betula und Großvater im Garten nach dem Sarg graben

‚Manche Geheimnisse fallen wie überreife Äpfel vom Baum, nachdem sie sich viel zu lange hinter den Blättern versteckt haben', dachte Betula, während sie durch die Stadt ging und sich an den Tag erinnerte, an dem die Postfrau Marthas Karte gebracht hatte. Die Postfrau hätte sie genauso gut an einem der anderen dreihundertvierundsechzig Tage des Jahres bringen können. Aber nein, die Karte kam genau an diesem einen Tag, in dieser bestimmten Stunde, in der Betula im Hausflur saß. Hätte Betula die Karte nicht gelesen, würde sie noch heute glauben, dass ihre Großtante der Teufel geholt hätte, weil ihr Großvater es ihr so erzählt hatte.

Marthas Geheimnis war so ein überreifer Apfel gewesen. Es wollte entdeckt werden. Frau Gierzahns Geheimnis hingegen gab sich alle Mühe unsichtbar zu sein und versteckte sich hinter weißen Seidenhandschuhen.

Betula hatte die Spreebrücke erreicht. Sie blieb stehen und schaute hinunter zum Fluss, der heute so blau war wie Tinte. Ein paar Ruderboote schaukelten ungeduldig an den Stegen und schienen darauf zu warten, dass jemand kam, der sie losband, damit sie den Fluss hinauffahren konnten.

Betula lehnte sich gegen das Geländer. Sie spreizte die Finger und betrachtete sie. Ihre Finger waren lang, so wie alles an ihr, die Mittelfinger sogar etwas krumm. Aber das machte nichts, weil man es kaum sah. Doch ihre spitze Nase, die konnte jeder sehen.

Betula musste an eine Frage denken, die sie ihrer Großtante Martha einmal gestellt hatte. „Wo haben du und ich die spitzen Nasen her?“ Diese Frage war berechtigt. Denn weder Großvater, noch Betulas Eltern trugen solch ein Prachtstück im Gesicht. Marthas Antwort lautete: „Als Gott lange, spitze Nasen verschenkte und in die Runde fragte, wer eine abhaben möchte, haben wir versehentlich ‚Hier!‘ geschrien.“

Wenn man der Geschichte glauben wollte, dann hatte Frau Gierzahn wohl einmal zu viel ‚Hier!‘ geschrien, als Gott Finger verschenkt hatte.

‚Die Kinder haben sich vor lauter Hänseleien sicher nicht zu bremsen gewusst‘, überlegte Betula. Deshalb wusste Frau Gierzahn so gut Bescheid, worüber Kinder sich lustig machen, nämlich über lange Nasen und zu große Füße und eben über einen sechsten Finger. Und wenn sie davon kein Herz aus Stein bekommen hatte, hätte sie eigentlich wissen müssen, wie man sich nach einer Hänselei fühlte, nämlich einfach nur mies. So wie Betula jetzt, nach diesem doofen Ratespiel. Und dann hatte Frau Gierzahn sie auch noch erwischt.

‚Wenn ich doch bloß nicht in das Kästchen geschaut hätte. Dann wäre ich rechtzeitig aus dem Zimmer gewesen und nichts wäre passiert‘, dachte sie jetzt. Nur der Gedanke, dass sie nicht noch einmal zu Frau Gierzahn gehen musste, konnte sie etwas trösten. Sie hatte ihren Spionageauftrag erfolgreich ausgeführt! Ein sechster Finger machte Frau Gierzahn zur unbesiegbaren Preisträgerin der Goldenen Häkelnadel.

Betula konnte Frau Zwirnfitz schon jammern hören: ‚Aber Betulchen, wo soll ich in drei Tagen einen sechsten Finger herbekommen?’ Betula lachte, hob einen Kieselstein vom Weg auf und warf ihn in die Spree. Dann lief sie die Straße hinunter zu Großvaters Haus.

„Sie hat WAS?“, rief Frau Zwirnfitz zwei Stunden später in ihrer Küche.

„Sie hat einen sechsten ... einen sechsten ...“ Betula kam

auch beim dritten Anlauf nicht weiter. Immer wieder blieb ihr das Wort *Finger* in der Kehle stecken. Aus irgendeinem Grund brachte sie es nicht fertig, Frau Gierzahns Geheimnis zu verraten. Da konnte Frau Zwirnfitz noch so sehr ihre neugierigen Augen auf Betula heften.

Plötzlich hatte Frau Zwirnfitz selbst eine Antwort gefunden. „Du meinst, sie hat den sechsten Sinn?“

Wie auf Knopfdruck sausten Betula die menschlichen Sinne durch den Kopf. Fünf fielen ihr ein. Riechen, Schmecken, Fühlen, Hören, Sehen. Aber was in aller Welt war der Sechste? „Ja ... das könnte sein“, stammelte sie ohne den Blick von den Kakaoklümpchen zu heben, die in der Milch in ihrer Tasse schwammen.

Frau Zwirnfitz musste sich auf der Stelle setzen. „Ich kannte mal so eine, die den sechsten Sinn hatte“, begann sie mit einem Blick, der nichts Gutes ahnen ließ, zu erzählen. „Sie konnte sich in andere Gehirne hineinschleichen. Die Frau arbeitete damals im Fischladen als Verkäuferin. Ich hatte mir nur erlaubt, sie darum zu bitten, den blutbeschmierten Kittel auszuziehen, bevor sie ihr Geschäft verlässt. Sie sah wirklich sehr unappetitlich darin aus, als sie die Post betrat. Nachdem ich das gesagt hatte, stellte sie sich ohne ein Wort hinter mich in die Schlange und dann passierte es.“

Gespannt hielt Betula den Atem an. „Was denn?“, fragte sie neugierig.

„Ich konnte an nichts anderes mehr denken, als an einen dicken Karpfen. Ich stellte mir vor, wie ich ihm die Schuppen abkratzte und die Haut abzog und dann ...“ – Frau Zwirnfitz machte ein entsetztes Gesicht – „genüsslich in sein rohes Fleisch biss. Dabei esse ich überhaupt keinen Fisch. Das waren ihre fischigen Gedanken. Nicht meine.“

Betula kicherte und stupste mit dem Finger gegen eine Milchblase in ihrem Kakao, bis sie platzte.

„Und die Gierzahn macht es dann wohl genauso. Ach Betula“, seufzte Frau Zwirnfitz. „Was soll ich nur tun? Nach dem Häkelmuster hast du sie wohl gar nicht gefragt, wie?"

Betula schüttelte den Kopf. „Ich habe sie gebeten, mir das Häkeln beizubringen, weil sie doch einmal Lehrerin war. Das habe ich an dem Schreibpult erkannt, das in ihrem Zimmer steht."

„Das war sehr schlau von dir. Und was passierte dann?"

„Bevor sie mir eine Häkelstunde geben wollte, musste sie unbedingt dieses Ratespiel mit mir spielen. Und dann kam Fräulein Frühling und sie musste zu dem Interview in den Speisesaal", erzählte Betula. Den Teil, in dem sie sich hinter dem Schreibpult versteckte, ließ sie aus.

Frau Zwirnfitz schien sowieso nicht mehr richtig zuzuhören. Sie war hinüber zum Garderobenständer gegangen. „Ja, ja, das Interview", murmelte sie und fummelte an ihrer Kostümjacke, die dort am Hacken hing. Offenbar suchte sie darin nach etwas. „Dass der Herr Wortklauber ausgerechnet heute kommen musste."

Es klopfte und der Großvater steckte den Kopf durch die Tür. „Da sind sie ja, Frau Zwirnfitz. Ich möchte Sie nur vorwarnen. Wenn ich nicht bald etwas Kirschsuppe kriege, fange ich vor Hunger an zu schielen." Er kicherte kurz. „Und dann stolpere ich über die Farbeimer und alles ist wieder voller Farbe."

Doch Frau Zwirnfitz schien ihn gar nicht zu bemerken. Fragend zog er die Augenbrauen nach oben. „Frau Zwirnfitz? Hören Sie mir zu?"

Die alte Dame hielt einen Papierschnipsel, der kaum größer als eine Briefmarke war, zwischen ihren Fingern und tippelte damit vor dem Garderobenständer auf und ab, als hätte sie kurzfristig die Orientierung verloren. Schließlich steckte sie ihn einfach wieder zurück und schaute auf. „Huch, Herr Krummnagel. Haben Sie etwas gesagt?"

„Allerdings. Ich habe schrecklichen Hunger. Der Streit mit Martha hat ein großes Loch in meinem Magen hinterlassen."

Frau Zwirnfitz eilte zum Herd, auf dem ein grüner Kochtopf

stand, rührte mit einem Holzlöffel darin herum und kostete von der Suppe. „Mmmh", machte sie und Betula lief das Wasser im Mund zusammen. „Heute ist sie mir besonders gut gelungen. Das liegt an den reifen Kirschen", lobte sie ihre Kochkünste.

Der Großvater leckte sich die Lippen. „Dann schnell her mit der Köstlichkeit!" Mit großen Schritten war er am Herd, packte den Topf an den Henkeln und eilte mit seiner Beute nach draußen auf die Terrasse.

Betula winkte Frau Zwirnfitz schnell zum Abschied und folgte dann ihrem Großvater. Sie blieb ihm dicht auf den Fersen, denn schließlich wollte sie auch etwas abhaben. Martha wartete bereits am gedeckten Tisch und im Handumdrehen füllte sie die Teller bis zum Rand. Gierig tauchten sie die Löffel in die Kirschsuppe. Weil Martha und Großvater sich wieder vertragen hatten, schmeckte auch Betula die Suppe noch mal so gut.

Wenig später standen Martha, Betula und Großvater zum zweiten Mal an diesem Tag mit ihren Spaten im Garten. Da der Großvater vergessen hatte, wo der Sarg vergraben war, blieb den dreien nichts anderes übrig, als den ganzen Garten auf den Kopf zu stellen. Die Sonne jedoch war des zerstrittenen Tages überdrüssig. Und als sie Großvaters mürrisches Knurren beim Graben vernahm, zog sie es scheinbar vor, sich hinter den Buchsbaumhecken zu verstecken.

„Es wird schon dunkel. Warum gehen wir nicht rein und spielen Karten?", knurrte der Großvater nach einigen wenigen Spatenstichen. „Wir könnten Schummellieschen spielen. Ihr zwei schummelt, was das Zeug hält, und ich spiele den Vertrottelten, der es nicht merkt. Wie würde euch das gefallen? Ich lasse euch gewinnen, wenn ich nur nicht weitergraben muss."

Martha und Betula schüttelten stumm die Köpfe und gruben.

Nach ein paar weiteren Spatenstichen versuchte es der Großvater erneut. „Wozu brauchen wir überhaupt die alten Sargzeichnungen? Betula hat Phantasie für zehn fröhliche Sargtischler."

Martha und Betula schüttelten abermals stumm ihre Köpfe und gruben weiter.

Plötzlich rief der Großvater: „Martha! Betula! Ich habe ihn gefunden!"

Die beiden warfen sich ungläubige Blicke zu, aber dann ließen sie ihre Spaten fallen und eilten hinüber zu Großvaters Erdloch. Neugierig guckten sie hinein. „Dort ist er", prahlte der Großvater und klopfte mit der Spatenblattkante auf seinem Fund herum.

„Wie klingt das denn?" Martha lauschte argwöhnisch dem Klopfgeräusch des Spatens. „Das ist kein Holz", sagte sie.

„Das ist nur ein Stein", sagte Betula betrübt, nachdem der Großvater den Fund endgültig ausgegraben hatte. Es war nur ein roter Ziegelstein. Enttäuscht schleuderte Betula ihn in die Hecke.

„Was schaut ihr so? Ich habe wirklich geglaubt, es wäre der Sarg." Mürrisch begann der Großvater, ein neues Loch zu graben. Auch Martha und Betula gruben weiter. Anfangs waren die Spaten noch mit großen Erdbrocken beladen, doch mit der Zeit wurden die Arme müde. Die Spaten wurden schwerer und die Erdklumpen immer kleiner. Die Nacht legte sich über den Garten und die Straßenlaterne ließ den dreien lange Schatten wachsen. Statt des Abendgesangs der Nachtigall erfüllte ein lautes Schnaufen und Stöhnen die Sommernacht.

„Neun verfluchte Löcher habe ich schon gegraben und immer noch kein Sarg. Ich brauche dringend eine Pause." Großvater stieg mit krummem Rücken und schweren Armen aus seinem Loch. Er schleppte sich bis zum Kirschbaum und streckte sich darunter lang aus. „Betula?", rief er und gähnte.

„Hm." Betula balancierte gerade mit zitternden Armen einen vollen Spaten über die Lochkante.

„Im Keller ist noch Zitronenlimonade", hob der Großvater mit matter Stimme an. „Rechts neben den Kartoff..." Er schlief mitten im Satz ein.

Auch Betula spürte in diesem Moment, wie das letzte bisschen Kraft aus ihren Armen und Beinen in den Boden unter ihr rann. Erschöpft ließ sie den Spaten fallen. „Ohne Großvater schaffen wir das nie, Martha", stöhnte sie und setzte sich auf den Rand ihres Erdloches. Ihr ganzer Körper fühlte sich schwer wie Blei an. Nicht den kleinsten Finger konnte sie mehr rühren. Schlaftrunken blinzelte sie zu Martha hinüber.

Im hellen Mondlicht sah sie ganz unwirklich aus und Betula fragte sich, ob sie das alles nur träumte. Marthas hagere, kantige Gestalt hatte sich in einen Scherenschnitt aus schwarzem Kartonpapier verwandelt. Ihr spitzes Kinn stach wie ein riesiger Dorn in die Nacht. Anscheinend mühelos hob sie Spaten um Spaten, als würde sie von einer heimlichen Kraft angetrieben. Plötzlich verschwamm alles vor Betulas Augen und sie fiel in einen tiefen Schlaf.

Als Betula am nächsten Morgen erwachte, traute sie ihren Augen nicht. Sie lag auf dem einzigen grünen Grasflecken, den es in Großvaters Garten noch gab. Um sie herum ragten schwarze Erdhügel, so groß, dass Betula nicht darüber schauen konnte, und es gab Löcher, so tief, dass sie nicht deren Boden sah. Der Großvater lag zusammengekauert neben ihr und schlief noch.

„Betula! Ferdinand!", hörte sie Marthas Stimme. „Nun kommt schon her und packt mit an."

Betula sprang auf und sah sich suchend nach Martha um. ‚Wo ist sie nur?', fragte Betula sich in Gedanken. ‚Ich habe sie doch eben ganz deutlich gehört.' Da sah sie hinter einem Erdhügel ihren weißen Haarknoten aufblitzen. Betula rüttelte den Großvater an der Schulter. „Wach auf, Großvater. Martha hat den Sarg gefunden", rief sie.

„Was ist los?", brummte der alte Mann. „Lass mich

schlafen. Bin noch müde."

„Aber Großvater. Hörst du nicht? Martha hat den Sarg gefunden! Komm schnell, wir müssen ihr helfen."

Der Großvater setzte sich auf und rieb sich die kleinen Morgenaugen. „Potz Blitz!" Sein Blick hüpfte von einem Hügel zum nächsten. „Das sind mindestens vierzig Hügel."

„Und mindestens vierzig Löcher!", rief Betula. Sie holte Schwung und sprang über ein Loch. Dann über das nächste und so weiter. Mit einem letzten großen Satz landete sie direkt neben Martha. Die Ringe unter ihren Augen waren so dunkel, als hätte sie jemand mit schwarzer Farbe angemalt.

Voller Neugierde schaute Betula in das Loch. „Du hast ihn tatsächlich gefunden! Und ganz allein!"

Der Sarg hatte die Form eines langgezogenen Kastens, den ein langer flacher Deckel verschloss. Die Kanten der Wände standen schief und überdies war der ganze Sarg mit einer hässlichen braunen Farbe bestrichen.

Betula schüttelte den Kopf. „So ein Schmuckstückchen aber auch."

Der Großvater kam hinterher und stellte sich dazu. „Das gibt's doch nicht. Der hat ja kaum einen Kratzer", rief er staunend. „Donnerwetter, Martha! Wie hast du das nur geschafft?"

Martha antwortete mit einem müden Lächeln.

Der Großvater rieb sich die Hände. „Also dann. Worauf warten wir noch? Lasst uns den Sarg herausholen und in die Werkstatt tragen!" Er stieg sogleich in das Loch, packte den Sarg an den Metallgriffen und wuchtete ihn über den Rand. Martha gab einen langen, erlösten Seufzer von sich.

Betulas Herz machte einen Freudensprung. Gleich würden sie in den Sarg schauen.

# Zwölftes Kapitel

## In dem Martha zwischen dem alten Kram im Sarg einen Fingerzeig des Fluches sucht

Sie stellten den Sarg neben der großen Hobelbank ab. Er war noch ganz schmutzig, weswegen Betula rasch einen Handbesen holte und die restliche Erde herunter fegte. Martha lief unruhig vor dem Sarg auf und ab. Um ihren Hals hatte sie sich einen langen Knoblauchzopf gehängt. Hätte sie dabei nicht so ein ängstliches Gesicht gemacht, hätte Betula sicher darüber lachen können.

„He, he, he", lachte der Großvater hämisch. „Du glaubst doch nicht etwa, dass der Vampir da drin sein Nickerchen hält, Schwesterchen. Lass uns den Sarg schnell öffnen. Die Sonne scheint und somit wird er zu Staub zerfallen noch ehe er ‚Blut' sagen kann."

Martha schlug die Hände flach auf den Deckel. „Ist der Baum erst einmal gefällt, wird er zu Boden gehen, Ferdinand. Unser Unglück ist nicht mehr weit. Es kommt näher und näher", sprach sie mit trockener Stimme. Ihre Worte klangen wie das schwärzeste Kaffeesatzorakel. Sie tippte mit dem Zeigefinger auf den Sargdeckel. „Ich kann es spüren. Etwas ist da drin." Sie starrte mit ihren kleinen ängstlichen Augen auf den Sarg.

Betula schluckte. Jetzt fand sie den Sarg auch unheimlich und legte den Handbesen rasch beiseite.

Der Großvater bückte sich nach den Zigarrenstummeln, die überall auf dem Boden herumlagen, und stopfte sie in seine Tischlerhosentasche. Jetzt hatte er eine dicke Beule am Oberschenkel.

„Natürlich ist da etwas drin. Ich hab es ja selbst hineingetan", sagte er. Als er zu Martha schaute, riss ihm der

Geduldsfaden. „Was treibst du da, Martha? Man könnte glauben, du bist eine alte Hexe." Denn statt den Sarg zu öffnen, schwebten Marthas knöchrige Finger zehn Zentimeter über dem Deckel hin und her. Dabei murmelte sie leise vor sich hin, als wolle sie ihn mit Zaubersprüchen beschwören.

In der nächsten Sekunde schnellte Großvaters Hand hervor. *Rums!* Der Sargdeckel flog auf. Martha und Betula zuckten vor Schreck zusammen.

Der Großvater steckte neugierig den Kopf in den Sarg.

„Und?", wisperten Martha und Betula.

„Die Luft ist rein. Kein Vampir!", sagte der Großvater. „Nur der ganze alte Kram. Ihr könnt nun gern nach Herzenslust darin stöbern. Ich gehe in die Küche und koche mir einen starken Kaffee." Dann marschierte er mit festen Schritten zur Werkstatttür hinaus.

Auf den Knien hockend beugten sich Betula und Martha über den Sarg. Marthas Hände umklammerten den Rand, als fürchte sie hineinzufallen. Betulas Angst aber war verschwunden und sie staunte mit großen Augen. Da waren fünf Papierrollen, drei Hobel, fünf Meißel in verschiedenen Breiten, ein Maß- und Bestellungsbuch, Schleifpapierbögen, eine Nagelkiste und eine große Flasche mit Zwiebelsud.

„Du hattest recht, Martha. Die Würmer haben nichts davon gefressen", stellte Betula erleichtert fest.

Martha nickte. „Zwiebelsud hat noch keinem Wurm geschmeckt. Damit kannst du alles konservieren. Sogar das Unglück", raunte sie und griff nach einer Papierrolle. Der Gummi, der die Rolle zusammengehalten hatte, zerbröselte zwischen ihren Fingerspitzen wie trockene Kekskrümel. Sie entrollte den Papierbogen. Er war so groß, dass Martha ihre Arme zu den Seiten strecken musste.

„Das sind sie", rief Betula aufgeregt, als sie die verschiedenen Sargskizzen darauf erkannte. Doch ehe sie genauer hinschauen konnte, sprang der Papierbogen vor ihrer Nase wieder zusammen und Martha warf ihn zurück in den Sarg.

Auch die zweite, dritte, vierte und fünfte Rolle warf sie nach einem raschen Blick zurück, als hätte sie augenblicklich das Interesse daran verloren.

„Wollen wir sie uns denn gar nicht genauer anschauen?", fragte Betula verwundert. „Du sagtest doch, dass wir die Skizzen dringend brauchen, weil wir ohne sie keine schönen Särge bauen können."

Aber Martha schien ihr nicht zuzuhören. Betula kam der Gedanke, dass ihre Großtante den Sarg aus einem ganz anderen Grund ausgegraben hatte. „Wonach suchst du?", fragte Betula.

Martha zuckte zusammen, hob den Blick und sah Betula mit einem unheimlichen Funkeln in den Augen an. „Wonach ich suche?", fragte sie. „Ich suche einen Fingerzeig des Fluches, der uns zu der Wurzel des Übels führt." Vorsichtig schob sie ihren Finger unter einen der Schleifpapierstapel.

„Einen Fingerzeig? Was soll das sein?", fragte Betula. „Etwa ein abgebrochener Vampirzahn, eine tote Morgenspinne oder ein Häufchen verschüttetes Salz?" Betula kicherte, griff nach dem Maß- und Bestellungsbuch und blätterte darin herum. Alle Sargbestellungen hatte ihr Urgroßvater Paul darin notiert. Ganz oben stand der Name eines Herrn Schuppe. Der war am 06.03.1924 verstorben und hatte eine Länge von einem Meter dreiundsechzig. In der Spalte Sarg-Modell stand: *Truhensarg mit Flossen*. Farbe: *Spreegrün*.

„In dieses Buch musst du unbedingt mal einen Blick reinwerfen, Großtantchen. Hier können wir uns eine Menge schöne Ideen holen", sagte Betula. Als sie auf die nächste Seite blätterte, fiel plötzlich etwas heraus. „Schau, was ich gefunden habe", rief sie aufgeregt. „Einen Brief. Er ist an Max Krummnagel."

Martha schnappte nach Luft. In diesem Moment trat der Großvater mit einem Pott dampfendem Kaffee und einer frisch angezündeten Zigarre *Cubana Miefre* in die Werkstatt, die ihn in einen penetranten Geruch nach verbrannten Käsesocken hüllte.

„Eijen Rief?", nuschelte er, wobei er die Zigarre mit den Zähnen festhielt.

Betula drehte den Umschlag um und las den Absender. „Ihr werdet staunen, von wem der ist. Er ist von Herrn von Gras. Dem reichen Fürsten."

„Vom Vampir?", kreischte Martha und rollte mit den Augen.

Der Großvater nahm die Zigarre aus dem Mundwinkel und runzelte die Stirn. „Wo hast du den gefunden?"

„Er steckte hier drin, in diesem Maß-und Bestellungsbuch", antwortete Betula und hielt das Buch hoch.

„Ach was?", sagte der Großvater. Jetzt bemerkte er Marthas bohrenden Blick. Verstohlen blinzelte er zu ihr.

Marthas Lippen waren schmal wie ein Spardosenschlitz. „Hab ich es doch gewusst", raunte sie und ihre Augen funkelten zornig.

„So? Was hast du denn gewusst?", fragte der Großvater und funkelte zurück.

„Deine Lügerei hat ein Ende, Ferdinand. Du hast von dem Brief gewusst. Gib es doch endlich zu", schnaufte Martha.

„Und uns wolltest du weismachen, dass es den Herrn von Gras gar nicht gibt", warf Betula ein.

Martha nickte. „Die Wahrheit kommt immer zurück ans Licht. Es hat dir nichts genützt, den Brief mit dem Sarg zu vergraben. Wolltest du so den Fluch bannen? Hast du mich etwa darum aus dem Haus geworfen? Nun sieh, was du mit deiner Feigheit angerichtet hast." Wie immer, wenn Martha von ihrem verwurmten Schicksal sprach, schlug sie sich mit der Faust gegen die Brust.

‚Vielleicht macht sie das, weil sie hofft, es sich so aus ihrem Herzen klopfen zu können. Wie Schmutz aus einem alten Teppich', dachte Betula bedrückt.

„Du hattest Angst, Ferdinand. Vor mir. Vor dem Fluch",

raunte Martha abermals. „Wo ist sie denn geblieben, deine Angst?“ Mit bohrendem Blick schaute sie ihren Bruder an, als glaubte sie, Überreste der Angst zwischen seinen Falten zu finden.

„Ach Martha“, sagte er ruhig. „Wann hörst du endlich auf, mir den Schwarzen Peter in die Schuhe zu schieben? Ich schwöre, ich kenne diesen Brief nicht.“ Er lehnte sich mit dem Hintern gegen einen Sägebock und paffte seine stinkende Zigarre. „Außerdem hast du doch selbst gesagt, dass es das Birkenwasser war. Hättest du nicht deine neugierige Nase in das schwarze Kästchen gesteckt, wäre dir nichts passiert und damit basta.“

„Basta?“, rief Martha in schrillem Ton.

Schon befürchtete sie, dass sich die beiden gleich wieder streiten würden, da bemerkte Betula etwas. Das Siegel des Briefes war noch ganz. „Der ... der Brief ... er wurde nie geöffnet.“

Martha und Großvater drehten ruckartig ihre Hälse.

Neugierig musterte Martha den Umschlag. „Offenbar ist dein Großvater nicht der einzige Feigling in der Krummnagelfamilie, Betula“, sagte sie höhnisch. Der Großvater schnaufte.

„Du meinst, sie haben sich nicht getraut, den Brief zu öffnen? Max nicht und Paul auch nicht?“, fragte Betula.

Der Großvater schüttelte nachdenklich den Kopf. „Das war nicht Feigheit, sondern ... vorausschauende Vorsicht. Und darum gebe ich euch ebenfalls den Rat.“ Er blies in seinen heißen Kaffee. „Lasst den Brief zu!“

Doch Betula dachte nicht daran, diesem Rat zu folgen. Geschwind brach sie das Siegel auf. In dem Umschlag fand sie einen Brief, der mit schwarzer Tinte geschrieben war, und eine zusammengefaltete Seite aus einer Zeitung.

Die drei setzten sich auf einen Bretterstapel und Betula begann mit klopfendem Herzen zu lesen.

*10. Juli 1879*
*Sehr geehrter Herr Max Krummnagel.*

*Ich schreibe Ihnen diesen Brief, weil mich mein Onkel, der fröhliche Sargtischler, in einer kleinen Notiz darum bat, die er in äußerster Noth verfasste. Er schrieb darin, er sei in Sorge um seine Zukunft, weil Sie die Sargtischlerei nicht fortzuführen gedenken, wie Sie es versprachen. Nun, heute schickten Sie mir statt meines bestellten Sarges einen Sekretär. Dies lässt mich fragen, ob Sie einen Sarg zerstört und aus diesem Holze den Sekretär gefertigt haben? Das wäre die Tath eines Grobians und Sie dürften sie bereits bereut haben. Wie Sie sicher längst wissen, ist Ihre Sargtischlerei durchaus keine gewöhnliche. Sie fertigen Särge für einen Vampir.*

*Die Werkstatt ist mit einem Fluch belegt, um unsere Särge vor sinnlosen Zerstörungen zu schützen. Sie und Ihre Familie werden noch in einhundert Jahren krumme Nägel ins Holze schlagen, solange Ihr nicht tüchtig Särge baut. Freilich werden Sie an meinen Worten zweifeln. Woher will er wissen, mögen Sie wohl denken, was in einhundert Jahren ist? Mein Onkel erwähnte zuweilen, daß Sie ein ausgesprochener Sturkopf seien, Herr Krummnagel, und darum lege ich diesem Brief einen Zeitungsartikel bei, der meinem Onkel auf einer seiner Reisen in die Hände fiel. Er ist leider ganz von Blutwurst befleckt, die er darin eingewickelt hatte. Blutwurst ist meines Onkels Leibgericht.*

*Lesen Sie den Artikel und meine Worte werden Sie nicht länger zweifeln lassen. Das wäre Ihnen sehr zu wünschen.*

*Ihr hochgeborener Fürst Alexander von Gras*

„Blutwurst ist sein Leibgericht? Das ist ja widerlich", wimmerte Martha.

„Lies den ersten Satz noch einmal vor, Betula", forderte der Großvater.

Betula las: „Ich schreibe Ihnen diesen Brief, weil mein Onkel, der fröhliche Sargtischler –"

„Stopp!", rief der Großvater und legte seinen Zeigefinger

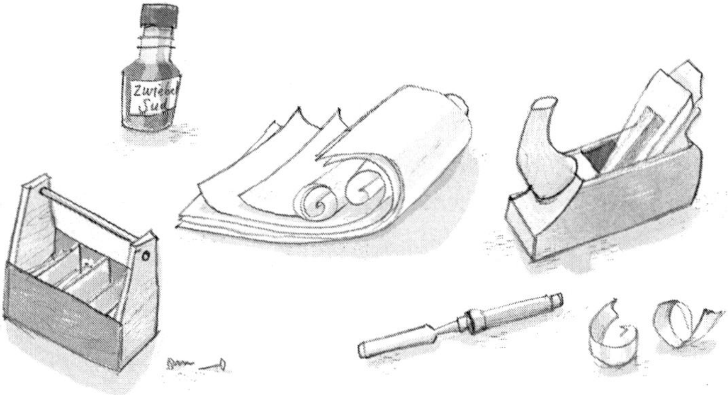

ans Kinn. „Wenn der fröhliche Sargtischler der Onkel des Fürsten Alexander von Gras war ...“

„Dann war der Fürst der Neffe vom fröhlichen Sargtischler!“, rief Betula.

Großvater nickte. Martha schaute irritiert.

„Und jetzt lies uns den Zeitungsartikel vor, Betula“, drängte der Großvater.

Betula faltete das Zeitungsblatt auseinander, welches von oben bis unten mit Fettflecken übersät war. Als Betula das Datum über dem Artikel las, riss sie die Augen so weit auf, dass man das Weiße darin sah.

„Was ist?“, fragte Martha voller Angst.

„Welches Datum ist heute?“, fragte Betula verwirrt.

„Der 15. Juli“, erwiderte Martha. „Warum?“

„Das Datum hier auf dem Zeitungsausschnitt ... es kann nicht stimmen“, stammelte Betula. „Hier steht 16. Juli 1980.“

„Das ist morgen“, stellte der Großvater fest.

„Aber der Brief war bis eben verschlossen. Er wurde vor über hundert Jahren geschrieben. Wie kann dann ein Zeitungsartikel von morgen darin sein?“ Betula war völlig durcheinander.

„Dafür gibt es nur eine Erklärung“, sagte der Großvater und machte ein schlaues Gesicht. „Der Sargtischler war wie sein Neffe ein Vampir. Er hat sich in eine Fledermaus verwandelt, ist in die Zukunft geflogen, hat sich eine Blutwurst gekauft und ist wieder zurückgeflogen. So eine ähnliche Geschichte, nur ohne Blutwurst, hab ich mal in einem Buch aus der Bibliothek gelesen."

„Klingt ... logisch", murmelte Betula, zog aber skeptisch eine Augenbraue nach oben.

„Es klingt grauenvoll", sagte Martha und Betula begann, den Zeitungsartikel zu lesen:

*„Die Familie Krummnagel gehört zu den ältesten Tischlerfamilien der Stadt und um keine andere Familie ranken sich so seltsame Geschichten. Schon vor 101 Jahren hieß es, Max Krummnagel, ein Vorfahre der Familie, stünde unter einem bösen Fluch, der ihn zwänge, Särge zu bauen. Seinen Enkel Ferdinand zwingt dieser Fluch bis zum heutigen Tag zur Fortführung dieses Handwerks, obwohl er die Särge hasse, wie er sagt. Martha Krummnagel peinigt der Fluch mit sprechenden Holzwürmern, worunter sie sehr leide.*

*Schon beinahe legendenhaft sind die Geschichten über die Gestalt des fröhlichen Sargtischlers, dem einst diese Werkstatt gehörte. Noch heute ist sein plötzliches Verschwinden ein ungelöstes Rätsel.*

*Betritt man die Tischlerei, so schaut man auf stapelweise Särge von ostereierbunt bis blutrot, vom Boden bis zur Decke. Ein bizarrer Anblick, der dem Tod laut ins Gesicht zu lachen scheint und doch dem Besucher der Tischlerei das Blut in den Adern gefrieren lässt. Das gestrige Ereignis überzeugte auch mich, dass es noch wenigstens einen Fluch gibt: Den Fluch der Familie Krummnagel.*

*Die Bewohner der Stadt fordern aus diesem Grund die sofortige Schließung der Tischlerei.*

*Folgendes ist geschehen:*

*Frau Zwirnfitz, die Nachbarin der Familie, ist eine der Herausforderinnen im diesjährigen Wettstreit um die Goldene Häkelnadel. Gemeinsam mit fünf Damen aus dem Altersheim trainierte sie am gestrigen Vormittag für eben diesen Wettstreit. „Spreeblatt" war für Sie bei Frau Zwirnfitz zu Besuch und wird an anderer Stelle davon berichten. Zur gleichen Zeit kam es auf dem Hof des Anwesens zu einem heftigen Streit zwischen Herrn Krummnagel und einer weiteren Person. Es ging um ein altes Versprechen. Mit einem Nagel in der Hand und vor den Augen der Stadt forderte diese Person Herrn Krummnagel auf ...*" Betula verstummte.

„Warum liest du nicht weiter?", fragte Martha.

„Der ... der Artikel ist zu Ende. Hier fehlt was", stotterte Betula und schaute noch einmal in den Umschlag. Aber da war nichts mehr drin. Dann starrte sie auf den Zeitungsrand, der gerade noch groß genug für den Namen des Journalisten war, der diesen Artikel geschrieben hatte. Thadeus Wortklauber. Derselbe Journalist, der gestern im Altersheim Frau Gierzahn interviewt hatte.

„Gib mal her." Großvater schnappte nach dem Zeitungsblatt.

Martha schob ihre eiskalte Hand in Betulas. Sie hatte kleine ängstliche Augen.

„Das sieht verdammt echt aus", murmelte der Großvater und rieb das Zeitungspapier fachmännisch zwischen Daumen und Zeigefinger.

„Von welchem Versprechen ist die Rede, Ferdinand? Hast du noch ein Versprechen gegeben und es dann gebrochen?"

Betulas und Großvaters Blicke kreuzten sich, doch beide schwiegen.

Plötzlich stand Frau Zwirnfitz in der Tür. Sie hatte einen roten Kopf und auf ihrer Stirn glänzten Schweißperlen. In einer Hand hielt sie einen nagelneuen Besen. „Du meine Güte, ist das etwa Ihre Zigarre, die so stinkt, Herr Krummnagel", rief sie. „Was ist denn mit dem Garten passiert? Der sieht ja wie ein Friedhof aus. Lauter Löcher!" Sie schaute sich mit ihren großen, runden Augen um. „Na, wie ich sehe, haben Sie den Sarg gefunden, Herr Krummnagel. Dann ist jetzt noch Zeit, den Hausflur zu fegen. Den Besen habe ich extra für Sie gekauft, weil die anderen wurmstichig sind und nichts mehr taugen. Bitte beeilen Sie sich. Gleich kommt mein Besuch und überall ist noch dieser Dreck. Wir wollen uns doch nicht blamieren."

Martha, Betula und sogar dem Großvater stockte vor Schreck der Atem.

„Was ist? Warum starrt ihr mich plötzlich so an?", fragte Frau Zwirnfitz verdattert. Die Zigarrenstummel knirschten unter ihren weißen Ballerinas, weswegen sie gleich selbst ein bisschen zu fegen begann.

„Lassen Sie das, Frau Zwirnfitz. Das ist mein Dreck", rief der Großvater verärgert und ging auf sie zu, um ihr den Besen wegzunehmen.

„Wer kommt denn zu Besuch?", piepste Betula. Würde sich der Zeitungsartikel bewahrheiten?

„Ich habe die Häkeldamen eingeladen. Wir wollen bei einem Tässchen Kaffee für den Wettstreit trainieren." Bereitwillig drückte Frau Zwirnfitz dem Großvater den Besen in die Hand. „In einer Stunde kommt mein Besuch, Herr Krummnagel. Ich habe auch alle Hände voll zu tun." Dann machte sie kehrt und verschwand über den Hof ins Haus. Martha, Großvater und Betula schauten ihr stumm nach, wie einem Gespenst, das davonschwebte.

„Es stimmt also, was in dem Artikel steht", flüsterte Betula.

„Der Fluch wird sich wandeln. Und er wird schrecklicher sein. Schrecklicher als sprechende Chol ... Chol ... Und die ganze Stadt wird es erfahren. Wir sind verloren", sprach Martha mit düsterer Stimme.

„Papperlapapp", rief der Großvater. „Benutzt doch mal euren Verstand." Listig kniff er die Augen zusammen. „Der Artikel wird doch heute erst geschrieben. Ich sage euch, es wird kein Wörtchen darin von einem Familienfluch der Krummnagels stehen."

„Hrmpf", kam es höhnisch über Marthas Lippen. „Wie kannst du dir da so sicher sein?"

„Weil wir schlauer sind als der Vampir", sagte der Großvater. „Wir haben ihn ausgetrickst und aus dem Sekretär wieder einen Sarg gebaut. Oder willst du etwa behaupten, dass meine Nägel krumm sind?"

Martha zog ungläubig die Brauen zusammen.

„Vielleicht hat Großvater recht", begann Betula. „Seit dem Tag, an dem wir aus dem Sekretär wieder einen Sarg gebaut haben, sind die Holzwürmer stumm."

Doch Martha wirkte nicht überzeugt. „Diesen Fluch kann nur der Sargtischler von uns nehmen", raunte sie. Ihre Augenlider flatterten. „Doch der ist mausetot", hauchte sie kaum hörbar. Mit diesen Worten drehte sie sich um und schleppte sich taumelnd aus der Werkstatt.

Der Großvater griff mit einer Hand nach einem Brett, aus dem ein krummer Nagel ragte. Mit einem Hammer schlug er gegen den Nagel. *Klack. Klack. Klack.*

Betula blickte dabei durch das geöffnete Werkstattfenster zu den schwarzen Erdlöchern, die den Garten wie einen Friedhof aussehen ließen. Sie bekam eine Gänsehaut.

„Na also", hörte sie ihren Großvater zufrieden murmeln. Betula schaute. Der Nagel stand kerzengerade.

# Dreizehntes Kapitel

## In dem Herr Wortklauber die fehlende Ecke des Zeitungsartikels schreibt

Wenige Minuten später saß Betula mit dem Maß- und Bestellungsbuch auf der Terrassenmauer. Sie klappte es auf, hielt inne und ohne hineinzuschauen, klappte sie es wieder zu. Vor lauter Blutwurst und fliegenden Vampiren hatten sie das Frühstück ganz vergessen. Kein Wunder, dass ihr Magen fürchterlich knurrte.

‚Sicher sind Martha und Großvater genauso hungrig wie ich', dachte Betula, hüpfte von der Mauer und lief in die Küche. Im Brotkasten fand sie ein halbes Weißbrot. Sie schnitt sechs Scheiben ab, bestrich sie mit Apfelmus und streute ordentlich Zucker drauf. Dazu gab es kalte Milch. Sie stellte drei Gläser und drei Teller auf ein Tablett, klemmte sich das Maß- und Bestellungsbuch unter den Arm und trug alles zum Tisch auf der Terrasse.

Dann eilte sie die Treppe zu Marthas Zimmer hinauf und drückte auf die Klinke. Sie wollte ins Zimmer stürzen, wie sie es immer tat, doch die Tür war abgeschlossen. Sie klopfte an. „Ich hab Frühstück gemacht. Unten auf der Terrasse. Kommst du?", rief Betula.

Hinter der Tür blieb es still.

„Es gibt für jeden zwei Apfelmusbrote", rief Betula nun, weil sie wusste, dass Martha die sehr mochte.

„Sind sie mit Zucker?", fragte Martha.

„Ganz dick Apfelmus und ganz viel Zucker, so wie du sie magst. Kommst du?"

„Nein", sagte Martha mit schwacher Stimme. „Ich werde mein Zimmer nicht verlassen, bevor dieser grauenhafte Tag vorbei ist. Stell die Brote vor meine Tür, Betula."

Betula wollte etwas erwidern, aber überlegte es sich anders. Sie holte Marthas Frühstück und stellte es vor die Tür. Als sie wieder auf die Terrasse trat, saß der Großvater am Tisch und verschlang sein erstes Apfelmusbrot. Seine Glatze glänzte in der Sonne. Offenbar hatte sich Herr Tinnitus mit seinen Flöten wieder gemeldet, weswegen er den Kopf mit Pfefferminzöl eingeschmiert hatte.

Betula setzte sich zu ihm. „Martha will heute nicht mehr aus ihrem Zimmer kommen. Sie hat sich eingeschlossen", erzählte sie und biss ins Brot, wobei sie mit der Nasenspitze in das Apfelmus tauchte.

Der Großvater schüttelte verständnislos den Kopf. „Sie sollte wissen, dass Vampire nicht am hellerlichten Tag ins Haus spazieren. Also wovor fürchtet sie sich?"

Doch bevor Betula etwas antworten konnte, schob sich Frau Zwirnfitz' Kopf durch das Küchenfenster. „Wagen Sie es ja nicht, sich vor dem Fegen zu drücken, Herr Krummnagel", sagte sie in einem Ton, der keinen Widerspruch duldete, und verschwand wieder.

Der Großvater brummte missmutig, klopfte sich die Zuckerkrümel von den Händen und machte Anstalten, sich zu erheben. „Martha hat sich eingeschlossen?", erkundigte er sich plötzlich.

Betula nickte und griff nach dem zweiten Apfelmusbrot.

Der Großvater kicherte und hatte so ein Glitzern in den Augen. „He, he. Das mache ich auch. Ich werde einfach das Haus abschließen, so können die Häkeldamen nicht hinein und ich brauche den Flur nicht zu fegen", verkündete er und schnippte mit den Fingern.

„Warum schließt du nicht gleich das Hoftor ab?", schlug Betula vor. „Im Zeitungsartikel steht doch, dass es zu einem heftigen Streit mit dir und einer Person kommen wird. Hier draußen auf dem Hof."

„Dabei kann es sich nur um diesen Herrn Buttersäge handeln", sagte der Großvater nachdenklich. „Er will heute das

Fichtenholz für seine Kommode vorbeibringen." Der Großvater stand auf. „Du hast recht, Betula. Wir schließen das Hoftor ab. Keine Häkeldamen und auch kein Herr Buttersäge wird heute den Hof betreten. Ohne Besuch keinen Fluch und ohne Fluch keinen Zeitungsartikel. Und ohne Zeitungsartikel keinen ..." Er kratzte sich am Kopf. „Eben keinen Zeitungsartikel", rief er mit fröhlicher Entschlossenheit.

Betula schaute dem alten Mann hinterher, als er tänzelnd die Stufen zum Hof hinunter ging. Dabei wurde ihr so leicht ums Herz, dass sie in diesem Moment tatsächlich glaubte, der Plan könne funktionieren. „Wir sind ge-ni-al! Ja-ha! Ge-ni-al! Wir schlagen dem Fluch ein Schni-Schna-Schnippchen. Ge-ni-al", sang der Großvater und verschwand hinter der Hausecke, um das Hoftor zu verschließen.

Betula wischte sich das Apfelmus von Fingern und Nase. Es war Zeit, endlich einen genaueren Blick in das Maß- und Bestellungsbuch zu werfen. Sie klappte es auf und las wieder Herrn Schuppes Namen. Aber als sie sich die Seite genauer ansah, fiel ihr plötzlich etwas auf: Die ersten Seiten waren aus dem Buch herausgerissen worden. Großvater und Martha hatten das Buch nicht angerührt, also musste es so im Sarg gelegen haben.

„Verflixtes Schloss!", schimpfte der Großvater.

Betula schaute von dem Buch auf. „Was ist mit dem Schloss?"

„Es ist eingerostet. Ohne Zange dreht sich da nichts." Er stampfte die Treppen zum Sarglager hinauf und riss die Tür so schnell auf, dass die Scharniere nicht einmal Zeit zum Quietschen hatten.

Während der Großvater nach einer Zange suchte, steckte Betula wieder ihre Nase in das Buch. Sie interessierten die Sargmodelle. Die meisten Kunden hatten sich einen einfachen Truhensarg aus Kiefernholz gewünscht. Nur wenige wählten andere Formen. Es gab einen tabakfarbenen Sarg ‚Modell Zigarre', einen roten Sarg ‚Modell Schreibmaschine' und einen orangefarbenen Sarg ‚Modell Karotte'. Einer hatte das ‚Modell Tisch' gewählt, worüber Betula stutzte. ‚Komisch', dachte sie und schob sich den letzten Bissen vom Apfelmusbrot in den Mund. Sie konnte sich eine Zigarre, eine Schreibmaschine und auch eine Karotte als Sarg vorstellen. Aber einen Tisch mit dünnen Beinen und einem Brett als Abstellfläche? Wie sollte da ein Mensch hineinpassen?

Aus dem Sarglager nebenan hörte sie das Scheppern von Metall. Als sie aufschaute, stand der Großvater mit leeren Händen vor der Tür. Die Zange war offenbar nicht aufzufinden. Sein Gesicht hatte nun nichts mehr von der fröhlichen Entschlossenheit. Wie zum Hohn pfiff Frau Zwirnfitz' Wasserkessel und das Pfeifen klang höchst beunruhigend in den Ohren. Den Großvater spornte das an und mit ein paar Sätzen sprang er über den Hof und in die Werkstatt.

Da streckte Frau Zwirnfitz wieder ihren Kopf heraus. „Herr Krummnagel! Wo rennen sie denn hin?", rief sie verzweifelt. „Och, Betulchen. Feg du doch schnell den Flur! Ich muss mich um den Tee kümmern."

Rasch ging Betula in Großvaters Küche, nahm Handfeger und Schaufel aus dem Besenschrank und fegte Großvaters Tischlerdreck, der heute wegen des Besuches nicht erwünscht war, zusammen. Gegen die eingetrockneten Farbkleckse konnte sie aber nichts ausrichten. Trotzig leuchteten sie auf dem Linoleum. In der Ferne hörte Betula die Turmuhr zehn Mal schlagen. Pünktlich mit dem letzten Schlag traten zehn herausgeputzte Damenfüße durch das Holztor mit dem störrischen Schloss. Lautes Geschnatter breitete sich über dem Krummnagelhof aus.

„Seht doch nur! Jetzt haben die neben der Sargtischlerei auch noch einen eigenen Friedhof."

„Wie praktisch."

„Du meintest wohl, wie grausig, meine Liebe."

„Allein hätte ich mich niemals in dieses Haus getraut."

„Die arme Frau Zwirnfitz. Wie sie das nur mit diesen

verrückten Krummnagels aushält?“

Betula fegte die letzten Späne zusammen, als es laut rumste und erschreckte Schreie zu hören waren. Sie eilte hinaus auf die Terrasse. Aus Wut darüber, dass er die verflixte Zange nicht fand, hatte der Großvater offenbar den Entschluss gefasst, seine Werkstatt zu entrümpeln. So warf er ausgerechnet in dem Moment fünf blutrote Särge hinaus, da die fünf Häkeldamen auf dem Hof eintrafen. Ein schrecklich dummer Zufall. Die Häkeldamen standen eng gedrängt und schrien aufgebracht herum.

Betula konnte sich ein Kichern nicht verkneifen, es war ein zu komischer Anblick. Und für einen Moment kitzelte sie der Gedanke, eine ihrer Fratzen zu ziehen.

Frau Zwirnfitz versuchte, ihren Besuch zu beruhigen. „Aber, aber, meine Lieben, reißen Sie sich doch zusammen“, flehte sie aus dem Küchenfenster. „Herr Krummnagel räumt nur seine Werkstatt auf. Kommen Sie hinauf. Tee und Kuchen stehen auf dem Tisch.“ Sie gestikulierte herum, als könne sie mit einer riesigen unsichtbaren Schüssel die Damen einzeln durch ihr Küchenfenster heben.

Als die erste Dame den Flur betrat, war Betula längst hinter Großvaters Wohnungstür gehuscht und verfolgte das Geschehen durch das Schlüsselloch. Sie sah, wie Frau Zwirnfitz zitternde, knöchrige Hände tätschelte. An einem Handgelenk hing ein durchsichtiges Tüllsäckchen mit einem Gebiss und Betula hörte Frau Zwirnfitz sagen: „Frau Grimm, gut, dass Sie an Ihre Zähne gedacht haben.“

Betula blinzelte. Ein Luftzug hatte ein Staubkörnchen in ihr Auge geblasen. Als sie das Auge wieder dem Schlüsselloch näherte, tauchte dieser Herr Wortklauber, der Journallist, an Frau Zwirnfitz’ Tür auf. Mit gespitztem Bleistift kritzelte er ohne Unterlass in seinen Notizblock. Oje! Herr Wortklauber hatte bereits begonnen, den Zeitungsartikel zu schreiben. Es blieb also nicht mehr viel Zeit, bis auch Herr Buttersäge den Hof betreten würde.

Betula riss die Tür auf und rannte hinaus. ‚Es muss doch irgendwo eine Zange geben, die den verrosteten Schlüssel im Hoftor umdrehen kann', dachte sie verzweifelt. Doch da kam auch schon Herr Buttersäge um die Ecke. Es war zu spät!

Wieder hatte er diesen riesigen Zylinder auf dem Kopf. Und wieder hatte er diesen seltsamen Gang. In der einen Hand hielt er ein goldenes Päckchen *Die schwarze Bohne*. Die andere zog einen Anhänger mit einer Ladung Bretter. „Herr Krummnagel, Kundschaft!", rief er mit einer falschen fröhlichen Stimme. Betula starrte ihn wortlos an. Der Großvater hörte das Rufen und tauchte in der Werkstatttür auf. „Herr Buttersäge", begrüßte er ihn mit gespielter Freude. „Dass wir uns so schnell wiedersehen!"

„Sie haben mich doch für heute bestellt! Ich bringe das Holz für die Kommode, Herr Krummnagel." Herr Buttersäge wippte auf und ab. Seine Schuhe verbarg er unter viel zu langen Hosenbeinen. Mit einem Ruck zog er den Anhänger zu sich ran. „Schauen Sie doch mal, Herr Krummnagel, was ich Ihnen mitgebracht habe."

Der Großvater kam näher und schaute auf das Holz. „Verdammt feine Fichte", murmelte er staunend.

„Das will ich meinen. Schauen Sie doch nur, wie gleichmäßig die Maserung ist. Das Holz hat kein einziges Astloch. Dazu der frische Duft." Er zog Luft durch die Nase. „Wer daraus einen Sarg bauen wollte, der müsste ein Narr sein. Nur ein Narr, nur ein Narr liebt die Gefahr."

„Sie haben recht, mein Herr. Solch schönes Holz habe ich schon lange nicht mehr gesehen. Wo haben Sie das denn her?" Auf Großvaters schmalen Lippen zeichnete sich ein gieriges Kinderlächeln ab, als starre er auf eine Tüte Sahnebonbons.

Betula schob sich vor ihn. „Mein Großvater kann Ihnen leider keine Kommode bauen!", sagte sie mit fester, aber freundlicher Stimme. „Er baut nur noch Särge!"

Buttersäges Mundwinkel fielen schlagartig zu einem auf dem Kopf stehenden U nach unten.

Der Großvater räusperte sich, bevor er sagte: „Meine Enkelin hat recht, ich baue nur noch Särge!“

Buttersäge drehte langsam den Kopf. „Aber Herr Krummnagel. Ihre Särge sind scheußlich. Da wird mir ganz bang um den Tod. Wie soll er sich darin wohlfühlen.“ Er drehte den Kopf zurück. „In Ihren Händen gedeihen Fenster und Türen und wunderschöne Kommoden“, sagte er schmeichelnd und seine Mundwinkel wanderten wieder nach oben. „Stimmt es, dass die Krummnagels eine der ältesten Tischlerfamilien der Stadt sind? Ihre Maschinen müssen über einhundert Jahre alt sein. Ich würde sie mir allzu gern einmal anschauen.“

Der Großvater strich sich mit einer flachen Hand die weißen Schläfenhaare glatt. „Immer hereinspaziert in mein Reich“, sagte er mit Stolz.

Herr Buttersäge tat einen Schritt, wurde stocksteif und zog sein anderes Bein nach. Er hielt inne. Mit einem triumphierenden Lächeln drückte er das Päckchen *Die schwarze Bohne* in Betulas Hände. Dann hakte er sich beim Großvater ein und steuerte mit ihm die Werkstatt an.

Betula schaute ihnen nach. Dieser Herr Buttersäge gefiel ihr ganz und gar nicht. Er verstand es, den Großvater in einer Art um den Finger zu wickeln, dass der ihm womöglich jetzt und gleich die versprochene Kommode baute. Betula brauchte Hilfe. Sie ließ das Kaffeepäckchen in den Anhänger mit dem Fichtenholz fallen, rannte schneller als der Wind ins Haus und flog regelrecht die Treppe zu Martha hinauf.

„Großtante, mach auf!“ Atemlos trommelte sie mit den Fäusten gegen die Tür. Sie hielt inne, um zu lauschen. Nichts! Wieder holte sie Luft. „Großvater ist mit Herrn Buttersäge in der Werkstatt. Er ist die Person aus der Zeitung. Verstehst du? Großvater kennt ihn von früher. Er hat ihm eine Kommode versprochen. Du musst kommen und ihn davon abhalten, sie zu bauen.“ Betula rüttelte an der Türklinke.

Dann hörte sie Marthas Stimme, ganz leise, sodass Betula ihr Ohr an die Tür pressen musste, um sie zu verstehen. „Dein Großvater ist ein sturer, alter Ochse. Er wird nicht auf mich hören. Das Unheil hat längst seinen Lauf genommen. Du kannst es nicht mehr aufhalten, Betula."

Betula senkte die Fäuste und stieg mit hängenden Schultern die Treppe hinunter. Eine schwere, unheimliche Stille, wie vor einem Gewitter, lag über dem Hof und aus irgendeinem Grund beschloss Betula, ins Sarglager zu gehen. Sie ließ sich in die weichen Kissen ihres Lieblingssarges sinken und starrte an die Decke. ‚Gleich, gleich kommt es zum Streit. So steht es in der Zeitung', dachte sie. Und da hörte sie auch schon die aufgebrachten Stimmen von Herrn Buttersäge und ihrem Großvater, die jetzt auf dem Hof standen.

„Verflixt noch mal! Ich werde keine Kommode bauen. Wann akzeptieren Sie das endlich", rief der Großvater.

„Sie sind ein hinterlistiger Kaffeebohnen-Schmarotzer", rief Buttersäge empört.

„Ich? Ein hinterlistiger Kaffeebohnen-Schmarotzer?"

„Sie haben richtig gehört. Und ein miserabler Sargtischler obendrein!"

Plötzlich hörte Betula, wie sich eilige Schritte dem Sarglager näherten, und sie erschrak, als der Verursacher durch die Tür trat. Es war Herr Wortklauber. Er hielt sich einen Fotoapparat vor sein Gesicht. *Knips-Ratsch, Knips-Ratsch* machte es immer wieder. Dann zückte er auch schon seinen Notizblock.

„Guten Tag", sagte Betula.

Herr Wortklauber wirbelte herum. Mit seinen kleinen, schwarzen Wieselaugen starrte er neugierig das Mädchen im Sarg an. Und als er dann auf sie zuhüpfte, schienen seine Schuhsohlen kaum die Bodendielen zu berühren. Dicht vor dem Sarg blieb er mit einem Gesichtsausdruck stehen, der so viel sagte wie: *Ach, wie putzig!* Dann hüpfte er hinüber zu den Regalen, wo er neugierig in Großvaters Sachen herumstöberte. Immer wieder machte es *Knips-Ratsch, Knips-Ratsch*, während Großvater und Herr Buttersäge weiter auf dem Hof stritten.

„Hören Sie sofort auf damit“, protestierte Betula. „Das hat Ihnen niemand erlaubt.“ Aber Herrn Wortklauber kümmerte das nicht. Jetzt befingerte er alles, was er erreichen konnte, verhedderte sich dabei in einem Kabel und riss eine Kiste mit Nägeln herunter. Das hässliche Klirren bereitete dem Streit auf dem Hof schlagartig ein Ende.

Der Großvater, der sich die ganze Zeit bemüht hatte, seinen Zorn zu unterdrücken, kannte nun kein Halten mehr. Schnaufend stand er in der Tür. „Himmel, Arsch und Wolkenbruch“, brüllte er dem Herrn Wortklauber entgegen. „Was machen Sie in meinem Sarglager?“

Herr Wortklauber schrieb und machte ein großes Ausrufungszeichen in seinen Notizblock. Erst dann hob er den Blick und sagte: „Ein Sarglager voller fertiger Särge. Die Grabkammer von Tutanchamun ist geradezu lächerlich dagegen.“ Er nahm den Fotoapparat. *Knips-Ratsch, Knips-Ratsch*.

Herr Buttersäge war dem Großvater gefolgt und stand plötzlich neben ihm, das Fichtenbrett wie eine Lanze unter den Arm geklemmt.

„Worüber haben die beiden Herren gestritten?“ Herr Wortklauber schlug eine neue Seite in seinem Notizblock auf. Seine Wieselaugen hüpften zwischen Großvater und Buttersäge hin und her, die Bleistiftspitze lauernd auf dem Papier.

„Das geht Sie nichts an!“, erwiderte der Großvater.

Buttersäge lächelte bescheiden. „Herr Krummnagel hat mir eine Kommode versprochen. Und nun will er sie mir nicht bauen.“

„Warum bauen Sie ihm nicht die Kommode?“, fragte Herr Wortklauber nach.

„Weil ich jetzt ein Sargtischler bin“, knurrte der Großvater wütend. „Und nun schwingen Sie Ihren Hintern wieder nach drüben zum Häkelkränzchen. Ich habe Sie nicht eingeladen.“

Doch genau in dem Moment schob sich das vollzählige Häkelkränzchen durch den Türrahmen. Als Großvater die Damen erblickte, raufte er sich seine weißen Schläfen. „*Argh*, die haben mir gerade noch gefehlt“, schnaufte er, sank auf einen Stuhl und zündete sich den Rest seiner Zigarre *Cubana Miefre* an, den er sich hinter das Ohr geklemmt hatte. Jetzt standen sich alle Anwesenden des Krummnagelhauses im Sarglager gegenüber. Alle, bis auf Martha.

# Vierzehntes Kapitel

## In dem der Krummnagelfluch sich wandelt

Die Häkeldamen tuschelten hinter vorgehaltenen Händen. „Wie das hier riecht!“

„Ich habe mich immer gefragt, wo der Tod wohnt.“

„Jetzt weißt du es, meine Liebe. Er wohnt hier, zwischen all dem scheußlichen Gerümpel.“

„Und da ist ja auch ... Seht doch nur! Ein offener Sarg“, kreischte da Frau Gulasch los. Ein spindeldürrer Finger schnellte nach vorn und zeigte auf Betulas Kuschelsarg.

Hektisches Gefummel an den Brillenbändern begann und nachdem sie entwirrt waren, schoben die Häkeldamen ihre Brillen auf die Nase. „Ooh“, tönten sie wie aus einer Kehle und reckten ihre Hälse, ohne sich auch nur einen Zentimeter von der Stelle zu bewegen. Bis auf Frau Kleinfuß. Die faltete ihre kleinen Hände vor der Brust und näherte sich tippelnd dem Sarg. „Seht doch nur, er hat ein Klappbrettchen! Und so weiche Kissen“, rief sie ergriffen. Sie raffte ihr Kleid und machte Anstalten, den Sarg auszuprobieren.

„Aber Gertrud! Die Limonadenflasche ist noch fast voll. Und der Keks. Nur angebissen ist er“, wimmerte Frau Ast. Ihre dürre Astnase ragte zwischen ihren grell rotgepuderten Wangen hervor. „Wenn hier der Tod wohnt, kommt der sicher gleich zurück.“

Frau Kleinfuß ließ erschrocken den Kleidersaum sinken. Frau Rummschüssel hatte nur die Hälfte verstanden und starrte begriffsstutzig in die Runde. „Der Keks ist ... tot?“, fragte sie, griff nach dem Keks auf dem Klappbrettchen und steckte ihn sich in den Mund.

„Meine Güte. Dieser Sarg ist doch kein echter Sarg. Er ist Betulas Kuschelsarg“, stellte Frau Zwirnfitz klar. Sie schüttelte den Kopf, fassungslos über so viel Dummheit.

Sofort erhob sich unter den Häkeldamen lautes Gekreische.

„Das Mädel kuschelt mit dem Tod?“

„So etwas Verrücktes.“

„Es wäre in einem Heim wahrlich besser aufgehoben.“

„Wo steckt es eigentlich?“ Die Brillen wurden noch enger an die Nasenrücken gedrückt. Wieder die Hälse gereckt. Betula stand in einer Ecke bei den Regalen und winkte nur, um nichts Dummes zu sagen. Daraufhin trat Frau Grimm entschlossen an Herrn Wortklauber heran, der gerade an einer Flasche mit Holzwurmtod schnüffelte. „Herr Wortklauber. Was zu viel ist, ist zu viel!“, begann sie mit kaffeebitterem Ernst in ihrer Stimme. Das Tüllsäckchen baumelte an ihrem Handgelenk und das Gebiss darin klapperte entrüstet bei jeder ihrer Bewegungen. „Machen Sie dem Spuk ein Ende. Rufen Sie die Stimmen der Stadt auf, diese Sargtischlerei endlich zu schließen. Dieser Ort ist verflucht.“

„Verflucht!“, echote der Chor der Häkeldamen.

Herrn Wortklaubers Augen verengten sich zu zwei kleinen schwarzen Punkten. „Was wissen Sie über diesen Fluch? Könnten Sie das etwas detaillierter präzisieren?“

Jetzt ergriff Frau Gulasch das Wort. „Wir wissen nichts Genaues. Nur dass er ganz offenbar verrückt im Kopf macht. Plemplem. Verstehen Sie. Herr Krummnagels Schwester ist der Beweis. Sie kann Holzwürmer reden hören!“

„Ach was? Holzwürmer?“, fragte Herr Wortklauber ungläubig. Sein Bleistift geriet kurz ins Stocken, weshalb Frau Gulasch hinzufügte, dass Martha, die bis letztes Jahr noch bei ihnen im Altersheim gelebt hatte, ihr das persönlich und genau so gesagt hätte. Frau Kleinfuß bestätigte dies. Auch Frau Ast wusste etwas dazu. „Ja, ja und ihrem Bruder gibt sie die Schuld.“ Sie schielte aus den Augenwinkeln zu Herrn Krummnagel und neigte sich dabei zu Herrn Wortklauber, um anzudeuten, dass ihr etwas sehr Heikles auf den Lippen lag.

Betula trat aus ihrer Ecke, rückte näher an die beiden

heran und hörte so, was Frau Ast Herrn Wortklauber ins Ohr flüsterte. „Aber den alten Krummnagel hat es nun auch erwischt. Warum sonst schleicht er nachts im Altersheim herum, um Särge zu verkaufen."

„Aha. Aha. Hm ... Hm ..." Herr Wortklauber, ganz erpicht auf jedes Wort, ließ seinen Bleistift über das Papier sausen. Kaum war der letzte Punkt gesetzt, wandte er sich wieder an den Großvater, der ungewohnt still seine Zigarre paffte. „Kann ich mit Ihrer Schwester sprechen? Wo ist sie denn?"

„Die hat sich eingeschlossen und kommt nicht mehr raus. Ich hatte das eigentlich auch vor. Ich konnte nur die verflixte Zange nicht finden", antwortete der Großvater, als wäre es das Normalste der Welt.

Wortklauber kratzte sich mit dem Bleistiftende nachdenklich am Ohr. Dann trat er dicht an den Großvater heran. „Stimmt es, dass dieser Ort verflucht ist? Was sagen Sie zu der Forderung, die Werkstatt zu schließen? Hören Sie auch Holzwürmer reden?", bohrte er.

Betula sah, dass sich Großvaters Schläfenhaare waagerecht an der Glatze aufstellten wie die Pollenschirmchen an einer halben Pusteblume. „Lassen Sie mich in Ruhe. Das ist alles nur dummes Weibergeschwätz!", knurrte er barsch.

Also wandte Herr Wortklauber sich Herrn Buttersäge zu, der mit etwas Abstand und einem seltsamen Lächeln unter seiner Hutkrempe alles genauestens beobachtete. „Wann und wo hat Herr Krummnagel Ihnen die Kommode versprochen?"

Herr Buttersäge hob eben mit gespitzten Lippen zu einer Antwort an, da sprang der Großvater vom Stuhl auf und fiel ihm ins Wort. „Hören Sie. Dieser Ort ist nicht verflucht! Und solange ich noch gehen kann, werde ich jeden Morgen die Werkstatttür öffnen. Das lasse ich mir von niemandem verbieten", donnerte er. Er fuhr herum und schaute Frau Zwirnfitz scharf an. „Nehmen Sie Ihre Häkeldamen und verschwinden Sie endlich in Ihre Wohnung, Frau Zwirnfitz."

„Meine Damen", setzte Frau Zwirnfitz an und Betula konnte ein leichtes Zittern in ihrer Stimme hören, „wir verplempern unsere kostbare Zeit. Wir sollten in meiner Stube sein. Wenn wir nicht trainieren, werden wir den Häkelwettstreit jämmerlich verlieren." Mit wedelnden Händen scheuchte sie die Häkeldamen wie eine Schar entlaufener Hühner um den Sarg herum.

„Wir haben keine Lust zu häkeln. Sie können uns nicht dazu zwingen", gackerten sie.

Der Großvater stöhnte genervt.

Betula sah als Erste den langen Schatten, der sich lautlos über die Holzdielen tastete. Sie blickte auf und überrascht platzte es aus ihr heraus: „Martha! Da bist du ja endlich!" Der Ruf dieses Namens brachte im Sarglager alles zum Stillstehen. Die Häkeldamen starrten Martha mit offenen Mündern an. Buttersäges Grinsen wirkte wie festgeklemmt. Herrn Wortklaubers Bleistift stach nur ein Loch in sein Notizbuch. Frau Zwirnfitz' Hände krallten sich in ihren Busen. Sogar Großvaters Zigarrenqualm stand wie ein senkrechtes Lot über dem Zigarrenstummel. Nichts rührte sich, als spielten sie einvernehmlich das Spiel Stopp-Tanz: *Wer sich bewegt, hat verloren.*

Mit Marthas Erscheinen breitete sich augenblicklich ein penetranter Zwiebelgeruch im Sarglager aus. Der kam von dem Tuch, das sie sich wie einen Turban um den Kopf gebunden hatte. Sie schien die ganze Flasche, die sie zuvor im Sarg gefunden hatten, darauf ausgekippt zu haben. Betula begriff, dass diese Verkleidung nichts als ein letzter, verzweifelter Versuch war, sich vor dem Fluch zu schützen. Sie spürte einen Stich im Herzen, als sie Martha so sah.

„Sie sieht sowas von verrückt aus", tuschelten die Häkeldamen hinter knöchrigen Händen, doch als Martha über die Schwelle trat, waren sie sofort wieder still. Sogar das Klappern von Frau Grimms dritten Zähnen im Tüllsäckchen verstummte.

Neben dem Sarg blieb Martha stehen. „Was für eine hübsche Runde", raunte sie den Häkeldamen zu. „Ich habe euch beinahe vermisst." Sie knipste ihr schiefes Lächeln an.

Betula stellte sich dicht neben sie und fasste mit festem Griff ihre Hand. „Ab jetzt schreibt Herr Wortklauber die fehlende Zeitungsecke", flüsterte Betula.

Martha nickte. „Es wird grauenvoll. Ich kann es spüren."

Der Erste, der sich wieder bewegte, war Herr Buttersäge. Er hatte ein Fichtenbrett über zwei Klappstühle gelegt und hielt mit ausgestrecktem Arm dem Großvater einen Nagel hin. „Herr Krummnagel", sagte er feierlich und alle Augenpaare wanderten zu ihm. „Ich gebe Ihnen die Chance, vor den Augen der Stadt zu beweisen, dass Sie ein Mann mit klarem Verstand sind. Ein Tischler mit einer geschickten Hand und ein Geschäftsmann mit Ehre, der niemals ein Versprechen bricht."

„Ooh", tönte es von den Häkeldamen. „Wie er redet. Und wie er gekleidet ist. Was für ein Gentleman." Herr Buttersäge schien ihnen zu imponieren.

„Das ist fantastisch! Einfach fantastisch!", jubelte Herr Wortklauber und las die Worte, die er sich eben notiert hatte, laut vor: „Mit einem Nagel in der Hand und vor den Augen der Stadt forderte diese Person Herrn Krummnagel auf, die versprochene Kommode zu bauen."

Dann starrten alle auf den Nagel. Die Spannung im Raum stieg. Doch der Großvater rührte sich nicht.

„Du meine Güte, nun machen Sie schon, Herr Krummnagel", sagte Frau Zwirnfitz mit noch immer zittriger Stimme.

Der Großvater wischte sich mit dem Saum seines Hemdes den Schweiß von der Stirn. Dann blickte er stumm zu Betula. Sie sah ihn flehend an. „Du darfst es nicht tun."

Großvaters Blick flackerte und wanderte zu Martha.

„Du hast unserem Vater versprochen, Särge zu bauen. Särge, Särge, nichts als Särge." So oft hatte Martha den Satz schon gesagt, dass er ganz abgenutzt klang.

Der Großvater starrte wieder auf den Nagel in Buttersäges Hand. „Und ich habe Herrn Buttersäge versprochen, eine Kommode zu bauen“, sagte er mit fester Stimme. Er zog kräftig an dem Zigarrenstummel. Für die nächsten Sekunden war nichts zu hören als die Glut, die sich durch den Tabak fraß. Er pustete den Qualm aus seinen Nasenlöchern und die Damengesellschaft erschauerte. Frau Ast hielt die Anspannung nicht mehr aus. Mit zitternder Hand tastete sie sich zu einem Stuhl vor und schlief, kaum dass sie saß, ein.

Endlich griff der Großvater nach dem Nagel und setzte ihn mit der Spitze auf das Fichtenbrett. Ein tiefes Schnaufen, ein letztes, kurzes Zögern.

„Hopp, hopp! Das Nägelchen ins Holz gekloppt.“ Buttersäge zog wie aus unsichtbarer Tasche den fehlenden Hammer hervor. Und mit der Geschicklichkeit eines Tischlers, der in seinem Leben tausende und abertausende Nägel ins Holz geschlagen hatte, versenkte der Großvater den Nagel mit nur einem einzigen Schlag. „Bei meiner Tischlerehre!“, rief er. „Ich baue diese Kommode.“ Der Hammer verharrte in seiner ausgestreckten Hand. Er starrte den platten Nagelkopf im Fichtenbrett an. Nichts geschah. Ein Funken des Triumphes blitzte in seinen Augen auf.

Doch dann schob sich der Nagel – ganz langsam – daumenhoch aus dem Holz heraus. Und nicht nur das. In einer quälenden Zeitlupe bog er sich, bis er krumm war wie ein Holzwurm.

„Habt ihr das gesehen, meine Lieben?“, tönte Frau Gulasch und suchte Halt an Frau Grimms knöchriger Schulter.

„Oje. Ich bin untröstlich, Herr Krummnagel“, rief Herr Buttersäge und beugte sich über den Nagel. „Das ist wohl schiefgegangen. Oder sollte ich sagen krummgegangen?“

Der Großvater starrte auf den Hammer. „Was ... was hat das zu bedeuten?“, stammelte er. Der Hammer glitt aus seiner Hand. Polternd landete er auf dem Boden.

Betula kannte die Antwort. Doch sie bekam kein Wort

heraus. Ängstlich schaute sie zu Martha hoch. Deren Brillengläser waren vom Zwiebelsud halb beschlagen und sie wirkte dahinter wie abgeschaltet. Doch dann raunte sie, dass es alle hörten: „Der Fluch hat sich gewandelt. Das ist der Fluch der krummen Nägel."

„Sensationell, Herr Krummnagel", jubelte Herr Wortklauber und zielte mit der Linse seines Fotoapparates auf den Nagel. *Knips-Ratsch, Knips-Ratsch*. „Könnten Sie, die Fräulein Krummnagels, einen Schritt nach rechts treten? Dann hätten wir mehr Schatten auf den Gesichtern und Sie würden richtig verflucht aussehen."

Buttersäge lachte plötzlich kurz und laut. „Ich fürchte, das war noch nicht alles." Geheimnisvoll deutete er zum Sarg hin. Alle schienen den Atem anzuhalten und warteten voller Spannung darauf, dass etwas passierte. Und dann hörten sie es auch. Zuerst war da ein leises Summen. Es schwoll an, wurde laut und immer lauter, bis es so laut war wie hunderte Bienen in einem Bienenstock. Doch es waren keine Bienen, sondern kleine, schwarze Käfer. Sie schlüpften aus den winzigen Bohrlöchern im Sarg. Einer nach dem anderen sausten sie, wie an Schnüren aufgefädelt heraus, verdichteten sich und nahmen langsam eine Form an. Niemand konnte seine Augen von diesem bizarren Anblick lösen.

„Da gefriert einem ja das Wasser in den Beinen", säuselte Frau Grimm.

„Sieht aus wie ein Sargdeckel aus Käfern", rief Frau Kleinfuß und klatschte in ihre kleinen, runzeligen Hände.

„Sie haben doch sicher auch dafür eine Erklärung, Martha", sagte Frau Zwirnfitz entgeistert.

Martha konnte zwar nicht allzu viel durch ihre Brille erkennen, doch was sie sah und hörte, ließ sie schaudern. Angewidert verzog sie den Mund. „Das ist eine riesige Metamorphose", sagte sie und drückte ihren Turban ein Stück tiefer ins Gesicht.

„Was soll das sein?", fragte Frau Gulasch. „Eine Metaphose?"

„Nachdem sich die Holzwurmlarven verpuppt haben, verwandeln sie sich in fliegende Käfer“, erklärte Betula und sprach dabei laut und deutlich. „Viele Larven von Insekten durchlaufen in ihrem Leben eine oder mehrere Metamorphosen. Schmetterlinge zum Beispiel. Das ist ganz normal.“

Die alten Damen starrten gebannt zu den vielen Käfern über ihren Köpfen und die tiefen Falten in ihren Gesichtern erinnerten Betula an Furchen in Baumrinden. Da lösten sich zwei Käfer aus dem Schwarm, flatterten munter hin und her und umkreisten einander, als neckten sie sich gegenseitig. Dann flog ein Käfer voraus und landete geradewegs auf Frau Asts Nase. Der andere Käfer folgte ihm nach drei waghalsigen Luftschrauben.

„Die Käfer denken sicher, es ist ein Ast, der da aus Ihrem Gesicht ragt“, mutmaßte Frau Gulasch.

„Schaut doch nur, wie sie auf und ab hüpfen. Das sieht irgendwie ganz drollig aus“, bemerkte Frau Kleinfuß.

Da erwachte Frau Ast aus ihrem Schlaf. Als sie auf ihre Nase schielte, wurde sie ganz blass. Selbst das Rouge auf ihren Wangen verlor die Farbe. „Ich bekomme böse Beklemmungen“, fiepte sie.

„Scht“, machte Martha und ein ziemlich gemeines Grinsen lag auf ihren Lippen. „Wenn Sie sich bewegen, stören Sie das Weibchen beim Eierlegen.“

Dann ging alles ganz schnell.

Frau Ast stieß einen langen spitzen Schrei aus und schlug sich mit der flachen Hand auf ihre Astnase. Ein hässliches Knacksen war zu hören. Dem folgte ein lautes Zischen, weil alle vor Schreck Luft zwischen die Zähne zogen. Bis auf Frau Grimm. Ihre Zähne waren ja im Tüllsäckchen. Doch die schnappte sich Buttersäges Fichtenbrett und fuhr damit durch die Luft, als wollte sie alle Käfer auf einmal erschlagen.

Doch das machte die Käfer wütend. Sie sausten auf die Köpfe nieder und verfingen sich in den weißen Zuckerwattehaaren der Damen. Um Marthas Zwiebelturban flogen sie einen großen Bogen und auf Großvaters geölter Glatze rutschten sie immer wieder ab. Herr Wortklauber fuchtelte wild mit seinem Notizblock um sich. Betula hatte sich in letzter Sekunde Marthas angefressenen Strohhut über ihren Kopf gestülpt, den die Käfer aus irgendeinem Grund mieden. Frau Gulasch war die Erste, die hinaus auf den Hof rannte. Die anderen folgten ihr mit lautem Geschrei.

Nur Herrn Buttersäge machte das alles rein gar nichts aus. In aller Ruhe lief er vor dem Sarg auf und ab und schien sich sehr für ihn zu interessieren. Bevor er dann schließlich das Sarglager verließ, drehte er sich noch einmal um. Betula fragte sich, was sein zufriedenes Lächeln zu bedeuten hatte, denn eine Kommode würde er nun ganz sicher nicht mehr bekommen.

Nachdem alle verschwunden waren, konnte sich Martha nicht länger auf den Beinen halten. Sie sank wortlos in den Sarg und blieb wie ausgeknipst liegen. Der Großvater stand ganz steif da und starrte auf seine Hände, als wären es nicht seine.

# Fünfzehntes Kapitel

## In dem Betula vor lauter Särgen nicht mehr weiß, wozu man einen Tisch braucht

In einer Schüssel mit lauwarmem Lavendelwasser schwammen graue Leinentücher. Martha lag ausgestreckt auf der Couch. Sie war weiß wie Käse. Der Großvater saß in seinem Fernsehsessel und murmelte leise vor sich hin.

Frau Zwirnfitz hatte sich nur die Käfer aus dem Haar geschüttelt und war sofort ins Lager zurückgelaufen. „Pack an!", hatte sie gerufen. „Martha rüber ins Wohnzimmer! Großvater muss alleine!" Dann war sie zum Telefon gelaufen, um Dr. Kopflaus anzurufen. Jetzt saß sie mit vielen Sorgenfalten im Gesicht bei Martha auf der Sofalehne. „Nun nehmen Sie doch diese Knoblauchkette ab. Und was soll denn dieser stinkende Turban auf Ihrem Kopf, Martha. Kein Wunder, dass Sie damit ohnmächtig geworden sind", sagte sie bereits zum dritten Mal.

Martha hob nur die Augenlider, die ganz schwer zu sein schienen, und schüttelte den Kopf.

„Seien Sie doch vernünftig. So kann Sie kein Arzt untersuchen", beschwor die alte Dame Martha. Doch es hatte keinen Zweck. Betula kauerte neben ihrem Großvater und hielt seine eiskalte Hand.

Da erschien Dr. Kopflaus' schmächtige Gestalt im Türrahmen. Er trug seinen schneeweißen Kittel. An einem Arm hing der dicke Arztkoffer. Sein sonst struppiges Haar lag heute in sehr eleganten Wellen am Kopf. Es glänzte, als wäre es nass. „Darf ich eintreten?", fragte er.

Frau Zwirnfitz war erleichtert, ihn zu sehen. „Da sind sie ja endlich. Kommen Sie doch herein."

Dr. Kopflaus rückte seine Hornbrille zurecht. „Sie haben

um einen Hausbesuch gebeten?", erkundigte er sich, ohne seine Stimme zu heben. Wie automatisch sprang das Schloss an seinem Arztkoffer auf und er zog einen Trichter heraus.

„Was wollen Sie mit dem albernen Ding?", rief Frau Zwirnfitz mürrisch. „Sehen Sie denn nicht? Die beiden haben einen Schock. Frau Krummnagel ist sogar in Ohnmacht gefallen wegen der ... der ..." Frau Zwirnfitz biss sich auf die Lippen.

„Der Hitze", sprang Betula ein.

Frau Zwirnfitz nickte dankbar. „Ja genau. Die macht den alten Leuten nämlich sehr zu schaffen."

Dr. Kopflaus packte den Trichter zurück und trat an das Sofa heran. Mit gespitzten Fingern fühlte er Marthas Puls. „Interessant. Aber gegen die Hitze kann ich leider nichts machen. Auch nicht gegen das Alter." Er ließ ihre Hand los, die schlaff nach unten fiel, und sah erstaunt aus. „Sie hat einen Puls wie ein junges Reh."

Frau Zwirnfitz seufzte erleichtert. Aber aus Betula platzte es heraus: „Sie sind ein ziemlich komischer Arzt. Nie können Sie helfen. Meinem Großvater knackst und pfeift es noch immer im Kopf und heute sagen Sie auch wieder nur ‚interessant', aber machen können Sie nichts." Sie schluchzte.

Dr. Kopflaus' Augenbraue wanderte nach oben. „Gegen Tinnitus Aurum ist leider immer noch kein Kraut gewachsen, kleines Fräulein. Wie soll ich da helfen können?" Er beugte sich zu dem alten Mann, der eingefallen wie ein leerer Brennholzsack im Sessel hing. „Was murmelt er denn da?" Sein Ohr war jetzt ganz nah an Großvaters Lippen und für einen Moment bewegten sich Dr. Kopflaus' Lippen im gleichen Takt. Frau Zwirnfitz und Betula lauschten mit angehaltenem Atem.

„Interessant", sagte Dr. Kopflaus schließlich und richtete sich wieder auf.

„Was sagt er denn?", erkundigte sich Frau Zwirnfitz.

Dr. Kopflaus rollte mit den Augen hinter den Brillengläsern, die sie stark vergrößerten. „Ich bin mir nicht ganz sicher. Aber ich glaube, er sagte: ‚Er ist krumm. Er ist krumm. Daddeldiedeldumm.' Haben Sie eine Ahnung, was er damit meint?"

Betula und Frau Zwirnfitz wechselten einen kurzen Blick, dann lächelten sie betreten.

„Ich kann das erklären", sagte Dr. Kopflaus überraschend. „Wie ich bereits diagnostiziert hatte, leidet Herr Krummnagel an Tinnitus Aurum, dem Klingeln der Ohren. Die körpereigenen Schwingungen sind offenbar aufgrund eines traumatischen Erlebnisses durcheinandergeraten. Sein Geist versucht, sie wieder in Harmonie zu bringen. Das kann in seltenen Fällen das Sprechen in Reimen zur Folge haben. Alles in allem sieht es aber harmlos aus."

„Das nennen Sie harmlos?" Frau Zwirnfitz beruhigte das nicht. „Nun tun Sie doch endlich irgendetwas. Betula hat ganz recht. Sie reden und reden, aber davon wird niemand wieder gesund."

Dr. Kopflaus schürzte die Lippen. Dann zog er einen Zettelblock aus seiner Kitteltasche. „Ich verordne strengste Bettruhe. Jede Aufregung sollte vermieden werden." Er schrieb das Wort Bettruhe auf den Zettel und unterstrich es dreimal. „Und eine Kanne Nerventee am Tag." Auch das schrieb er auf den Zettel.

„Was ist mit lauwarmen Lavendelumschlägen?", erkundigte sich Frau Zwirnfitz und schaute zur Schüssel mit den grauen Tüchern, die darin schwammen wie ersoffene Mäuse.

Dr. Kopflaus tauchte die Spitze seines Zeigefingers in das Wasser. Es war der sauberste Finger, den Betula je gesehen hatte. „Es ist ein wenig zu kalt. Gießen Sie noch einen Schluck warmes Wasser hinein. Lavendelumschläge sind immer gut, wenn man nicht weiterweiß. Sie wirken beruhigend auf die Nerven." Dann verschloss er seinen Arztkoffer und nahm ihn in die Hand. „Ich werde morgen wieder vorbeischauen." Und ohne sich noch einmal umzudrehen, ging er zur Tür und verschwand.

Zum Glück hatte Frau Zwirnfitz ein paar Kräuter im Haus, um daraus einen beruhigenden Tee zu kochen. Seitdem der Häkelwettstreit vor der Tür stand, brühte sie sich selbst regelmäßig ein Tässchen davon auf. Sie nahm ein paar getrocknete Hopfenzapfen, eine Handvoll Melisseblätter und drei Baldrianwurzeln und streute alles zusammen in eine grüne, bauchige Teekanne. Betula goss heißes Wasser darüber. Das Sofa klappten sie aus, sodass Großvater Platz neben Martha fand. Dann bekamen die beiden die lauwarmen Lavendelumschläge um die Knöchel gelegt. Und nachdem sie eine Tasse Tee getrunken hatten, schliefen sie tief und fest ein. Um den Schlaf der beiden nicht zu stören, gingen Betula und Frau Zwirnfitz in ihre Wohnung.

„Die kriegen wir schon wieder hin", sagte die alte Dame, als sie in ihrer Stube Platz genommen hatten. Betula nickte und als sie in Frau Zwirnfitz' große, liebe Augen schaute, hatte sie das Gefühl, jemand würde ihr eine warme Kuscheldecke um die Schultern legen.

„Was für ein Tag", stöhnte die alte Dame und trank einen Schluck Nerventee. „Meine Häkeldamen sind auf und davon und der Wettstreit ist in zwei Tagen." Sie blickte zu dem Stapel Häkelzeitschriften, der auf der Kommode lag, und ihr Gesicht wurde ernst.

„Wollen wir die Zeitschriften zusammen durchschauen? Vielleicht haben Sie ja ein Muster übersehen", schlug Betula vor.

Frau Zwirnfitz schüttelte den Kopf. „Heute bin ich zu müde. Und du könntest auch etwas Schlaf vertragen. Du siehst aus wie eine kleine Nachteule, weißt du das? Es war sicher anstrengend, den ganzen Garten umzugraben."

Betula gähnte ein „Nein" und schüttelte den Kopf. „Das kommt nur von diesem Tee. Martha hat fast alle Löcher allein gegraben. Ich habe mit Großvater im Gras geschlafen."

Frau Zwirnfitz riss die Augen auf. „Martha hat das allein geschafft? Also manchmal ist sie mir ein wenig unheimlich."

Sie stand auf und nahm zum ersten Mal seit langer Zeit ihre Kittelschürze vom Haken. „Und dann dieser Nagel, den dein Großvater in das Brett geschlagen hat. Wie der krumm und krümmer wurde. Das war auch unheimlich", sagte sie. „Wenn ich es nicht mit meinen eigenen Augen gesehen hätte, würde ich es nicht glauben."

„Zum Glück haben die Holzwürmer nicht wieder geredet", sagte Betula nachdenklich.

Frau Zwirnfitz schaute sie entgeistert an. „Du meinst wie am Tag der Hochzeit deines Großvaters. Damals hatte Martha behauptet, im Kirchenaltar Holzwürmer reden zu hören", erinnerte sie sich und schüttelte den Kopf. „Das hätte Martha ganz sicher nicht noch einmal verkraftet." Sie fummelte die Knöpfe der Schürze durch die Knopflöcher. „Ich werde eine kräftige Hühnersuppe kochen. Die wird Martha und deinen Großvater schnell wieder auf die Beine bringen. Du wirst sehen, in ein paar Tagen ist alles vergessen."

Betula seufzte. ‚Nichts wird vergessen sein', dachte sie. ‚Dafür sorgt der Zeitungsartikel von Herrn Wortklauber. Morgen erfährt die ganze Stadt von dem Krummnagelfluch und man schließt unsere Sargwerkstatt.'

Nein! Betula konnte einfach nicht ein paar Tage nur herumsitzen. Sie musste etwas unternehmen! In Gedanken hörte sie Marthas Stimme: ‚Ich suche einen Fingerzeig des Fluches, der uns zu der Wurzel des Übels führt.' Das hatte sie gesagt und gehofft, ihn im Sarg zu finden. Aber was hatten sie gefunden? Altes Werkzeug und die Sargzeichnungen und die würden ihr nicht weiterhelfen. Doch was war mit diesem Maß- und Bestellungsbuch? Da schoss Betula dieselbe Frage durch den Kopf, die sie sich heute Morgen schon einmal gestellt hatte.

„Glauben Sie, dass man jemanden in einem Tisch beerdigen kann?", fragte Betula Frau Zwirnfitz.

Die stand an ihrem Frisiertischchen und schaute nach, ob sich noch irgendwo ein Käfer in den Haaren versteckte.

„Was du dir für Gedanken machst“, sagte sie abwesend. Dann fuhr sie plötzlich herum und machte große Augen. „Du denkst doch nicht etwa, dass Martha und Großvater sterben werden? Ach, armes Betulchen“, seufzte sie. „Das darfst du nicht denken.“

„Nein, nein“, rief Betula. „Es ist nur ... Ich habe heute das Maß- und Bestellungsbuch meines Urgroßvaters, Paul Krummnagel, gefunden. Der war auch Sargtischler.“

„Das weiß ich“, erwiderte Frau Zwirnfitz.

„Und in diesem Buch steht, dass jemand einen Tisch bei ihm bestellt hat.“

Frau Zwirnfitz zuckte die Schultern. „Und?“

„Einen Tisch. Bei einem Sargtischler. Das ist doch sehr eigenartig. Finden Sie nicht?“ Betula nahm einen großen Schluck von dem Nerventee.

Frau Zwirnfitz blickte vielsagend über den Brillenrand. „Dieser *Jemand* wollte ganz sicher nicht in dem Tisch beerdigt werden, sondern sich einfach nur daran setzen und ein warmes Süppchen löffeln“, sagte sie bestimmt. Aber dann kicherte sie. „Ich kann kaum glauben, dass du da nicht selbst drauf gekommen bist.“

Betula schüttelte den Kopf. „Aber das kann nicht sein!“

Frau Zwirnfitz klemmte den Kamm zurück zwischen die dünnen, gebogenen Weidenstäbe, die den Spiegel umrahmten. „Aber warum denn nicht?“, fragte sie entgeistert.

„Weil mein Urgroßvater nichts anderes als Särge bauen durfte!“ Doch kaum hörte sich Betula das sagen, stockte sie. „Es sei denn ...“, flüsterte sie und hielt den Atem an.

„Es sei denn WAS?“, hakte Frau Zwirnfitz nach.

„Es sei denn, er hat auch Tische gebaut“, schoss es aus ihr heraus.

Frau Zwirnfitz verschränkte ihre kurzen, dicken Arme. „Aber gewiss doch, mein Schätzchen. Warum sollte ein Sargtischler keinen Tisch bauen. Hin und wieder häkle ich auch gern mal einen Schal. Immer nur Topflappen kann sehr eintönig werden mit den Jahren", erklärte sie und setzte sich wieder in den Sessel. „Wie du jetzt schaust, Betulchen!", sagte sie glucksend.

Frau Zwirnfitz hatte ja keine Ahnung, was sie da sagte. Für sie war es selbstverständlich, dass ein Sargtischler nicht nur Särge baute. Doch nicht für Betula. Sie hatte vor lauter Särgen keinen Tisch mehr gesehen.

„Einen Tischsarg! Mann, bin ich blöd", rief Betula und sprang aus dem Sessel.

„Wo willst du hin?", rief Frau Zwirnfitz.

„Ich muss herausfinden, warum der Nagel krumm geworden ist", rief Betula im Hinausrennen.

Das Buch lag noch immer auf dem Terrassentisch. Sie schnappte es sich und verschwand damit im Sarglager. Sie streckte sich lang im Kuschelsarg aus und schlug abermals das Buch auf. Mit dem Zeigefinger fuhr sie die Spalte, in der die ‚Sargmodelle' standen, bis zum Seitenende hinunter, blätterte um und begann auf der nächsten Seite wieder von oben und so weiter. Auf der dritten Seite stockte ihr Finger. Da war er. Der Tisch. Der Urgroßvater hatte ihn am 12.11.1921 gebaut. Bestellt hatte ihn eine Frau Vogelfrei. Es gab kein Todesdatum. Die Maße waren: fünfundsiebzig Zentimeter hoch, neunzig Zentimeter lang und neunzig Zentimeter breit. Wenn Frau Vogelfrei kein Kasten auf zwei Beinen war, dann musste es sich hier tatsächlich um einen Tisch handeln. 1921. In diesem Jahr hatte doch der Großvater Martha zu Weihnachten die Holz-Betula geschenkt. Das bedeutete aber auch, dass in diesem Jahr der Sekretär zu den Krummnagels zurückgekommen war. Paul hatte ihn in einem Laden bei einem Trödler gekauft. Betulas Zeigefinger rutschte weiter bis zur letzten Seite des Buches. Es gab keinen zweiten Tisch und auch sonst keine anderen Möbel. Nur noch Särge. Was war passiert? Betulas Gedanken sausten durcheinander. Sie musste Ordnung in ihrem Kopf schaffen.

Sie zog ihren Skizzenblock unter dem Kissen hervor, zeichnete eine Tabelle mit drei Spalten und schrieb drei Fragen hinein.

*Wer?*

*Was baute er?*

*Welcher Fluch lag auf ihm?*

Dann versuchte sie, darauf Antworten zu finden. Max Krummnagel, ihr Ururgroßvater, war der Erste in der Aufzählung. Er hatte 1879 den Sarg zerstört und hatte damit die Krummnagels verflucht. Betula füllte ihre Tabelle weiter aus.

*Wer? Max Krummnagel*

*Was baute er? Särge*

*Welcher Fluch lag auf ihm? Fluch der krummen Nägel*

Das alles wusste sie von Martha. Doch bereits beim Urgroßvater wurde es schwieriger. *Wer? Paul Krummnagel*

*Was baute er? Särge und ein Tisch*

Aber was sollte sie bei *Welcher Fluch lag auf ihm?* eintragen? Irgendetwas musste passiert sein. Waren Pauls Nägel auch krumm geworden? Oder hatte er, so wie Martha, das schwarze Kästchen im Sekretär gefunden und von dem Birkenwasser getrunken? Sie malte ein dickes Fragezeichen. Dann notierte sie den Namen ihres Großvaters und füllte die Spalten aus.

*Wer? Ferdinand Krummnagel*

*Was baute er? Fenster und Türen*

*Welcher Fluch lag auf ihm? Fluch der sprechenden Holzwürmer, Neu: Fluch der krummen Nägel*

Der Großvater hatte viele Jahre Fenster und Türen gebaut. Keine Särge. Martha hatte Betula einmal erzählt, dass sogar sie fast geglaubt hatte, der Fluch habe die Krummnagels vergessen. Irgendetwas musste der Großvater getan haben, dass er sein Versprechen brechen konnte, ohne dass der Fluch sich auf ihn stürzte. Vielleicht lag es wirklich daran, dass er Sarggeschäft seines Vaters, mit allen Aufzeichnungen, Werkzeugen und dem Zwiebelsud begraben hatte.

Doch völlig verbannt hatte das den Fluch nicht. Der wurde anders bestraft. Mit Birkenwasser. Der Großvater trank davon und hörte die Holzwürmer reden. ‚So könnte es gewesen sein', dachte Betula und nickte. Als er dann aus dem Sekretär den Sarg gebaut hatte, den Max einst zerstört hatte, waren die Holzwürmer verstummt. Aber auch wenn er seitdem nur noch Särge baute, war damit der Fluch nicht gebannt. Nur ein einziger Nagel in ein Brett für eine Kommode hatte gereicht und – *ZACK!* Der Fluch der krummen Nägel war wieder da.

Betulas Blick sprang hinauf in die erste Zeile ihrer Notizen. Mit den krummen Nägeln hatte alles begonnen! Da endlich begriff sie. Martha hatte recht. Der Fluch wandelte sich. Der Krummnagelfluch war ein Wandelfluch. Ganz klar! Seit einhundertundeinem Jahr wechselte der Fluch zwischen krummen Nägeln und sprechenden Holzwürmern. Und darum war er immer da.

Ein leises Nagen ließ Betula zusammenzucken. Sie legte den Skizzenblock rasch beiseite, nahm die Lupe und linste in Sir Williams Bohrloch. Er war wie immer nicht zu sehen. „Ihr könntet mir sicher sagen, ob mein Urgroßvater Paul euch verstanden hat. Aber jetzt, wo ich euch brauche, sagt ihr kein Wort." Sie stöhnte. „Ach, wenn ich doch nur einen einzigen Tropfen Birkenwasser hätte. Ich würde ihn glatt trinken."

Betula überlegte. Sie könnte zur Birke laufen und mit einem Bohrer versuchen, etwas von dem Saft zu gewinnen, so wie sie es im letzten Jahr getan hatte. Doch was, wenn es nicht klappte? Wenn sich der Fluch gar nicht in den Fluch der sprechenden Holzwürmer verwandelte? Es gab doch sicher noch andere Holzflüche. Vielleicht gab es den Fluch der schielenden Astaugen oder den Fluch der fliegenden Holzsplitter oder gar den Fluch der gierigen Säge. Könnte so ein Fluch den Urgroßvater Paul befallen haben?

‚Armer Urgroßvater', dachte Betula und schrieb das Wort

*Wandelfluch* in ihren Skizzenblock. Sie zog einen exakt runden Kreis darum. Und während sie das Wort wieder und wieder vor sich hinsprach, fuhr die Bleistiftspitze auf diesem Kreis entlang. Ihr Blick wurde schwer und schwerer. Sie fühlte sich mit einem Mal so müde, als hätte sie hundert Jahre nicht geschlafen. In der Ferne hörte sie noch Frau Zwirnfitz rufen: „Betula. Die Hühnersuppe ist fertig!"

Dann schlief sie ein.

# Sechzehntes Kapitel

## In dem Betula ein besonderes Wurmloch in der Sargwand entdeckt

Ein Geräusch weckte Betula. Nein, kein Geräusch. Es war eine Stimme, die dumpf und erstickt klang, als würde sich jemand eine leere Dose an den Mund halten und versuchen zu reden. Die Stimme verfiel in ein blechernes Lachen und verklang dann irgendwo in der Ferne.

Betula blinzelte und öffnete die Augen. Sie hatte keine Ahnung, wie lange sie geschlafen hatte. Im fahlen Licht, das von der Straßenlaterne durch das Fenster ins Sarglager fiel, sahen die Stühle, Särge und Tische um sie herum wie schlafende, kauernde Monster aus. Betula war mit einer Häkeldecke zugedeckt und es roch nach Hühnersuppe. Frau Zwirnfitz musste hier gewesen sein und nach ihr geschaut haben. Betula setzte sich auf und knipste die Glühlampe an, die der Großvater an den Bauch der Holz-Betula geschraubt hatte. Gleich neben dem Sarg, auf einem Stuhl, entdeckte sie den Teller mit Hühnersuppe. Die Suppe war kalt, doch das machte nichts. Sie war hungrig und im Handumdrehen hatte sie den Teller leergelöffelt. Zufrieden seufzte sie, kletterte aus dem Sarg und trat vor die Tür.

Betula staunte. War es wirklich schon früh am Morgen? ‚Also Frau Zwirnfitz' Nerventee könnte sicher einen Elefanten umhauen', dachte sie schmunzelnd und streckte sich. Die Sonne war noch nicht aufgegangen, aber der neue Tag verriet sich durch seinen frischen Morgenduft, der ihr honigsüß in die Nase stieg. Unweigerlich schaute sie hinüber zur Birke und erblickte etwas Seltsames. Ein riesiger, schwarzer Zylinderhut, der mindestens so groß war wie die Birke selbst, schwebte über der Baumkrone.

Betula sprang die Treppenstufen hinunter und lief über den Hof zum Gartentor, um die Sache von nahem zu betrachten.

Als sie die Mitte des Hofes erreicht hatte, hielt sie jedoch erschrocken inne. Der Zylinderhut sah nun aus wie eine gewaltige Kugel. Plötzlich hörte Betula auch das Summen. Die Käfer! Sie waren heute Morgen zur Birke geflogen! Doch was taten sie jetzt? Sie fegten mit solchem Schwung durch die Äste, dass der ganze Baum nur so zitterte. Plötzlich schossen die Käfer wieder aus dem Baum hervor, bildeten einen gigantischen Stiefel und verharrten summend hinter der kleinen Holztür im Gartenzaun.

‚Komm her! Öffne uns das Tor!', schienen sie ihr zuzurufen. Doch Betula dachte nicht daran. Diese Käfer wurden ihr unheimlich und sie hielt es für besser, sich davonzumachen. Sie tat einen Schritt zurück, doch in dem Moment sauste der Käferstiefel durch die Zaunlatten direkt auf sie zu.

Erschrocken fuhr Betula herum und rannte, so schnell sie konnte, zur Treppe zurück. Mit ausgestrecktem Arm sprang sie die Stufen zum Sarglager hinauf. Das Summen schien sie jeden Moment einzuholen, doch sie wagte nicht, sich umzudrehen. Blitzschnell griff sie nach der Klinke, drückte sie hinunter und sprang ins Sarglager. Mit einem lauten Knall fiel die Tür ins Schloss. Und Betula war in Sicherheit.

Das war knapp! Vorsichtig drückte sie ihre Stirn an ein Türfenster, um zu sehen, was geschah. Doch ihr Atem beschlug das Glas. Hastig wischte sie darüber und spähte ängstlich hinaus, um nach den Käfern zu schauen. Als sie keine entdecken konnte, glaubte Betula, dass sie vorbeigeflogen wären. Erleichtert stieg sie in ihren Kuschelsarg und ließ sich in die Kissen fallen.

Als ihr Blick an die Decke wanderte, erstarrte sie jedoch. Ein Sargdeckel aus hunderten von schwarzen Käfern schwebte lautlos über ihr und sank langsam, ganz langsam hinab.

‚Spring aus dem Sarg! Spring aus dem Sarg!', hämmerte es

in ihrem Kopf. Aber ihre Beine wollten nicht gehorchen. Wie festgenagelt waren sie. Also kniff Betula die Augen zu und schrie vor Angst so laut, dass Großvaters Krempel in den Regalen schepperte. Sie schrie und schrie und während sie schrie, nieselten winzige Tropfen auf ihre Arme und auf ihr Gesicht, ihre Augenlider, ihre Nasenspitze, ihre Lippen und auf ihre Zunge und dann – schmeckte ihr Schrei mit einem Mal honigsüß. Sie schluckte den Schrei hinunter und dann war es still. Nach ein paar sehr langen Sekunden wagte sie, die Augen zu öffnen. Die Käfer waren verschwunden. Nur einen einzigen erspähte sie neben sich in der Sargwand. Schnell schnappte sie sich ihre Lupe und erkannte, wie der Käfer mit seinen winzigen Füßchen ein noch winzigeres Ei in ein Schlupfloch stopfte und dann war auch er verschwunden. Betula hatte also ganz umsonst Angst gehabt. Das machte sie wütend.

„Ihr dummen Käfer! Warum jagt ihr mir solch einen Schrecken ein, wenn ihr doch nur eure Eier ablegen wollt", schimpfte sie und wischte sich mit dem T-Shirt-Saum über die Arme, um sie zu trocknen. Aber die Tröpfchen klebten wie Honig an der Haut und wollten nicht abgehen. Betula beschloss, in die Küche zu gehen und warmes Seifenwasser zu nehmen.

Da hörte sie ein raues, höhnisches Stimmchen. Es kam aus der rechten Sargwand. „Ach, wenn ich doch nur einen einzigen Tropfen Birkenwasser hätte. Ich würde ihn glatt trinken."

Hatte sich Betula das eingebildet oder hatte sie die Stimme tatsächlich gehört?

„Wie kann man sich nur so etwas Dummes wünschen? Jetzt seht sie euch an. Der Morgentau der Birke klebt an ihr wie Pech", sprach das Stimmchen weiter und kicherte. Betula hatte das Stimmchen längst erkannt. Sie gehörte dem Vetter Sir Woodworm der Hundertste. Und da begriff Betula, was passiert war.

„Diese Tropfen ... Das ist Birkenwasser. Ich habe es auf meiner Haut und auf meiner Zunge. Ich habe es heruntergeschluckt." Sie schlug sich mit der Hand vor den Mund. „Ich kann euch wieder verstehen!"

„Sie kann uns verstehen!", rief ein Chor von Stimmchen und dann redeten alle durcheinander.

„Klappehalten und fressen, Leute! Bald schlüpfen die neuen Larven und unser Holz wird knapp", kommandierte ein Wurm mit einem Brummen in der Stimme wie eine Hummel.

Betula setzte sich auf. „Rechts Stimmchen. Links Stimmchen. Rechts Schreibteil. Links Unterschrank. Ich hoffe, man ist zufrieden mit der neuen Behausung und wir haben nichts durcheinandergebracht, als wir den Sarg bauten."

Gieriges Nagen drang aus den Bohrlöchern der linken Seite. Rechts übte man sich wie stets in vornehmer Zurückhaltung. Es war eher ein appetitloses Knabbern, was dort zu hören war.

„Jeden Tag immer nur Sarg, Sarg, Sarg. Wie wäre es mal mit einem knusprigen Geigenkasten", sagte ein silbriges Stimmchen.

„Einen knusprigen Geigenkasten werden Sie hier nicht finden", erwiderte Betula. „Aber könntet ihr Würmer mal eine Fresspause einlegen? Es ist nämlich so, ich brauche wieder eure Hilfe, und wenn ihr mir nicht helft, dann –"

„Pfui! Sie till uns wöten und Lift in unsere Göcher gießen", rief ein hohes Stimmchen und verfiel sogleich in ein Schluchzen. Das war die Baronesse! Betula erkannte sie sofort. Und das nächste Stimmchen kannte Betula auch. „Nur zu-hu, nur zu-hu!", raunte das Tenörchen. „Fa-hakele nicht. Sonst stihirbt der Sarg vor uns."

„Omm", machte der Fakir.

„Ich erkenne euch alle wieder", rief Betula lachend.

„Sie lacht und doch bringt sie nur Burcht und Fammel?", rief die Baronesse und ließ ein sehr trauriges Wimmern hören.

„Sie wollten wohl Furcht und Bammel sagen. Aber warum sind Sie denn so traurig?“, erkundigte sich Betula teilnahmsvoll.

Diese Frage beantwortete der Vetter: „So ist sie, seit das Holz ein Sarg ist. Sie will kein Sargwurm sein. Seitdem nagt sie auch keine Blümchenmuster mehr in ihre Fraßgänge. Und sie empfängt auch keinen Besuch. Seit einem Jahr warte ich schon, aber sie lässt mich nicht hinein.“

Dann meldete sich wieder das fremde, silbrige Stimmchen zu Wort. „Die Gute verbuchtelt die Wechsstaben. Herrje, ich meine, sie verwechselt die Buchstaben. Seitdem das Holz umgedreht wurde, steht in ihrem Kopf alles auf dem Kopf.“

Betula fragte sich, wer dieser Wurm war. „Also, Sie kenne ich noch nicht“, rief sie. „Wer sind Sie?“

„Ich bin die neue Nachbarin der Baronesse. Frau Anobia ist mein Name. Eigentlich gehöre ich gar nicht in dieses verlotterte Holz. Mein Schlupfloch ist in einer äußerst geschmackvollen Stehlampe. Aber die war plötzlich nicht mehr auffindbar“, erzählte sie.

„Pfui. Immer bält Sie sich für was Hesseres“, zischte die Baronesse dazwischen.

Betula wusste, was mit der Stehlampe passiert war. „Die Stehlampe hat Frau Zwirnfitz so gut gefallen. Die steht jetzt drüben in ihrer Stube“, erklärte Betula, wobei sie mit der Lupe über die Holzwurmlöcher wanderte. Doch kein einziges nacktes, runzeliges oder haariges Köpfchen wollte sich ihr zeigen. Aber halt! Da war eins.

„Nimm dieses dreckliche Sching weg?“, rief es und *schwupps*, war es weg.

„Ja, ja“, erwiderte Betula. „Vorher muss ich aber schauen, wo Sir William steckt.“ Betula war am Wurmloch mit dem Bleistiftkreuz angekommen. „Wo ist er denn nur? Er wird sich doch nicht in einen Käfer verwandelt haben“, murmelte sie, denn das wäre schlimm. Der Wächter des Fluches war bis jetzt der einzige Käfer gewesen, den sie verstanden hatte, wenn er sprach. Dafür war er als Larve stumm. Und zwar drei mal elf lange Jahre. Das hatte sich der Sargtischler ziemlich schlau ausgedacht. Vermutlich waren darum Flüche so schwer zu bannen, weil dahinter so eine Du-entgehst-meiner-Zwickmühle-nicht-Plan steckte. Ein Stimmengewirr erhob sich.

„Das letzte Mal, als ich ihn hörte, zählte er seine Ahnen. Ich kann nie fressen, wenn er das macht."

„Geht mir genauso. Beim dreiunddreißigsten Ur werde ich jedes Mal ohnmächtig vor Hunger."

„Das niegt lur am Sarg. Der dacht uns alle mepressiv."

„Der To-hod. Der To-hod. Er schmeckt so-ho fad."

Betula legte die Lupe weg und lehnte sich in die Kissen. Sie schielte auf ihre Nasenspitze. Und blinzelte. Da saß doch tatsächlich ein Wurm. Wie war er nur dahingekommen?

„Ich halte das keine Minute länger aus, Betula. Bring mich auf der Stelle zu meiner Stehlampe", befahl der Wurm mit silbrig klirrender Stimme. Es war Frau Anobia. Sie fuchtelte empört mit vier ihrer acht Beinchen herum. Doch sie waren zu lang und verknoteten sich. Betula näherte den Zeigefinger ihrer Nasenspitze.

„Nimm den Finger weg, Betula."

„Ich wollte nur helfen."

„Das schaffe ich schon selbst. Und in dieses traurige Holz gehe ich nicht mehr zurück!", sagte Frau Anobia und entwirrte zwei Beinchen.

„Also gut", gab Betula nach. „Aber Sie werden sich noch ein bisschen gedulden müssen, Frau Anobia. Zuerst muss ich Sir William finden."

Ein Stimmchen posaunte laut über alle anderen hinweg: „Sir William ist nicht mehr hier. Das Licht hat ihn gefressen!"

Betula horchte auf. „Er wurde vom Licht gefressen? Was denn für ein Licht?"

Jetzt redeten die Holzwürmer wieder alle auf einmal. „Sie

weiß nicht welches Licht. Sie weiß nicht welches Licht." Und Betula hatte wirklich keine Ahnung, wovon die Holzwürmer sprachen. Zudem wusste sie mit Bestimmtheit, dass niemand vom Licht gefressen werden konnte.

Schließlich rief der Vetter laut dazwischen: „Mach das Licht aus, Betula. Dann wirst du das Licht sehen."

Betula knipste die Glühlampe in der Holz-Betula aus und das Sarglager versank wieder im Halbdunkel des anbrechenden Tages. Und da sah sie das Licht. Es kam aus einem Loch in der rechten Sargwand und befand sich direkt neben Betulas lang ausgestreckten Beinen. War das nicht das gleiche Loch, welches Betula bereits vor zwei Tagen im Sarg entdeckt hatte? Sie hatte es mit einem Holzkitt-Pfropfen verstopft. Doch dieser war abermals herausgefallen und jetzt schien Licht durch dieses Loch. Es war ein eigenartiges, geheimnisvolles Licht. Es wechselte ständig seine Farbe, von Grau zu Blau, von Blau zu Rot, von Rot zu Grün und von Grün zu Gelb. Betula fragte sich, wo das Licht herkam und reckte den Hals über den Rand des Sargs. Doch auf der Außenseite der Sargwand war nur ein dunkles Loch von der Größe einer Haselnuss zu erkennen.

Neugierig steckte Betula einen Finger in das Loch. Das Licht erlosch augenblicklich. Als sie den Finger herauszog, war das Licht wieder da. Und nicht nur das. Auch die Blechdosenstimme, die sie geweckt hatte, hörte sie wieder und sie kam, wie das Licht, aus dem Loch. Doch leider konnte sie noch immer nicht verstehen, was die Stimme sagte.

„Eigenartig", murmelte Betula. Jetzt bemerkte sie, dass sich alle Holzwürmer an ihren Schlupflöchern versammelt hatten. Steif und starr wie Streichhölzchen ragten ihre winzigen Körper aus den Bohrlöchern heraus. So sehr waren sie von diesem Licht gebannt. „Habt ihr eine Ahnung, wer da spricht?", fragte Betula.

„Es ist keiner von uns", meldeten die Holzwürmer von links.

„Und keiner von uns", meldeten die Holzwürmer von rechts.

Betula überlegte. „Aber wenn es kein Wurm ist, wer spricht denn dann?"

Die Art, wie das Licht aus dem Loch schien, erinnerte Betula an einen Filmprojektor im Kino. Auch wenn es sehr unwahrscheinlich war, dass da so ein Minifilmprojektor im Loch steckte – es brachte Betula auf die Idee, die Strahlen aufzufangen. Sie riss ein Blatt Papier aus ihrem Skizzenblock und hielt es vor den Lichtkegel, als wäre es eine Leinwand. Und es funktionierte! Die Lichtstrahlen ergaben ein Bild, das zudem gestochen scharf war. Und – das sich wie in einem echten Film bewegte.

„Pfui. Ich seh nur einen schwarzen Rattenschiss, Betula. Du musst die Däkelhecke wegnehmen", moserte die Baronesse.

Betula warf die Decke aus dem Sarg. Dann rückten die Holzwürmer staunend zusammen. Kein einziger dachte in diesem Moment ans Fressen. Gebannt starrten sie auf das Blatt Papier und das, was darauf zu sehen war. Ein großer hölzerner Sarg stand in einem dunklen Raum. Die Wände waren aus grauem Stein und trugen Inschriften. Sie sahen aus wie düstere Grabtafeln. In dem Sarg lag ein alter Mann. Aber der war nicht etwa tot. Seine Hände klatschten ineinander und seine Beine tanzten in der Luft, als würden sie sich im Takt eines Liedes bewegen. Seine weißen Schläfenhaare standen zu lustigen Hörnchen zur Seite ab. Er trug einen himmelblauen Anzug und eine Sonnenbrille. Wie Betulas Großvater war auch er von oben bis unten voll mit bunten Farbflecken.

Ohne zu wissen, wer der Mann war, meinte Betula ihn zu kennen, denn er hatte sehr viel Ähnlichkeit mit dem fröhlichen Sargtischler aus ihrer Phantasie. Und jetzt war auch seine Stimme klar und deutlich zu vernehmen. „Ich kann wie ein Wurm aus Löchern schlüpfen und in die Zeit hüpfen. Hurra, hurra. Es ist ganz leicht", sang der alte Mann und lachte laut. Dann schnellte er plötzlich nach vorn, sprang aus dem Sarg und verschwand aus dem Bild. Zurück blieb ein leerer Sarg aus Holz. In der nächsten Sekunde huschte ein roter Mantel durch das Bild. Das ging so schnell, dass Betula nicht erkannte, wer ihn trug. Es war nur noch die Spitze der Kapuze zu sehen.

Eine Kinderstimme, die anscheinend zu dem Mantel gehörte, sagte: „Ihr könnt froh sein, dass ich euch gefunden habe. Schaut, was es heut zu Fressen gibt.“ Es folgte ein Knistern und Krachen wie von morschem Holz, die Kapuzenspitze verschwand und dann lag plötzlich wieder der alte Mann im Sarg. Die Szene begann von vorn und wiederholte sich auf die exakt gleiche Weise.

„Astrein!“, jubelte der Vetter.

„Warum trägt er eine Bronnensille? Es ist ginster und funkel!“, sagte die Baronesse entrüstet.

„Wie ist es möglich, dass ein alter Mann durch ein Wurmloch schlüpfen kann?“, fragte Frau Anobia in silbrigen Tönen von Betulas Nasenspitze.

„Das ist seine arme Se-heele. Sie ka-hann einfach nicht ster-herben. Sie spri-hingt aus dem Sa-harg heraus und wie-hieder hinein“, wimmerte das Tenörchen und sein Stimmchen schauderte vor Grauen.

Auch die linke Seite hatte der Film stark mitgenommen. Die eingelegte Fraßpause war offenbar zu lang gewesen. Schlaff hingen die Würmer aus ihren Bohrlöchern herunter wie winzige weichgekochte Nudeln.

„Ich fange an, doppelt zu sehen“, hauchte ein mattes Stimmchen.

„Wie viele Bäuche habe ich denn?“, fragte jemand, wahrscheinlich sein Nachbar.

„Drei und noch einen“, hauchte wieder das erste Stimmchen.

„Wie soll ich die denn alle satt kriegen?“, klagte nun das andere.

Das Licht war noch immer da. Immer wieder begann der Film von vorn und immer wieder sprang der alte Mann in den Sarg hinein und hinaus.

„Das *muss* der fröhliche Sargtischler sein“, wisperte Betula. „Aber wie ist er in das Wurmloch gekommen?“

# Siebzehntes Kapitel

## In dem Frau Anobia vom Licht gefressen wird

Betula legte das Blatt Papier beiseite und kauerte sich vor das Licht, um es genauer zu untersuchen.

„Was tust du? Was hast du vor?“, rief Frau Anobia entsetzt von Betulas Nasenspitze herunter.

„Ich will wissen, wo das Licht herkommt“, erwiderte Betula. Weil das Licht zu stark blendete, musste sie die Augen zusammenkneifen. Sie konnte nur schwach die Umrisse des Wurmlochs in der Sargwand erkennen. Sie rutschte näher und näher und näher ...

„Haaaalt!“, schrie Frau Anobia. Doch zu spät. Betula sah noch, wie Frau Anobia durch die Lichtstrahlen sauste, bevor sie wie ein Windhauch verschwunden war.

Ungläubig schielte Betula auf ihre Nasenspitze. Aber da saß kein Wurm mehr. Ein entsetztes Raunen ging durch die Holzwürmer.

„Das Licht hat sie gefressen“, verkündete ein Stimmchen.

„Mit Bronnensille wäre es nicht passiert“, rief die Baronesse und wimmerte leise.

Da hatte die Baronesse mal recht. Mit einer Sonnenbrille hätte Betula nicht so nah an das Loch heranrutschen müssen, um etwas zu erkennen und Frau Anobia wäre nicht hineingefallen. Betula schnappte die Taschenlampe, spähte zur Außenseite des Sarges und leuchtete den Boden ab. Doch Frau Anobia war spurlos verschwunden.

„Sie kann doch nicht weg sein“, rief Betula verzweifelt. Sie hockte sich wieder vor das Loch und zwang sich, in das Licht zu schauen. Vielleicht konnte sie den armen kleinen Wurm noch sehen. Und vielleicht war Sir William da auch irgendwo. Ihre Augen brannten, das Licht war zu grell.

Trotzdem rutschte sie näher und näher und näher.

Plötzlich krachte das Holz, als würde eine fünfhundert Jahre alte Eiche zu Boden stürzen. Mit einem Mal war das Wurmloch so groß und rund wie ein Kürbis. Ehe Betula begriff, was geschah, spürte sie einen kräftigen Sog. Sie klammerte sich mit den Händen an der Sargwand fest und stemmte sich mit aller Kraft dagegen. Sie wollte zurück, doch es zog sie immer weiter nach vorn, bis der Sog mit einem Mal von allein nachließ.

Was war passiert? Betula steckte mit dem Kopf in der Sargwand. Doch sie schaute nicht etwa aus ihrem Kuschelsarg heraus, sondern in den anderen Sarg hinein, den sie soeben noch im Lichtspiel gesehen hatte. Ihre Arme und Beine konnte sie zwar spüren, aber nicht sehen. Die waren noch im Kuschelsarg. Alles in allem war das eine ziemlich missliche Lage. Betula steckte in einem Wurmloch fest und kam weder vor noch zurück. Betula bekam Angst und biss sich auf die Lippe, um nicht loszuschreien.

„Ihr könnt froh sein, dass ich euch gefunden habe. Schaut, was es heute zu Fressen gibt", hörte sie plötzlich wieder diese Kinderstimme. Erschrocken drehte sie den Kopf. Neben sich auf dem Sargrand saß eine kleine Gestalt, die rote Kapuze tief ins Gesicht gezogen. Mit einem weißen Seidenhandschuh griff sie in die Manteltasche und zog einen toten Käfer heraus.

Betula schluckte. „Gu-guten Tag", stammelte sie.

Die Gestalt hob den Blick und schlug die Kapuze zurück. Es war ein kleines Mädchen mit feuerroten Haaren, die so verstrubbelt waren, dass jeder Kamm Reißaus genommen hätte. Aus zwei großen blauen Augen schaute es Betula an und schien kein bisschen erschrocken darüber, dass da ein Kopf im Sarg steckte und überdies mit ihr sprach.

„Eins, zwei, drei, vier Eckstein, alles muss versteckt sein", sang das Mädchen. „Spielst du mit mir Verstecken?"

Betula schüttelte den Kopf. „Ich kann nicht. Ich stecke

fest“, erwiderte sie und fragte neugierig. „Wer bist du?“

„Ich bin Augusta“, antwortete das Mädchen und legte den Kopf schief. „Und wer bist du?“

„Ich bin Betula.“

Das Mädchen wandte sich wieder ab.

„Kannst du mir sagen, wo wir hier sind?“, fragte Betula.

„Wir sind in der Gruft. Hinter den Steinplatten sind Gräber mit echten Toten.“

Betula hob den Kopf, konnte aber nur die Bögen der Grabtafeln, die bis zur Decke reichten, erkennen. *Mors certa, hora incerta*, stand da in großen, steinernen Buchstaben. Diese Worte klangen düster und traurig, ohne dass Betula sie verstand.

„Was machst du hier? Ich meine, du bist noch so klein und dann so allein in einer Gruft? Hast du denn keine Angst?“, fragte Betula das Mädchen.

„Ich bin schon vier Jahre alt und außerdem bin ich nicht allein.“

Betula drehte den Kopf hin und her, konnte aber niemanden sehen. Das Mädchen hielt ihr eine Pappschachtel entgegen, doch etwas zu hoch. Betula konnte nicht sehen, was darin war. „Das sind meine zwei Fledermäuse. Sie heißen Fleder und Maus. Sie sind aus dem Nest gefallen. Jede Nacht komme ich hierher, um sie zu füttern.“

Betula staunte. „Deine Eltern lassen dich einfach so in der Nacht …“ Sie hielt inne, weil das Mädchen plötzlich weinte.

„Meine Mutter hat mich vor einem Jahr in ein Heim gebracht“, schluchzte das Mädchen. Ihre großen, blauen Augen waren bis zum Rand mit Tränen gefüllt. „Mein Vater ist gestorben.“

Betula spürte einen Kloß im Hals und ihr Bauch verkrampfte sich, als das Mädchen das sagte.

„Du hast wohl auch keine Eltern, wenn du nachts in einen Sarg schaust?“, fragte Augusta und wischte sich mit dem Mantelärmel übers Gesicht.

„Doch. Die hab ich. Ich bin nur hier, weil … Du hast nicht zufällig zwei kleine Würmer gesehen?“, fragte Betula vorsichtig.

Das Mädchen lachte unerwartet und streckte ihr einen weißen Seidenfinger entgegen. „Ich habe nur einen“, rief sie.

Betula reckte den Hals und sah, dass auf der Spitze des Fingers ein kleiner weißer Wurm lag. Es war Frau Anobia. Betula erkannte sie sofort an den zu langen Beinchen. Ganz reglos lag sie da. ‚Sir William haben dann wohl die Fledermäuse schon gefressen‘, dachte Betula traurig.

„Guck doch nicht so traurig. Du kannst den Wurm ja haben“, sagte das Mädchen, noch bevor Betula sie darum bitten konnte. „Meine Fledermäuse mögen ihn nicht. Sie fressen am liebsten kleine Käfer.“

Betula wollte eine Hand ausstrecken, aber dann fiel ihr ein, dass die sich ja am Kuschelsarg festhielt. Loszulassen getraute sie sich nicht.

„Kannst du ihn mir bitte auf die Nase setzen?“, bat Betula.

Augusta streifte den Wurm von ihrem Finger und legte ihn auf Betulas Nase.

„Danke sehr“, sagte Betula und sah, wie das Mädchen eine tote Spinne aus der Manteltasche holte und sie in die Pappschachtel fallenließ.

„Willst du gar nicht wissen, warum mich meine Mutter in

ein Heim gebracht hat?", fragte Augusta plötzlich.

Betula antwortete nicht. Sie schielte auf ihre Nasenspitze. Frau Anobia war aus ihrer Ohnmacht erwacht und versuchte, sich auf ihre sehr wackeligen Beinchen zu stellen. Betula hörte sie leise stöhnen.

Das Mädchen kletterte in den Sarg, hockte sich genau vor Betulas Kopf und wiederholte ihre Frage: „Na, sag schon! Möchtest du es wissen?" Augusta klang, als könne sie es kaum erwarten, ihr Geheimnis preiszugeben.

„Wenn du es mir erzählen möchtest", sagte Betula, ohne den Blick von Frau Anobia zu lassen. Sie fürchtete, sie könne jeden Moment herunterfallen.

„Schau her! Wegen dem hier", sagte da das Mädchen.

Und jetzt sah Betula hin.

Das Mädchen hatte einen der weißen Handschuhe ausgezogen und streckte ihr eine kleine Kinderhand entgegen.

Betula riss die Augen auf. „Da ist ... du hast ... sechs Finger", stammelte sie erschrocken. Doch bevor Augusta etwas sagen konnte und bevor Betula verstand, was passierte, landete sie mit einem vernehmlichen *Plumps* in ihrem Kuschelsarg.

„Aua!" Betula rieb sich die Beule an ihrem Hinterkopf. Das Mädchen war verschwunden und das Licht im Wurmloch erloschen.

„Seht doch nur. Betulas Kopf ist wieder da!"

„Das Licht hat ihn wieder ausgespuckt."

„Und da ist auch Frau Anobia." Hunderte Holzwurmstimmchen krakeelten durcheinander.

„Wo ist Sir William? Wollte er etwa nicht zurück in sein adliges Schlupfloch?", fragte der Vetter mit hörbarer Verwunderung.

„Er hat doch wenigstens einen gröhlichen Fuß ausrichten lassen?", rief die Baronesse pikiert.

Betula seufzte. „Nein. Sir William habe ich leider nicht gefunden."

Frau Anobia stand jetzt kerzengerade auf Betulas

Nasenspitze. „Also, es war grauenvoll *da drüben*. Aber mich kann ja zum Glück so leicht nichts erschüttern", prahlte sie.

„Gab es *da drüben* einen knusprigen Geigenkasten?", erkundigte sich jemand von links.

„Nur Sarg. Leider", stöhnte Frau Anobia. „Doch zum Fressen hatte ich nicht viel Zeit. Ich wurde nämlich beinahe selbst gefressen. Von riesigen Fledermäusen", brüstete sie sich.

„Sag schon. Wie war das Holz? War es lecker?"

Jemand rülpste laut und knatternd.

Beleidigt zog sich Frau Anobia ganz klein zusammen.

„Ich setze Sie jetzt besser wieder an Ihrem Schlupfloch ab", sagte Betula. Frau Anobia ließ es ohne Meckern zu und kauerte sich erschöpft auf die Kante. Dann sagte sie: „Danke, dass du mich gerettet hast, Betula."

„Das war doch selbstverständlich", antwortete Betula. „Ist Ihnen *da drüben* irgendetwas aufgefallen? Irgendetwas, was Ihnen seltsam vorkam, meine ich."

„Etwas Seltsames? *Da drüben*? Nein." Frau Anobia ließ ein leises Schmatzen hören. „Oder doch. Das war wirklich seltsam. Der Sarg *da drüben* war aus demselben Holz, wie der hier. Aber sein Holz schmeckte mindestens einhundert Jahre jünger."

Betula staunte.

„Dann muss der Sarg widerlich geschmeckt haben", grölte ein Stimmchen.

„Pth, Pth, Pth", spuckte jemand aus. „Unreifes, bitteres Holz. Ich krieg stumpfe Zähne nur vom Hören."

„Psst", machte Betula und beugte sich tief zu Frau Anobia. „Sie meinen, der Sarg in der Gruft und der Sarg in dem wir sitzen, sind aus demselben Holz?"

„Das klingt total verrückt, nicht wahr?" Frau Anobia verschränkte ihre langen Ärmchen.

„Dann war es derselbe Sarg?", fragte Betula.

Frau Anobia schmatze nachdenklich. „Vielleicht nicht derselbe Sarg. Aber dieselbe Holzsorte und derselbe Jahrgang.

Ich weiß doch, was ich schmecke, auch wenn das Holz *da drüben* viel frischer war."

„Mindestens einhundert Jahre frischer, sagen Sie?"

„Mindestens", bestätigte Frau Anobia.

Betula spürte, wie sie blass wurde. Was, wenn Frau Anobia recht hatte? In Gedanken sah sie die kleine Hand des Mädchens. ‚Augusta heißt sie, hat sie gesagt. Was, wenn Augusta und Frau Gierzahn ... Nein, nein. Das ist vollkommen unmöglich. Und wenn doch?'

In Betulas Kopf begann es zu kreisen und ihr Mund wurde ganz trocken. Sie hatte plötzlich einen schrecklichen Durst auf kalte Milch. Also sprang sie aus dem Sarg und wollte nur noch schnell hinaus.

„Pfui. Betula, das Lurmwoch", heulte die Baronesse auf. „Du musst das Lurmwoch stopfen."

Betula stockte im Sprung. War das Licht etwa wieder da?

„Du hast den Pfropfen vergessen. Er liegt unter dem Regal. Gleich neben der Tür", verriet der Vetter.

Betula bückte sich nach dem Pfropfen und stopfte ihn zurück ins Wurmloch. „Schitte böhn", sagte sie. Auch in ihrem Kopf stand alles Kopf.

Als Betula auf den Hof trat, saß die Sonne bereits auf dem Werkstattdach.

# Achtzehntes Kapitel

## In dem Frau Zwirnfitz von ihrem Papierschnipsel erzählt

In großen Schlucken trank Betula das Glas Milch. Als sie auf die Terrasse trat, hörte sie wie das Küchenfenster von Frau Zwirnfitz geöffnet wurde. Der Kopf der alten Dame erschien. „Betulchen, du bist ja schon wach“, sagte sie verwundert. „Ich komme gleich und bringe das Frühstück für deinen Großvater und Martha.“ Und schon war ihr Kopf wieder verschwunden.

Gerade als Frau Zwirnfitz mit einem beladenen Tablett den Hausflur betrat, hörten die beiden eine aufgeregte Stimme vom Hof her rufen: „Die Zeitung ist da! Die Zeitung ist da!“

Frau Zwirnfitz und Betula gingen hinaus und sahen, wie die Postfrau über den Hof auf sie zu eilte. Völlig außer Atem blieb sie vor den beiden stehen.

Für gewöhnlich brachte sie die Zeitung erst sehr viel später, nämlich am Nachmittag. Das Krummnagelhaus lag ganz am Ende der Straße, doch das war nicht der Grund, warum die Zeitung immer erst so spät kam. ‚Die Postfrau tratscht und quatscht einfach an jeder Tür. Ihr Mund ist wie ein Hühnerpopo, der ständig auf- und zugeht‘, hatte Frau Zwirnfitz einmal gesagt. Eigentlich sprach Frau Zwirnfitz sonst nicht in diesem Ton über andere Leute. Es war wohl der Ärger darüber, dass sie immer erst als Letzte erfuhr, was in der Stadt passierte.

Doch heute stand die Postfrau schon vor dem Frühstück auf dem Hof. Es war nicht schwer, den Grund für ihr frühes Erscheinen zu erraten: Herrn Wortklaubers Artikel.

„Das ist unverantwortlich!“, keuchte sie und presste die Zeitung an ihren Busen.

Betulas Blick fiel auf die Überschrift: *SARGTISCHLER-FAMILIE STEHT UNTER EINEM FLUCH.*

„Dieses Haus ist verflucht“, japste die Postfrau und schnappte nach Luft. „Und ich gehe hier arglos ein und aus. Das ist unverantwortlich“, keuchte sie abermals. „Schließlich hätte ich auch verrückt werden können!“, fügte sie hinzu, als wäre der Fluch ansteckend wie ein fieser Schnupfen. Doch offenbar war ihre Neugierde größer als die Angst. Denn statt die Zeitung in den Briefkasten zu stecken, wollte sie ihre wissbegierige Nase in Großvaters Wohnung stecken. Eine Hand lag bereits auf der Türklinke.

„Momentchen!“, rief Frau Zwirnfitz. Sie zwinkerte Betula zu und hatte ein verschmitztes Lächeln auf den Lippen. „Wenn Sie dort hineingehen, würden Sie so liebenswürdig sein und das Tablett mitnehmen?“, fragte sie.

Die Postfrau drehte sich um. „Warum sollte ich das tun?“ Argwöhnisch spitzte sie den Mund, sodass er aussah wie ein Hühnerpopo.

„Ich fühle mich heute nicht so wohl“, stöhnte Frau Zwirnfitz und rollte mit ihren großen braunen Augen, als hätte sie einen Dachschaden.

„Das ist ja ... Hat es Sie etwa auch erwischt?“, stammelte die Postfrau entgeistert.

Betula unterdrückte ein Kichern. „Warum nehmen Sie nicht *diesen* Briefkasten“, rief sie und schob sich zwei Hände hochkant in den Mund, dass er aussah wie ein Rechteck.

Die Postfrau schnappte nach Luft und rief: „Ein Haus voller Verrückter!“ Sie ließ die Zeitung auf den Boden fallen und rannte vom Hof.

Frau Zwirnfitz und Betula lachten laut los. Sie lachten noch, als sie auf der Schwelle zu Großvaters Wohnzimmer standen. Doch als sie Martha und Großvater auf dem Sofa liegen sahen, blieb ihnen das Lachen im Hals stecken. Grau und eingefallen waren ihre Gesichter. Im Zimmer roch es muffig, nach Knoblauch, Zwiebeln und Langeweile.

„Sie sehen heute schon viel besser aus!“, sagte Frau Zwirnfitz mit trockener Kehle und trat über die Schwelle.

Mühsam rappelten sich die beiden Alten zum Sitzen auf. „Sie sind eine schlechte Lügnerin“, knurrte Martha und rückte ihre Knoblauchkette zurecht. Die Zwiebeltücher waren von ihrem Kopf gefallen. Und während Frau Zwirnfitz sich nach dem Appetit, der Verdauung und dem Schlaf erkundigte, riss Betula die Fenster weit auf und schüttelte den Mief aus den Kissen. Zum Frühstück gab es den Rest Hühnersuppe und den Kuchen, den die Häkeldamen übriggelassen hatten. Großvater und Martha aßen sehr langsam und sprachen kein Wort. Die Löffel zitterten in ihren Händen, als wären sie schwer beladen. Als sie fertig waren, sanken sie müde in ihre Kissen zurück.

„Er ist krumm, Daddeldiedeldumm“, murmelte der Großvater leise und schlief ein. Martha bat um einen neuen Knoblauchzopf und frische Zwiebeltücher. Dann schlief auch sie wieder ein.

Betula holte die Zeitung von draußen und legte sie auf den Tisch. Irgendwann mussten sie den Artikel ja doch lesen. Sie stapelte das dreckige Geschirr wieder auf das Tablett und folgte Frau Zwirnfitz in deren Küche. Die alte Dame spülte die Teller und Betula trocknete sie ab.

‚Ich könnte sie fragen, ob sie weiß, wie Frau Gierzahn mit Vornamen heißt‘, überlegte sie, als sie die Teller in den Schrank räumte.

„Glauben Sie, dass Sie noch ein Häkelmuster finden werden, das schöner ist als das Muster von Frau Gierzahn?“, fragte sie, um das Gespräch auf Frau Gierzahn zu lenken. Frau Zwirnfitz’ Abwaschlappen verharrte am Suppenlöffel. Sie seufzte sehr schwer. Es war nicht zu übersehen, wie viel Frau Zwirnfitz der Wettstreit noch immer bedeutete. „Es gibt kein schöneres Muster, Betula. Das Muster … Frau Gierzahn hat es …“ Ihre Stimme brach. Sie zog ein Taschentuch aus ihrem Dekolleté und schnäuzte hinein. Ein kleiner

Papierschnipsel, er war wohl in dem Taschentuch gewesen, segelte heraus und landete auf dem Boden. Es war der gleiche Papierschnipsel, den Frau Zwirnfitz vorgestern angesehen hatte. Offenbar trug sie ihn ständig mit sich herum.

Betula bückte sich und hob ihn auf. Sie stutzte. Auf dem kleinen Stück Papier stand nur ein einziger Buchstabe. Ein K. Er war mit blauer Tinte geschrieben und ganz schnörkelig.

„Oh“, machte Frau Zwirnfitz erstaunt, als Betula ihr den Schnipsel reichte. Doch sie nahm ihn nicht. Schweigend sah sie ihn an und dachte gründlich über etwas nach. „Wirf ihn weg“, sagte sie nach einer kurzen Weile.

„Warum?“

„Irgendwann kommt der Moment, da muss man die Dinge akzeptieren, so wie sie sind. Was geschehen ist, ist geschehen. Und ich glaube, jetzt ist gerade so ein Moment.“ Frau Zwirnfitz drehte sich wieder zur Spüle und wusch die Tassen ab.

Betula starrte auf den Schnipsel. Das Papier war ganz faserig. Er musste schon ziemlich alt sein. Vermutlich trug Frau Zwirnfitz ihn seit vielen Jahren mit sich herum. Und jetzt wollte sie ihn einfach wegwerfen? Irgendetwas musste auf dem Papier gestanden haben, etwas sehr, sehr Wichtiges. Nun besaß sie nur noch diese eine Ecke, auf der ein einziger Buchstabe stand. Ein tintenblaues, schnörkeliges K. Da erinnerte sich Betula an das gefaltete Blatt Papier, das sie in Frau Gierzahns Samtkästchen entdeckt hatte. Konnte es sein, dass dieser Schnipsel zu diesem Blatt Papier gehörte? Und da ahnte es Betula. „Sie glauben, dass Ihr Schnipsel zu dem Häkelmuster passt, das Frau Gierzahn besitzt, nicht wahr?“

„Wie?“ Frau Zwirnfitz schien verdattert.

„Darum haben Sie mich auch zu ihr geschickt.“

Frau Zwirnfitz wischte sich die nassen Hände an der Schürze ab und nickte. „Ja.“ Sie goss sich etwas von dem Nerventee ein und trank einen großen Schluck. Dann erzählte sie Betula, was es mit dem Schnipsel auf sich hatte: „Frau

Gierzahn war meine Lehrerin. Ich war zehn Jahre, so alt wie du jetzt, Betula. Eines Tages stand sie plötzlich vor unserer Klasse. Niemand hatte sie zuvor an unserer Schule gesehen. Sie setzte sich an den Lehrertisch und begann ohne ein Wort zu häkeln. Sie häkelte aber keinen Schal, auch keine Mütze oder hübsche Eierwärmer. Sie häkelte Luftschlangen. Meterlange öde Luftschlangen. Und während sie häkelte, wurde ihr Blick kälter und kälter, dass uns allen das Blut gefror. Wir waren überzeugt, dass sie messerscharfe Krallen unter ihren weißen Seidenhandschuhen hatte und dass Blitze aus ihren feuerroten Haaren schießen würden, sollte es auch nur einer wagen, sich zu rühren. Es war so still im Klassenzimmer, dass wir hören konnten, wie sich das Häkelgarn von dem Knäuel löste. Bevor sie das Klassenzimmer verließ, gab sie uns eine Hausaufgabe auf. Jeder sollte sich bis zum nächsten Tag ein Häkelmuster ausdenken. Sie versprach demjenigen, der das schönste Muster hatte, eine Häkelnadel aus purem Gold. Ich wusste, dass meine Mutter ein wunderschönes Rosenmuster besaß, mit dem sie als Kind an einem Häkelwettbewerb teilgenommen hatte. Und ich wusste auch, dass sie dieses Muster auf ein Papier geschrieben hatte und wo sie es verschlossen hielt. Es befand sich in einer kleinen Holzkiste, zusammen mit dem Preis, den sie für dieses Muster gewonnen hatte. Die Goldene Häkelnadel. Ich habe oft meine Mutter darum gebeten, mir dieses Muster beizubringen, aber aus irgendeinem Grund tat sie es nicht. Ich erinnere mich an den dunklen Schatten, der jedes Mal über ihr Gesicht fiel und schließlich fragte ich sie nicht mehr danach.

Doch nun sollte ich die Chance bekommen, ebenfalls eine Goldene Häkelnadel zu gewinnen, und ich malte mir aus, wie stolz meine Mutter auf mich sein würde, wenn ich sie ihr nach Hause brächte. Ich nahm also heimlich das Häkelmuster aus der Holzkiste.“ Frau Zwirnfitz hielt inne und stieß ein verzweifeltes Stöhnen aus. „Ach, hätte ich doch die Finger davon gelassen. Es waren nur sieben Zeilen aus

Buchstaben und Zahlen und sie waren auf einem Zettel aus einem Küchenblock für Kochrezepte geschrieben. Ich überlegte noch, ob ich es abschreiben sollte, aber dann erschien es mir unnötig.

Am nächsten Tag stand Frau Gierzahn wieder im Klassenraum. Sie hatte einen ganzen Sack voller Garn dabei und wollte, dass wir mit den Fingern häkelten. Als ich nun mein Muster aus der Schultasche holen wollte, war es nicht mehr da." Frau Zwirnfitz' Busen bebte, als sie das sagte, und Betula sah, wie die alte Dame eine kleine Träne verdrückte.

Dann fuhr sie fort: „Ich fand nur noch diese kleine Papierecke. Ich sprang auf und rannte durch die Klasse, von Tisch zu Tisch, aber keines von den Mustern war meins. Mein Muster war verschwunden. Als ich versuchte zu häkeln, zitterten meine Finger so sehr, dass sie sich auf der Stelle im Garn verknoteten. Kaum einer von uns Schülern brachte mehr als ein paar Luftschlangen zustande. Am Ende der Schulstunde dann gab es nur eine einzige fertige Häkelarbeit. Es war eine Tischdecke. Sie bestand aus kleinen Häkelrosen. Die Blüten und Blätter hoben sich aus der Decke hervor. Sie waren so schön, dass man beinahe glaubte, den Duft der Blumen zu riechen." Frau Zwirnfitz schaute Betula mit einem verträumten Blick an.

„Es war Frau Gierzahns Häkelarbeit, nicht wahr? Sie hatte die Decke gehäkelt. Mit Ihrem Muster", schlussfolgerte Betula.

„Ja." Frau Zwirnfitz nahm abermals einen großen Schluck aus der Tasse. Ihre Hand zitterte. „Aber es kam noch schlimmer. Frau Gierzahn wollte den Preis. Sie bestand auf die Goldene Häkelnadel. Sie hatte schließlich das schönste Muster. Doch niemand von den Kindern besaß eine Häkelnadel und erst recht keine aus purem Gold. Plötzlich stand sie an meinem Tisch." Frau Zwirnfitz zuckte bei der Erinnerung kurz zusammen. „Ich staunte, wie klein sie war. Sie hatte eisblaue Augen und die bohrten sich in mich hinein, als sie die Worte flüsterte, die ich mein Leben lang nicht vergessen habe." Frau Zwirnfitz senkte die Stimme. „‚Bring mir morgen die Goldene Häkelnadel. Wenn nicht, wird die ganze Schule erfahren, dass du bei deinen Hausaufgaben mogelst. Oder willst du behaupten, dass du dir das Häkelmuster allein ausgedacht hast?'"

„Woher wusste Frau Gierzahn, dass Ihre Mutter die Goldene Häkelnadel besaß?", fragte Betula.

Frau Zwirnfitz schüttelte den Kopf. „Ich weiß es nicht. Ich hatte niemandem davon erzählt." Wieder trank die alte Dame aus ihrer Tasse. Aber der Tee schien nicht zu wirken, denn ihre Hand zitterte noch immer.

„Was haben Sie dann gemacht? Haben Sie Frau Gierzahn wirklich die Häkelnadel gegeben?", fragte Betula.

Frau Zwirnfitz schüttelte kurz mit dem Kopf. „Ich habe es nicht fertiggebracht, die Häkelnadel klammheimlich zu nehmen. Ich habe meiner Mutter alles gestanden. Am nächsten Tag kam meine Mutter in die Schule. Sie traf sich mit Frau Gierzahn auf dem Schulhof unter der alten Kastanie. Ich wünschte mich ans Ende der Welt, als meine Mutter Frau Gierzahn die Häkelnadel gab und weinte."

Betula war bestürzt. „Sie hat ihr die Goldene Häkelnadel gegeben. Warum? Frau Gierzahn ist eine Diebin. Sie hat das Häkelmuster gestohlen. Sie hätte es Ihrer Mutter zurückgeben müssen", rief sie aufgebracht.

Frau Zwirnfitz nickte. „Ja. Aber wie hätte ich es beweisen sollen? Wer hätte mir geglaubt?" Sie zuckte ratlos mit den Schultern. „Doch an diesem Tag schwor ich mir, die Goldene Häkelnadel wiederzuholen."

„Und das werden wir auch!", rief Betula so laut und entschlossen, dass Frau Zwirnfitz erschrocken zusammenfuhr.

Die alte Frau schüttelte verwirrt den Kopf. „Aber Betulchen, wie willst du das anstellen?"

„Ganz einfach. Ich werde mich in ihr Zimmer schleichen. Frau Gierzahn besitzt eine blaue Samtschachtel. Darin bewahrt sie die Häkelnadel auf und ein zusammengefaltetes Blatt Papier. Ich wette, dass es sich dabei um Ihr Häkelmuster handelt." Betula hob einen Aufgepasst-Zeigefinger. „Und wenn an diesem Papier eine Ecke und ein K fehlen, dann haben wir sie als Diebin enttarnt."

Frau Zwirnfitz hatte rote Flecken auf den Wangen. „Und wenn sie dich erwischt? Wo sie doch den sechsten Sinn hat."

„Ach, um den sechsten Sinn machen Sie sich mal keine Sorgen."

„Du bist so ein tapferes und schlaues Mädchen." Frau Zwirnfitz gluckste vor Glück. „Ich werde dir noch rasch etwas Kuchen einpacken. Nur für den Fall, dass sie dich doch erwischt. Dann ist er dein Retter in der Not. Sag einfach, du wolltest ihr Kuchen bringen. Alte Damen sagen nie Nein zu einem Stückchen Kuchen." Rasch packte Frau Zwirnfitz etwas Kirschkuchen ein. Betula holte die Perlmutthaarspange, die Fräulein Frühling ihr geschenkt hatte, aus ihrer Rocktasche und klemmte sie sich in den Pony.

„Diese hübsche Spange steht dir wirklich gut, Betulchen." Frau Zwirnfitz drückte ihr das Kuchenpäckchen in die Hand und schon war Agentin Betula bereit für den nächsten Auftrag. Erst als sie auf der Straße war, fiel ihr ein, dass sie vergessen hatte, nach Frau Gierzahns Vornamen zu fragen.

# Neunzehntes Kapitel

## In dem Herr Meridiani Betula erklärt, dass Zeitreisen nur eine Frage der Krümmung und der exotischen Materie sind

Die Sonne schien heiß vom Mittagshimmel herab. Mit lautem Zwitschern schossen ein paar Mehlschwalben durch die Luft und jagten nach Mücken und Käfern. Der Sand auf den Gehwegen war so trocken, dass Betula mit jedem Schritt kleine Staubwölkchen aufstieben ließ. Auf ihrem Weg dachte sie über die eine Frage nach, die sie seit dem Erlebnis im Sarg heute Morgen beschäftigte. Könnte Frau Anobia tatsächlich recht haben mit ihrer Behauptung über den Geschmack des Sarges in der Gruft? Mindestens einhundert Jahre jünger, hatte sie gesagt und obendrein behauptet, dass der Sarg in der Gruft und der Sarg im alten Sarglager aus derselben Holzsorte gebaut worden waren.

„Ha-hallo, Betula!“ Eine Stimme riss sie aus ihren Gedanken. Sie schaute auf und sah die Eisfrau, die ihr aus der Eisbude zuwinkte.

Betula seufzte. ‚Oh nein. Sie hat sicher den Zeitungsartikel gelesen und nun will sie mich darüber ausquetschen‘, dachte sie, ging aber zu ihr auf die andere Straßenseite.

Die Eisfrau hielt in ihrer kleinen runden Hand eine leere Muschelwaffel. „Willst du denn heute kein Eis?“, fragte sie und der Kugelauskratzer klapperte geschäftig in der anderen Hand.

Betula war erleichtert. Kein Wort über den Zeitungsartikel. „Ich hab leider kein Geld dabei“, antwortete sie und lugte in die Eistöpfe. Sie waren bis zum Rand gefüllt.

Die Eisfrau senkte die Muschelwaffel und der Kugelauskratzer verstummte.

„Könnte ich nicht trotzdem eine Kugel bekommen? Als eine kleine Anzahlung sozusagen für Ihren Sarg. Ich habe da wirklich ein sehr hübsches Modell für Sie entworfen", sagte Betula. Sie biss sich auf die Lippe. Sie hatte es wieder getan. Sie hatte wieder gegen die erste Sargtischlerlektion verstoßen. Wie konnte sie nur Großvaters Mahnung vergessen, dem Kunden erst dann ein Sargmodell vorzuschlagen, wenn er den Wunsch nach einem Sarg verspürte. Das Gesicht der Eisfrau verriet, dass sie so wenig den Wunsch nach einem Sarg verspürte, wie ein Fisch nach Trockenschwimmen. Ihre Kugel Eis konnte Betula wohl nun vergessen. Sie ließ die Schultern hängen. „Ich bringe Ihnen morgen das Geld", versuchte sie die Eisfrau umzustimmen. „Sie brauchen es doch für Ihren neuen Fernsehsessel mit Automatik und Heizkissen."

Die Eisfrau knipste ein Lachen in ihrem runden Gesicht an und kam ins Schwärmen. „Ich hab mir bereits ein Modell ausgesucht. Er steht bei *Flausch und Kratzig* im Schaufenster. Der Sessel ist so herrlich weich, dass man darin sterben möchte. Die Automatik lässt die Lehnen hinauf und hinunter fahren", flötete sie.

Betula hätte der Eisfrau jetzt gern geantwortet, dass sie ebenso gut in dem Eiskugelsarg sterben könnte und dass sie es darin bestimmt genauso weich hätte, aber das verkniff sie sich.

„Was darf es sein? Erdbeer?", fragte die Eisfrau endlich.

Betula nickte.

Betula ließ das Eis auf der Zunge schmelzen, bis es warm war wie Spucke, und konzentrierte sich voll und ganz auf den Geschmack. Wonach schmeckte es? Hm ... nach Erdbeereis eben. Mehr aber verriet ihre Zunge nicht und das, obwohl sie viel größer war als eine Holzwurmzunge. Wie war es möglich, dass so eine winzige Zunge, ein Züngleinchen, das Alter des Holzes am Geschmack erkennen konnte? ‚Phänomenal!', dachte Betula. Sir William war sogar imstande gewesen, das Alter der Fraßgänge zu schmecken, als er den Hausbockkäfer im Schwarzen Kästchen gesucht hatte, erinnerte sie sich jetzt. Und aus diesem Grund fiel es ihr schwer, Frau Anobia nicht zu glauben. Aber wenn der Sarg aus der Gruft und der Sarg im alten Sarglager aus demselben Holz gebaut worden waren, dann war es doch ebenso möglich, dass das kleine Mädchen und Frau Gierzahn ...

In dem Moment erblickte sie vor dem Zeitungskiosk Herrn Buttersäge. Rasch bog sie um die Ecke und setzte ihren Weg zwischen den Wohnhäusern hinter der Einkaufsstraße fort. ‚Ich werde es mit einer Rechenaufgabe versuchen', dachte sie, ‚denn Rechenaufgaben haben immer nur eine einzige richtige Lösung.' Das behauptete zumindest Betulas Mathelehrer Herr Ungefähr.

‚Frau Gierzahn ist jetzt einhundertfünf Jahre alt. So stand es in der Zeitung. Das Mädchen in der Gruft hatte gesagt, es sei vier.' Betula baute in Gedanken die Gleichung: *Alter der alten Gierzahn* minus *Alter der jungen Gierzahn* macht gleich? Betula hätte sich beinahe am letzten Stück der Eiswaffel verschluckt, so sehr erschrak sie über die Lösung: *Alter des Krummnagelfluches*. Betula stellte sich das entgeisterte Gesicht von Herrn Ungefähr vor. ‚Alter des Krummnagelfluches? Wie bist du bloß wieder auf dieses haarsträubende Ergebnis gekommen, Betula?'

‚Indem ich meinen Kopf in ein Wurmloch steckte, durch das ich in die Vergangenheit sah', würde Betula antworten.

‚Fünf, setzen, Betula.'

Mittlerweile war Betula am Altersheim angekommen und öffnete die Tür.

Sie setzte ihre staubigen Sandalen auf glattes, frischgebohnertes Linoleum. Vorsichtig lugte sie in den Flur. Sie hatte nicht die geringste Lust, einer Häkeldame über den Weg zu laufen. An den Türen waren noch immer die Zettel, herausgerissene Buchseiten und Butterbrotpapiere befestigt. Frau

Grimm hatte sogar bereits den Zeitungsartikel fein säuberlich ausgeschnitten und dazu geklebt. Die Überschrift: *SARGTISCHLERFAMILIE STEHT UNTER EINEM FLUCH* hatte sie fett und rot unterstrichen. Daneben hing ein beschriebenes Blatt Papier. Wir fordern die Schließung der Sargtischlerei Krummnagel und gleich darunter standen ein paar hingekritzelte Namen.

Betula schluckte. Sie brauchte nicht zu überlegen, was das bedeutete. Frau Grimm sammelte Unterschriften. Und wenn sie genug zusammen hatte, würde sie damit zum Bürgermeister rennen. Hinter irgendeiner Tür kicherte jemand. Betula zuckte zusammen. Flugs eilte sie hinauf in die dritte Etage. Oben angekommen sah sie, wie Fräulein Frühling gerade mit einer Zeitung in der Hand an Frau Gierzahns Tür klopfte und dann in dem Zimmer verschwand.

‚Ich muss mich irgendwo verstecken und warten, bis Frau Gierzahn ihr Zimmer verlässt', dachte Betula. Nur wo? Da trat Herr Meridiani auf den Flur. Er war nicht sonderlich herausgeputzt. Er trug keinen Smoking und an den Füßen hatte er auch keine auf Hochglanz polierten Lacklederschuhe wie sonst. Weil er in einem Schaltjahr geboren worden war, hatte er im letzten Sommer seine eigene Kalenderreform beschlossen und vierundfünfzig Geburtstage auf einen Schlag gefeiert. Heute trug er ein gestreiftes Baumwollhemd, dazu eine graue Stoffhose und bequeme Mokassins. An der Stirn hatte er ein großes viereckiges Pflaster.

„Guten Tag, Herr Meridiani. Feiern Sie heute keinen Geburtstag?", rief Betula.

Der kleine, dicke Mann drehte sich überrascht um. „Betula! Das ist aber schön, dich zu sehen." Es folgte ein stummes Staunen, wobei er langsame, nickende Kopfbewegungen machte. Er schien vermutlich von Betulas Körpergröße überrumpelt. „Wen möchtest du denn besuchen?", erkundigte er sich.

„Ich wollte mal wieder nach Ihren Planeten sehen. Haben

Sie einen neuen?“, fragte Betula. Das war gelogen, aber sie war schon ein bisschen neugierig auf die Antwort.

Herrn Meridianis Mundwinkel wanderten nach oben. „Ich habe nicht nur einen neuen Planeten, Betula. Ich habe ein neues, prächtiges Universum geschaffen.“ Seine Schnurbartantennen, die weit über beide Gesichtshälften hinausragten, bebten vor freudiger Erregung.

„Kann ich es mir mal anschauen?“ Betula schielte kurz zur Frau Gierzahns Tür. Da tat sich nichts.

„Ich wollte mir gerade eine Zeitung kaufen gehen“, sagte Herr Meridiani zögernd.

„Ach, die kann warten“, rief Betula. „Wo ich doch schon einmal hier bin, Herr Meridiani.“

„Also gut.“ Herr Meridiani öffnete mit einer Hand die Tür und mit der anderen fuhr er einladend durch die Luft. „Hereinspaziert, kleines ... äh, Verzeihung, großes Fräulein.“

Betula trat ein. Sie bemühte sich, auf keinen der Papierflieger zu treten, die überall auf dem Boden lagen. Wie ein Storch hob sie die Beine. Nach sechs Schritten war sie am Ziel: das neue, prächtige Universum. Es war ein Gebilde aus verbogenen Duttnadeln, verbeulten Keksbüchsen und Cremedosen und einem großen, gelben Ballon in der Mitte. Für Betula sah das neue Universum genauso aus wie das alte. Es war genauso großartig und abenteuerlich wie im letzten Jahr. Besonders gefiel ihr der strahlend gelbe Ballon. Der schien tatsächlich neu zu sein.

„Letzte Woche ist SIE explodiert.“ Herr Meridiani lachte, dass sein dicker Bauch wackelte wie Wackelpudding.

„Wer?“, fragte Betula verdattert.

„Meine Sonne.“ Sein Zeigefinger tauchte in den gelben Ballon. „Es gab eine Supernova. Die Sonne wurde größer und größer, bis sie mit einem superhellen Aufglühen und einem mächtigen Knall explodierte. Einhundertvierundvierzig Duttnadeln wurden zu gefährlichen Geschossen, die die Planeten aus ihren Umlaufbahnen schleuderten. Jupiters Mond

Elara flog aus dem Fenster in eine andere Galaxie und Mars schlug mir ein Loch in den Kopf." Er tippte sich mit dem Zeigefinger an die Stirn, wo das Pflaster klebte. „Aber das ist nicht der Rede wert. Bei einer echten Supernova wäre ich verdampft."

„Kann denn die Sonne explodieren?", fragte Betula erstaunt.

Herr Meridiani ging zum Fenster. „Da kann ich dich beruhigen. Ich hatte vergessen, den Vorhang zu schließen. Das Sonnenlicht fiel direkt auf den Ballon. Die Luft darin wurde zu heiß und dehnte sich aus." Er zog den halben Vorhang zu, sodass der Ballon im Schatten lag.

„Ich meine die echte Sonne", erklärte Betula. „Könnte die wirklich explodieren?",

Herr Meridiani zwirbelte seine Schnurrbartspitzen. „Nun, die echte Sonne dürfte nicht schwer genug für eine Supernova sein. Sie wird wohl auch die nächsten paar Milliarden Jahre nur Sonnenwinde ins Weltall pusten." Er trat an Betula heran und stellte sich auf die Zehenspitzen. „Bis dahin bleibt die Sonne eine verdammt heiße Angelegenheit. Aber da du sicher nicht vorhast, eine Zeitreise zu machen, kann sie dich kalt lassen, mein großes Fräulein."

„Zeitreise?" Betulas Herz klopfte wie wild. „Kennen Sie sich auch mit Zeitreisen aus?"

„Ich bin Astronom. Was möchtest du wissen?" Herr Meridiani legte die Hände flach auf seinen dicken Bauch, als würde er darin sein ganzes Wissen über Zeitreisen spazieren tragen.

„Glauben Sie, dass man durch ein Wurmloch durch die Zeit reisen kann?" Betula spürte, wie ihre Wangen heiß wurden.

„Wurmlöcher!", sagte Herr Meridiani bedeutungsvoll, und Betula glaubte zu sehen, wie sich seine Schnurrbartantennen nach oben bogen. „Mit Wurmlöchern kenne ich mich aus." Sogleich trommelte Herr Meridiani mit den Fingern auf seinem dicken Bauch und schielte dabei auf Betulas Haarspange. „Jedoch hätte ich gern eine Kleinigkeit für diese Auskunft."

Betula erschrak. „Oh nein. Die kann ich Ihnen nicht geben“, protestierte sie.

Mit wohldosiertem Schwung tippte Herr Meridiani gegen sein Teleskop, sodass es sich drehte und schließlich auf Betulas Kopf zeigte. Er schaute hindurch. „Oh-la-la. Das ist ein Schmuckstück. Ist das Perlmutt? Sie wäre genau richtig für Leda, dem kleinsten Mond des Jupiters. Er wurde benannt nach Leda, die wie Elara eine Geliebte des Gottes Zeus war.“ Er blickte hinter dem Teleskop auf. „Alle anderen Nadeln, die ich besitze, sind bereits vergeben. Du kannst dich selbst überzeugen.“

Betula blickte nach oben. Und tatsächlich, es stimmte. An jeder Duttnadel hing eine Dose. Sie seufzte. Das hätte sie wissen müssen. Herr Meridiani ließ sich seine astronomischen Auskünfte mit Duttnadeln bezahlen. Wollte sie also etwas über Wurmlöcher erfahren, musste sie Fräulein Frühlings Geschenk hergeben. Traurig zog sie die Haarspange aus dem Pony und gab sie Herrn Meridiani.

Mit leuchtenden Augen nahm er die Spange in Empfang und legte sie behutsam auf seine Kommode. „Die Frage nach den Wurmlöchern ist eine schwierige. Ich benötige ein Modell.“ Er öffnete eine Schublade in seinem Eichentisch und holte einen schrumpeligen Apfel heraus.

„Das ist ein Apfel“, begann er.

Betula nickte und lauschte mit halbem Ohr nach draußen zum Flur. Da war noch immer niemand zu hören.

„Stell dir vor, dieser Apfel wäre unser Universum und stell dir weiter vor, dass alles in unserem Universum gekrümmt ist, so wie die Oberfläche des Apfels gekrümmt ist.“

Betula nickte abermals, obwohl das mit dem gekrümmten Universum ziemlich kompliziert klang.

„Diese Krümmung nennen die Astronomen Raumzeitkrümmung. Denn nicht nur die drei Dimensionen des Raumes sind gekrümmt, sondern auch die Zeit.“

Betula versuchte zu folgen. „Drei Dimensionen? Das sind

Höhe, Breite und Tiefe und dazu jetzt noch die Zeit. Und alles gebogen“, murmelte sie.

Herr Meridiani fuhr fort: „Stell dir vor, auf dem Apfel säße ein kleiner hungriger Wurm. Unser Wurm hat nun zwei Möglichkeiten, um auf die andere Seite des Apfels zu kommen. Er könnte an der Oberfläche entlang kriechen. Dann wäre er nach einer bestimmten Zeit, die ich als Erdzeit bezeichnen möchte, an seinem Ziel. Fräße er sich hingegen quer durch die Frucht, wäre er viel schneller auf der anderen Seite des Apfels.“

Das hatte Betula verstanden. „Der zweite Weg ist eine Abkürzung“, sagte sie.

Herr Meridiani nickte begeistert. „Du hast es erfasst. Ein Wurmloch ist eine Abkürzung durch unser Universum. Es verbindet zwei Seiten desselben Raumes durch einen Tunnel. Für den Wurm, der sich quer durch die Frucht frisst, würde die Erdzeit schneller vergehen. Aufgrund der Raumzeitkrümmung wäre er früher am Ziel. Er hätte sich in die Zukunft gefressen.“ Herr Meridiani hielt verzückt inne. Dann nahm er wieder Fahrt auf. „Im Jahre 1935 haben Albert Einstein und Nathan Rosen nachgewiesen, dass Wurmlöcher theoretisch möglich sind. Würde ein Mensch in so ein Wurmloch schlüpfen, wären Reisen in weit entfernte Regionen des Alls möglich. Zum Beispiel in eine andere Galaxie, die Billionen von Kilometern entfernt ist.“ Er schnaufte begeistert. „Pi mal Apfelkern würde so eine Reise zirka einhunderttausend Jahre dauern.“ Herr Meridiani legte den Apfel ab und nahm die Haarspange in die Hände um sie genauer zu betrachten.

Betula wurde mulmig. Sie versuchte sich vorstellen, wie ihr Kopf an einem billionenkilometerlangen Hals mit dem Rest ihres Körpers verbunden war, als sie in dem Wurmloch gesteckt hatte. Dann fragte sie: „Ihr Wurm hat sich durch den Apfel in die Zukunft gefressen. Aber könnte er sich auch in die Vergangenheit fressen?“

„Natürlich, das könnte er“, antwortete Herr Meridiani

gedankenversunken. „Das hängt nur davon ab, in welche Richtung der Wurm sich durch den Apfel frisst."

„Aha", machte Betula. Das klang logisch. „Und könnte sich der Wurm auch durch Holz fressen?"

„Bitte?" Herr Meridiani drehte sich irritiert zu Betula um.

„Ob der Wurm sich auch durch Holz fressen könnte", wiederholte Betula.

Herr Meridiani runzelte die Stirn, dass sein Pflaster Falten schlug. „Der Apfel ist doch nur ein Beispiel. Natürlich könnte sich der Wurm auch durch Holz fressen. Das Brett müsste nur enorm gekrümmt sein, nicht wahr?" Er lachte kurz und laut.

Betula zupfte an ihrer Unterlippe und dachte an die ziemlich geraden Bretter im Sarg. Krumm waren die keine Spur. Herr Meridiani hauchte auf seine neue Errungenschaft und polierte sie an seinem Hemd, bis das Perlmutt auf der Haarspange blitzte. Dann sagte er: „Falls du ein Wurmloch entdecken solltest, rate ich dir, einen großen Bogen darum zu machen."

Betula war überrascht. „Warum denn?", fragte sie.

Vorsichtig verstaute Herr Meridiani ihre Haarspange und den Apfel in der Schublade. „Wurmlöcher sind nicht sehr stabil. Sie können schnell zusammenbrechen. Um ein Wurmloch so zu stabilisieren, damit du es durchqueren kannst, würdest du eine Materie mit höchst exotischen Eigenschaften benötigen. Sie müsste leichter sein als Luft und gleichzeitig härter als Beton. Leider ist bisher so eine Materie noch nicht entdeckt worden."

„Das Wurmloch könnte zusammenbrechen?", fragte Betula ängstlich. „Angenommen ich stecke gerade in so einem Wurmloch und es bricht zusammen. Was würde mit mir passieren?"

Herr Meridiani wippte auf den Fußballen und machte ein Da-wirst-du-aber-staunen-Gesicht. „Es würde dich in deine einzelnen Atome auseinanderreißen."

Betula schluckte. ‚Da hab ich wohl mächtiges Glück gehabt!', dachte sie und schwor sich, nie wieder ihren Kopf in ein Wurmloch zu stecken.

# Zwanzigstes Kapitel

## In dem Frau Gierzahn ihren Blumentopf beerdigt

Mit der Begründung, er hätte astronomischen Kaffeedurst, aber der Kaffee würde ihm ohne seine Zeitung nun einmal nicht schmecken, ging Herr Meridiani aus dem Zimmer. „Warte einfach hier auf mich. Dann können wir noch etwas über Einsteins Relativitätstheorie plaudern", sagte er und verschwand.

Betula wartete. Sie konnte sich keinen besseren Ort vorstellen, um Frau Gierzahns Tür zu observieren. Hier würde sie es den ganzen Tag aushalten, wenn es notwendig wäre. Sie konnte sich die Zeit mit den Papierfliegern vertreiben, mit dem Teleskop nach fliegenden Blechdosen Ausschau halten oder sich den Bauch mit leckeren Keksen vollschlagen, von denen es bei Herrn Meridiani haufenweise gab. Zufrieden sank sie in den Ohrensessel mit dem weichen Teddyfell und legte das Alupäckchen mit dem Kuchen auf ihren Schoß. Aber kaum, dass sie saß, schlug ihre Stimmung um. Jetzt, wo Frau Gierzahns Tür zum Greifen nah war, fragte sie sich, ob sie sich tatsächlich trauen würde, heimlich deren Zimmer zu betreten.

Eine leise innere Stimme meldete sich: ‚Du schaffst das, Betula. Du brauchst nur einen klitzekleinen Blick in die blaue Schachtel zu werfen, dann weißt du, ob Frau Gierzahn eine gemeine Diebin ist.' Betula sah auf den Retter in der Not, das in Alufolie eingewickelte Kuchenpäckchen, aber es machte ihr irgendwie keinen Mut.

Da klopfte es an die Tür. Vor Schreck rutschte Betula nach vorn auf die Sesselkante. Kerzengerade saß sie da und wartete. Wer konnte das sein? Als nichts geschah, stopfte Betula das Kuchenpäckchen in ihre Rocktasche und schlich zur Tür. Sie spähte durch das Schlüsselloch, aber alles, was sie erkennen konnte, war ein glänzender Glasknopf von der Größe einer Weintraube. Genau so einen hatte sie doch irgendwo schon einmal gesehen. Da fiel es ihr wieder ein: Frau Gierzahns Kleid. Und wenn dieser Knopf an Frau Gierzahns Kleid hing, dann musste sie jetzt draußen vor der Tür stehen! Aber was wollte sie?

Betula wagte es nicht, sich einen Millimeter zu rühren. Sie fürchtete, ein Rascheln könnte sie verraten. Doch auch Frau Gierzahn bewegte sich nicht vom Fleck. Sie stand so dicht an der Tür, dass Betula ihren Atem hören konnte.

„Ffff", machte es und dann schwebten graue Rauchfäden durch das Schlüsselloch. Betulas Nase erkannte, was es war: Zigarettenrauch.

„Jetzt weiß ich, wo ich dich schon einmal gesehen habe", hörte Betula Frau Gierzahn sagen. Ihre Stimme klang rau und gierig, wie die Stimme einer alten Wölfin. Betula dachte automatisch an Kreide wie in dem Märchen von den sieben Geißlein und ihr Mund wurde ganz trocken.

„Ffff", machte es wieder.

„Ich habe in der Zeitung über den Krummnagelfluch gelesen. Und da erinnerte ich mich. Du warst es, die damals in der Gruft den Kopf aus dem Sarg gesteckt hat. Du wolltest deinen Wurm zurück." Die alte Frau hustete und es klang wie das Rasseln von Nägeln in einer Blechdose.

„Augusta", flüsterte Betula und kniff sich in den Arm, um sicher zu sein, dass sie nicht träumte. Vor der Tür stand das vierjährige Mädchen Augusta, das sie heute Nacht in der Gruft gesehen hatte. Nur jetzt war es einhundertfünf Jahre alt. Das war total verrückt.

„Eins, zwei, drei, vier Eckstein, alles muss versteckt sein", sang Frau Gierzahn mit vergreister Kinderstimme. „Du bist dran, Betula. Komm heraus aus deinem Versteck. Augusta hat dich gefunden."

‚Sie denkt doch nicht etwa, dass ich mit ihr Verstecke spiele', fragte Betula sich. Trotzdem öffnete sie vorsichtig die Tür einen Spaltbreit und schob ihren Kopf hindurch. Frau Gierzahn trug wie immer die weißen Seidenhandschuhe. In den Händen hielt sie einen vertrockneten Blumentopf. Es war die lila Aster, die vor zwei Tagen noch herrlich geblüht hatte. Um ihre Schulter hing ein hässlicher gelber Stoffbeutel.

Die kleine alte Frau reckte ihr Kinn. Eine Zigarette klemmte im Mundwinkel und hatte schon einen ziemlich langen Ascheschwanz. „Steckst du wieder fest?", fragte Frau Gierzahn und kicherte. Ihr Rosinengesicht schien noch runzliger als bei ihrer ersten Begegnung vor zwei Tagen. Die zwei munteren Augen darin wollten so gar nicht in das uralte Gesicht passen. Betula hatte fast das Gefühl, die kleine Augusta sehe aus den Augenhöhlen zu ihr hinaus.

„Ich muss auf den Friedhof zur Gruft. Wenn du willst, kannst du mich dorthin begleiten", sagte Frau Gierzahn.

„Sie meinen die Gruft mit dem Sarg. Ist sie hier in der Nähe?" Betula trat neugierig vor die Tür.

Frau Gierzahn schaute auf Betulas lange Beine. „Für dich schon. Für mich aber ist es eine kleine Reise", sagte sie und schloss für einen Moment die Augen. Dann machte sie auf dem Absatz kehrt. Vom Zigarettenrauch umweht, bewegte sich die kleine Gestalt den Flur entlang. Dabei wirkte sie so geheimnisvoll, dass Betula die leise Ahnung beschlich, Frau Gierzahn könnte etwas über den Fluch wissen.

‚Vielleicht kannte sie den fröhlichen Sargtischler? Vielleicht ist sie ihm in der Gruft begegnet, als sie ihre Fledermäuse gefüttert hat?', dachte Betula. Vergessen war ihr Spionageauftrag, der Frau Gierzahn als gemeine Diebin entlarven sollte. Sie musste zur Gruft! Vielleicht stand ja dort noch immer der andere Sarg. Und vielleicht hatte auch er so ein seltsames Wurmloch.

Betula folgte der kleinen, alten Frau die Treppe hinunter

und in das gleißende Licht der Julisonne hinaus.

Als sie das Altersheim ein Stück hinter sich gelassen hatten, blieb Frau Gierzahn plötzlich stehen und drehte sich um. „Du musst mich tragen", sagte sie wie selbstverständlich, ließ die Zigarette fallen und zerdrückte sie unter ihrem schwarzen Pumps, dass die Kieselsteinchen knirschten.

Betula schüttelte den Kopf. „Was?"

„Ich bin alt. Es ist heiß. Und meine Beine sind zu kurz und zu müde. Du musst mich also tragen."

Betula stand wie angewurzelt da. Sie wollte nicht mit einer uralten Frau auf dem Rücken durch die Stadt laufen. Das sah bestimmt bescheuert aus. „Nein!"

Frau Gierzahn blinzelte irritiert. „Stell dich mit dem Rücken zu mir, damit ich an dir hinaufklettern kann. Du wirst sehen, ich bin nicht schwerer als ein Säckchen voller Knochen." Frau Gierzahn kicherte. Doch dann durchbohrte ihr Blick Betula. „Nun mach schon. Dreh dich um. Es muss doch einen Sinn haben, dass du eine Bohnenstange bist."

*Bohnenstange*! Betula drehte den Kopf weg. *Bohnenstange*! Betula biss sich in die Wange. Sie wünschte sich, sie wäre mutig genug, etwas zu sagen. Aber das war sie nicht. Sie hatte nicht übel Lust, Frau Gierzahn stehenzulassen, bis sie selbst so vertrocknet war wie ihr Blumentopf. Aber noch während sie das dachte, drehte sie sich um. Sie hatte zum ersten Mal eine heiße Spur, die sie zum fröhlichen Sargtischler führen konnte und allein würde sie die Gruft nicht finden. Nur Frau Gierzahn kannte den Weg dahin.

„Verschränk die Finger auf dem Rücken. Mach eine Räuberleiter", befahl Frau Gierzahn. Betula gehorchte und die alte Frau kletterte ihren Rücken hinauf. Ihre Knochen waren spitz wie Holzstöcke und pickten Betula unangenehm durch das dünne T-Shirt. „Geh einfach nur geradeaus", flüsterte Frau Gierzahn Betula ins Ohr.

Betula setzte sich in Bewegung. Der Weg führte sie an der alten Stadtmauer vorbei und hinaus aus der Stadt. Wegen der

Hitze waren zum Glück nur wenige Menschen unterwegs, die stehenblieben, um Betula und ihre Begleitung verwundert anzustarren. Betula lief und lief, doch der Weg schien kein Ende zu haben. Frau Gierzahn wurde mit jedem Schritt schwerer und ihre spitzen Knochen taten weh. Weil sie keine Befehle mehr erteilte, fragte sich Betula, ob Frau Gierzahn vielleicht eingeschlafen war. Betula erinnerte sich an eine Geschichte, in der sich ein Mann vorgenommen hatte, die Welt zu umrunden, indem er immer nur geradeaus lief. Und wie dieser Mann begann sie in Gedanken über Häuser zu klettern, über Zäune zu springen und Meere zu durchschwimmen, um nicht von ihrem Kurs abzukommen. Da tauchte vor ihr eine Gabelung auf.

Als hätte sie nur darauf gewartet, meldete sich Frau Gierzahn wieder. „Nach links." Der Weg verengte sich zu einem schmalen Pfad und führte die beiden in einen Wald aus Trauerbirken. Und da wusste Betula, dass es nicht mehr weit sein konnte. Sie würden am Ziel sein, bevor Frau Gierzahns Knochen sich durch ihre Haut gebohrt hätten.

Als sie eine Lichtung erreichten, kommandierte Frau Gierzahn: „Lass mich jetzt wieder runter."

Betula blieb stehen und die kleine Frau kletterte den Rücken hinunter. Betula schnaufte etwas und wischte sich mit dem Handrücken über die Stirn.

„Bist du jetzt schlapp?"

„Ich bin völlig erledigt", antwortete Betula und rieb sich die schmerzenden Stellen am Rücken. Sie sah sich um und stutzte. „Das soll ein Friedhof sein?"

Sie konnte keinen einzigen Grabstein entdecken. Stattdessen stand sie an einer prächtigen Sommerwiese, die ein gemütlich vor sich hin verrottender Holzzaun zusammenhielt und die sie einlud, eine Picknickdecke herauszuholen. Das Gras wuchs hier ungestört, der Löwenzahn streckte seine gelben Blüten in die Höhe, als gelte es die Grashalme zu überholen, bevor seine Farbe für immer verblasste. Kein

Hälmchen, kein Stielchen war von einem Schuh geknickt worden. Niemand schien hierher zu kommen. Nicht einmal versehentlich. Warum also waren sie hierher gekommen? Betula schaute fragend zu Frau Gierzahn, die gerade ihren Asterntopf umarmte, als wäre er eine Puppe oder ein anderes Lieblingsspielzeug, von dem sie nun Abschied nehmen musste. Sie waren doch wohl nicht hierher gekommen, um einen Blumentopf auszupflanzen?

„Dort", rief Frau Gierzahn und zeigte mit ihrem Zeigefinger zu einem kleinen Haus mit Spitzdach, das am linken Rand des Zaunes stand. Ein paar Birken reckten sich aus seinen zersprungen Fenstern dem Tageslicht entgegen, als warteten auch sie nur darauf, dass sie endlich jemand auf die Wiese pflanzte.

„Neben der Friedhofskapelle wird es meinen beiden Lieblingen gefallen." Begeistert rauschte sie durch das hohe Gras.

Verdattert schritt Betula hinterher. „Was denn für Lieblinge?"

„Das fragst du? Du kennst sie doch, meine beiden kleinen Fledermausbabys. Fleder und Maus", rief Frau Gierzahn.

Betula schauderte so sehr, dass ihr die Worte im Halse steckenblieben. „Sie ... Sie meinen, Sie ha-haben da zwei tote Fledermäuse in ihrem Blumentopf?", stammelte Betula. „Die ... die gleichen Fledermäuse, die sie vor einhundertundeinem Jahr gefüttert haben, als ich meinen Kopf –"

„Ich war ihre Mami", unterbrach Frau Gierzahn Betula und drückte den Blumentopf mit einem tiefen Seufzer an ihr Herz. „Ihre Fledermausmutter wollte sie nicht haben. Sie hat sie aus dem Nest geworfen. So wie mich meine Mutter aus dem Nest geworfen hat. Leider konnte ich sie nicht ins Kinderheim mitnehmen. Darum schlich ich mich jede Nacht davon und ging in die Gruft. Dann sind sie gestorben und ich konnte sie mitnehmen. In diesem Blumentopf. Einhundertundein Jahr hat eine lila Aster darin geblüht. Doch gestern ist sie vertrocknet. Meine Zeit ist rum. Darum möchte ich sie jetzt vergraben."

„Aber wenn das ein Friedhof sein soll, warum gibt es hier keine Grabsteine?"

„Die sind verschwunden", sagte Frau Gierzahn in einem Tonfall, als wäre das doch selbstverständlich.

„Verschwunden?"

Frau Gierzahn zuckte mit den Schultern. „Früher gab es hier Grabsteine. Die Leute in der Stadt glaubten aber, dass ein verrückter Sargmacher hier sein Unwesen treibt. Deswegen kamen sie angelaufen, nahmen die Steine mit und trugen sie zu einem anderen Friedhof. Seit über hundert Jahren gab es hier keine Beerdigung mehr."

Betula horchte auf. „Ein Sargmacher trieb hier sein Unwesen? Was wissen Sie über ihn?"

Frau Gierzahn kicherte geheimnisvoll. „Ich habe ihn oft in der Gruft gesehen. Ich hatte keine Angst vor dem Sargmacher. Er trug immer so bunte Sachen."

„Das waren Farbekleckse, nicht wahr!", rief Betula.

Aber die kleine alte Frau war nun ganz in die Beerdigungszeremonie ihrer beiden toten Lieblinge versunken und hörte Betula gar nicht zu. Frau Gierzahn holte eine kleine Schaufel aus ihrem gelben Stoffbeutel und grub damit ein Loch nahe der Steinwand der Kapelle. Als es tief genug war, stellte sie den Blumentopf hinein, schaufelte etwas Erde darüber und klopfte sie mit der Rückseite der Schippe fest. Dann griff sie noch einmal in den Beutel und holte einen Stein heraus, der aussah wie eine Kartoffel. *Hier ruhen Fleder und Maus*, stand darauf. Sie musste es mit einem schwarzen Stift darauf geschrieben haben. Das war der kleinste Grabstein, den Betula je gesehen hatte. Und das kleinste Grab. Frau Gierzahn setzte sich ins Gras, schloss die Augen und murmelte ein kurzes Gedicht.

*Im Leben waren wir zu dritt.*
*Haltet Platz, ich komm bald mit.*

Dann begann sie zu summen. Ganz langsam und Ton für Ton. Es war die Melodie von „Hänschen klein, ging allein, in die weite Welt hinein“. Eigentlich war das ja ein fröhliches Lied. Doch in Frau Gierzahns Kehle wurde es zum traurigsten Kinderlied der Welt. Eine einsame, bleigraue Wolke schob sich vor die Sonne, der Löwenzahn zog seine Blüten zusammen, die Grasstängel wiegten sich melancholisch im Wind.

# Einundzwanzigstes Kapitel

## In dem Frau Gierzahn Betula die Gruft auf dem alten Friedhof zeigt

Frau Gierzahn hatte Tränen in den Augen, während sie Strophe um Strophe summte. Betula setzte sich neben die kleine, traurige Frau ins Gras und versuchte das passende Beerdigungsgesicht zu machen. Schließlich war sie der einzige Trauergast. Doch nach einer kleinen Ewigkeit wurden ihr die Mundwinkel schwer und sie hoffte, Frau Gierzahn würde die Augen öffnen und ihr endlich die Gruft zeigen. Vorsichtig räusperte sie sich.

Das Summen verstummte. Frau Gierzahn öffnete die Augen und lächelte Betula an. Die Trauer war irgendwo zwischen ihren tiefen Falten verschwunden. „Du willst jetzt sicher wissen, wo die Gruft ist", sagte Frau Gierzahn. Sie tätschelte ein letztes Mal den Kartoffelstein. Dann rappelte sie sich auf und machte ein paar flinke Schritte. Vor der Tür der Friedhofskapelle blieb sie stehen. Ihre kleine, schrumpelige Hand wirkte ganz verloren auf der gewaltigen Klinke, die wie eine Löwenpfote aussah.

„Die Gruft", sagte sie und schnaufte angestrengt, weil sich die Klinke nur schwer hinunterdrücken ließ, „ist hier unten. Unter der Kapelle."

Die Tür knarrte schaurig, wie es sich für eine Friedhofskapellentür gehörte und Frau Gierzahn schlüpfte durch den Spalt hindurch. Betula folgte ihr.

„Früher stand hier immer ein Sarg mit einem echten Toten drin", erzählte Frau Gierzahn. Ihre Stimme klang kalt und hallte durch den Raum. Sie war klein genug, dass sie ungehindert unter den Spinnweben, die zwischen den Birken hingen, gehen konnte.

Betula musste sich ducken. Sie stolperte und beinahe wäre sie hingefallen. Bevor sie begriff, was da vor ihr auf dem Boden lag, bückte sich Frau Gierzahn danach. Es war ein Totenschädel. Nachdem Frau Gierzahn ihn kurz betrachtet hatte, pustete sie in seine Augenhöhlen. Staub wirbelte auf. „Der kann bestimmt Schreckliches berichten", sagte sie kichernd.

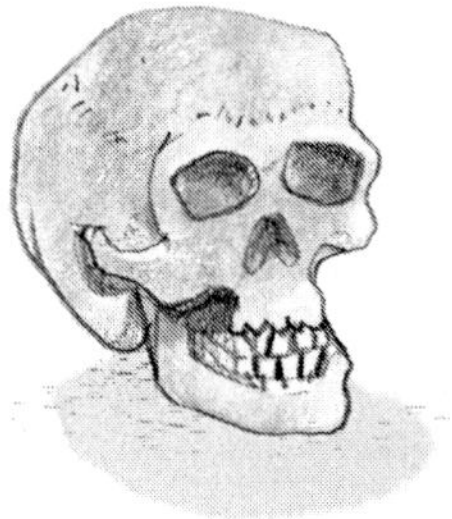

Betula schluckte ein paarmal. Es grauste ihr vor dem Totenschädel. „Ist das ... ist das der Schädel vom fröhlichen Sargtischler?", fragte sie.

Frau Gierzahn schüttelte den Kopf. „Das glaube ich nicht."

„Wieso nicht?"

„Der hier sieht einfach zu ernst aus." Frau Gierzahn streichelte dem Schädel über die Knochenglatze. „Sei froh, dass ich dich gefunden habe", sprach sie zu ihm und stellte den Schädel auf das Fensterbrett, sodass die Augenhöhlen nach draußen zeigten. „Da bist du platt, was? So eine schöne grüne Wiese hast du schon lange nicht mehr gesehen."

„Aber der kann doch gar nicht sehen. Er hat ja keine Augen mehr", sagte Betula, obwohl sie sich selbst nicht ganz sicher war.

„Wirklich?", fragte Frau Gierzahn überrascht. „Ich dachte, er hätte mich eben angeschaut." Sie kicherte wieder.

Sie stiegen eine steinerne Treppe nach unten. Frau Gierzahn ging voraus. Mit jeder Stufe wurde es dunkler. Kalte Luft stieg hinauf, sie roch nach staubigen Steinen und ewiger Nacht. Frau Gierzahns Schritte verstummten. Betula hörte, wie ein Streichholz gezündet wurde, und sogleich wurde es heller. Frau Gierzahn hielt eine kleine Altarkerze in einer Hand und gluckste fröhlich. „Es hat sich nichts verändert. Alles ist so schön wie damals“, schwärmte sie, als stünden sie in einem gemütlich muffigen Ferienbungalow aus ihrer Kindheit. „Da oben hatten meine Fledermausbabys ihr Nest. Schau, dort.“

Betula blickte zur Decke. „Ah“, machte sie, obwohl es dort rein gar nichts zu sehen gab. Dann schaute sie sich um. Das musste die Gruft sein, in der sie letzte Nacht gewesen war! Sie hatte zwar nicht den ganzen Raum sehen können, da sie ja mit ihrem Kopf im Wurmloch gesteckt hatte, aber die grauen Grabplatten an den Wänden hatten auch so hohe Bögen. Und noch etwas erkannte sie.

„Mors certa, hora incerta“, las Betula laut vor. Jeder Buchstabe war so groß wie eine Männerhand. „Was heißt das?“

„Der Tod ist sicher, nur die Stunde ist ungewiss“, antwortete Frau Gierzahn mit Grabesstimme.

„Grabsprüche klingen immer so, als hätten die Toten sie selbst in den Stein geschrieben“, sagte Betula und zog die Schultern hoch zu den Ohren, als ein kalter Schauer über ihren Rücken kroch.

Frau Gierzahn schien etwas entdeckt zu haben. Zielstrebig steuerte sie auf ein Eisentischchen zu, dem über viele Jahre ein Buckel aus geschmolzenen Kerzen gewachsen war. „Ein Wurstzipfel“, rief sie entzückt, als könnte sie glatt reinbeißen. „Das ist Blutwurst. Die gibt es nur bei Fleischer *Gulasch*.“

Betula horchte auf. Blutwurst? War das nicht die Lieblingswurst vom Sargtischler?

Aufmerksam ließ sie ihren Blick wandern. Plötzlich war sie sich ganz sicher, dass dies der Ort war, an dem sie den Fingerzeig finden würde, den Martha gesucht hatte und der helfen würde, den Fluch für immer zu bannen. Rasch ging sie auf die Särge zu, die in der Ecke der Gruft standen. Es waren vier und keiner von ihnen hatte einen Deckel. Das war ungewöhnlich für Särge, in die ein Toter gebettet werden sollte. Und was lag da auf dem Boden zwischen den Särgen? Es war die heutige Tageszeitung vom Spreeblatt.

Betula hob sie auf. Selbst in dem fahlen Licht konnte sie die Fettflecken darauf erkennen, die wohl von den Fingern herrührten, die zuvor die Blutwurst gehalten hatten. Und – der Krummnagelartikel war herausgerissen. Ihre Hände begannen zu zittern.

„Aus diesen Särgen ist er gehüpft", hallte Frau Gierzahns Stimme von den Grabtafeln wider.

„Wer?", fragte Betula verwirrt.

„Na, der Sargmacher", antwortete Frau Gierzahn. Sie stand nun dicht neben Betula. „*Plopp* hat es gemacht. Als wenn ein Korken aus einer Flasche springt. Dann lief er durch die ganze Stadt bis zu seiner Werkstatt. Dabei machte er nach drei Schritten immer so einen Luftsprung, dass die Farbe nur so von seinen Stiefeln spritzte. Schau, so machte er." Frau Gierzahn stellte die Kerze auf dem Tischchen mit dem Wachsbuckel ab und deutete einen Hüpfer an. „Und als er seine Werkstatt erreicht hatte, machte es hier in der Gruft schon wieder *Plopp*!", erzählte sie. „Das passierte aber nur dann, wenn er in einer Zeitschleife feststeckte. Das war immer sehr lustig. Er kam aus den Löchern. Schau mal. Hier ist eins." Sie beugte sich zu dem Sarg, vor dem sie stand und steckte einen weißen Handschuhfinger durch ein Loch in der Sargwand, ließ ihn hin und her wackeln und sagte: „Doch meistens blieb er für eine Weile verschwunden. Dann ist es ihm gelungen, durch die Zeit zu reisen."

Jetzt schaute Betula genauer hin. Jeder Sarg hatte zwei oder sogar drei haselnussgroße Löcher. Der Sargtischler musste also zwischen den Wurmlöchern hin und hergereist sein.

„Sind Sie nie auf die Idee gekommen, den Kopf in so ein Loch zu stecken?", fragte Betula.

Frau Gierzahn kniff die Augen zusammen. „Hab ich

versucht. Aber ich habe mich dauernd am Holz gestoßen.“ Sie deutete mit einem Finger an ihre Stirn, als könnte Betula dort noch die Beule sehen.

„Ich kann meinen Kopf hindurch stecken und sogar in die Vergangenheit schauen“, verriet Betula.

„Ja, das kannst du“, bestätigte Frau Gierzahn wie selbstverständlich.

„Aber nur, wenn ein Licht aus dem Loch kommt. Haben Sie manchmal ein Licht in einem dieser Löcher gesehen?“

„Ein Licht? Nein.“

Betula überlegte, ob sie es wirklich sagen sollte. Dann wagte sie es. „Und ich kann sogar Holzwürmer reden hören.“

Frau Gierzahn zog anerkennend einen Augenbrauenstrich nach oben. „Das ist ja großartig. Ich bin fast ein bisschen neidisch. Kannst du sie jetzt auch reden hören?“

Betula schüttelte den Kopf. „Nein. Obwohl es ihnen hier sicher gefällt. Holzwürmer haben es nämlich gern kalt und feucht.“

„Ich mag es lieber warm und trocken“, entgegnete Frau Gierzahn schmunzelnd.

„Einen von den Holzwürmern mochte ich am meisten. Er hieß Sir William und er war sehr schlau. Doch leider ist er verschwunden.“

„Das Leben besteht aus Abschieden.“ Frau Gierzahn schaute hinüber zu den Grabplatten. „So war es auch mit dem Sargmacher. Plötzlich war er weg.“

„Was war passiert?“

„Du musst wissen, die Leute in der Stadt hatten fürchterliche Angst vor dem Sargmacher. Aber ich nicht. Sie glaubten, er war dazu verflucht, tausend Tode zu sterben. Weil er immer wieder aus dem Sarg stieg. Doch nach dem vierundvierzigsten Tod war plötzlich Schluss und es machte nicht mehr *Plopp*. Ich habe die Tode gezählt.“ Frau Gierzahn kauerte sich zusammen und sprach jetzt mit düsterer Stimme. „Die Menschen in der Stadt erzählten sich, Max

Krummnagel hätte ihn getötet, um dem Spuk ein Ende zu setzten."

Betula zuckte zusammen. „Was? Mein Ururgroßvater!", rief sie entsetzt. „Das ist nicht wahr! Er hat einen Sarg zerstört. Weiter nichts. Das müssen Sie mir glauben. Und dafür wurden alle Krummnagels ordentlich verflucht. Sie haben es doch selbst in der Zeitung gelesen", protestierte sie gegen diese schreckliche Behauptung. „Vielleicht ist er ganz plötzlich verstorben. Das kommt bei alten Menschen schon mal vor."

„Aber nicht der Sargmacher", behauptete Frau Gierzahn. „Ich habe ihn am Abend seines Todes gesehen. Da war er quicklebendig, wie ein Fisch im Wasser."

Betula schüttelte den Kopf. „Sie waren erst vier", gab sie zu bedenken. „Es ist unmöglich, dass Sie sich so genau an alles erinnern können."

Frau Gierzahn lächelte sparsam. „Mein Gedächtnis funktioniert noch einwandfrei. Hätte ich sonst deinen Kopf wiedererkannt?", fragte sie spitz.

Betula stemmte die Hände in die Hüften. Ihre Augen wurden schmal. „Mein Ururgroßvater hat den Sargtischler nicht getötet. Sie ... Sie haben kein Recht so etwas Gemeines zu behaupten", rief sie.

Frau Gierzahn kicherte, als wäre das alles nur ein Spiel. Sie nahm die Kerze vom Tisch, stellte sie auf den Boden und deutete mit einem Finger auf die Steine vor ihr.

Betula senkte überrascht die Arme. Da waren Fußabdrücke! Für einen kurzen Moment glaubte sie, es wären die ihres Großvaters, so verdreht war sie schon im Kopf. Doch der würde niemals eine Gruft betreten und außerdem waren diese Exemplare kleiner. „Das sind Fußabdrücke. Sie sind vom fröhlichen Sargtischler", rief Betula.

Frau Gierzahn nickte.

Betula nahm die Kerze und folgte der Spur. Die Abdrücke führten vom Sarg hin zu den Stufen und nach oben aus der

Gruft heraus, wo sie verblassten. Diese Spur war eingetrocknet. Aber gleich daneben führte eine frische Spur wieder hinein in die Gruft und hin zu den Särgen.

Betula bückte sich und tippte mit dem Zeigefinger in einen blauen Klecks. „Tatsächlich. Die Farbe ist noch ganz frisch", rief sie aufgeregt. „Hier schauen Sie! Für einen Sargtischler, den mein Ururgroßvater vor einhundertundeinem Jahr getötet haben soll, hat er aber noch verdammt frische Farbe an den Stiefeln. Was sagen Sie nun?"

Frau Gierzahn klatschte in ihre kleinen Hände. „Er lebt. Er lebt", rief sie und versuchte wieder einen Luftsprung. Doch auch dieses Mal wollte er ihr nicht gelingen. „Och, meine Beine sind zu oll. Mach du mal. Komm, hüpf in die Luft, Betula."

„Nein, nein. Ich will nicht hüpfen. Das ist albern", entgegnete sie und schaute staunend zu den vielen bunten Farbklecksen auf dem Steinboden. Sie tippte ihren Finger in einen roten Klecks. Auch er war ganz frisch.

„Hast wohl Angst, dass dein Gurkenhals abbricht", rief Frau Gierzahn.

Betula spürte einen Stich in ihrem Magen. Reglos starrte sie auf ihren Finger, auf dem sich die rote und die blaue Farbe zu Lila vermischten. Zu Asternlila. Egal wie weit Betula ging, egal wie schnell sie rannte, egal wie weit weg der Pausenhof war – sie waren lauter, die Kinderstimmen. Sie hörte sie überall. Sie lachten und kreischten in ihrem Kopf: ‚Guckt mal, wie die jetzt wieder guckt. Die Bohnenstange verträgt echt keinen Spaß. Und wie lang ihr Hals ist. Sieht aus wie eine lange Gurke!'

Betula hob ängstlich den Blick und schaute auf die kleine Frau. Kauerte da nicht ein gemeines, schelmisches Grinsen zwischen ihren Lippenfältchen?

„Gurkenhals! Gurkenhals! Ich habe richtig geraten", rief Frau Gierzahn lachend.

Da nahm Betula allen Mut zusammen, holte tief Luft und

schrie: „Nein! Haben Sie nicht! Sie ... Sie ... winziger, zerknautschter Schrumpelzwerg. Lassen Sie mich in Ruhe mit Ihrem doofen Ratespiel!“

Frau Gierzahn kniff die Lippen zusammen. „Es sind nie die schönen Dinge im Leben, die uns wachsen lassen, Betula“, sagte sie mit fremder Stimme. Sie, die klein war wie ein Zwerg. Dann machte sie einen Schmollmund. „Wenn du mich nicht raten lässt, bekommst du auch keinen Häkelunterricht von mir.“

„Pah!“, machte Betula. „Ich pfeif auf Ihre Häkelstunde. Sie können bestimmt gar nicht gut häkeln.“

Frau Gierzahns Gesicht war wie versteinert. „Wie?“, piepste sie ertappt.

Und dann sprudelte es aus Betula nur so heraus. „Sie können nicht häkeln, weil Sie diesen ... diesen sechsten Finger da an Ihrer einen Hand haben. Und deshalb müssen Sie immer diese Handschuhe tragen, um ihn zu verstecken. Als Lehrerin haben Sie sich in Frau Zwirnfitz' Klasse geschlichen und einen Häkelwettbewerb gemacht. Der Preis war die Goldene Häkelnadel, die Sie gar nicht hatten. Aber Sie wussten, dass Frau Zwirnfitz' Mutter eine besaß. Sie haben Frau Zwirnfitz das Häkelmuster aus dem Schulranzen gestohlen. Sie sind eine gemeine Diebin!“, schrie Betula. Oh, es fühlte sich großartig an, die Wahrheit herauszuposaunen.

Frau Gierzahn sagte nichts, sondern drehte sich einfach weg und wischte den Staub von einer der Grabplatten an der Wand.

Weil sie schwieg, glaubte Betula, dass sie recht hatte. „Jetzt sind sie platt, was?“, sagte sie, um zu sticheln.

Doch Frau Gierzahn sagte nichts, sondern spuckte auf einen gelben Zipfel ihres Stoffbeutels, den sie zwischen ihre Finger geklemmt hatte. „Du hast kein Recht so etwas Gemeines zu behaupten“, entgegnete sie trotzig und begann mit dem spuckenassen Zipfel einen Buchstaben in der Grabplatte zu polieren. Es war ein E.

„Ich habe auch einen Beweis“, sagte Betula. „Einen Papierschnipsel!“

Frau Gierzahn hielt kurz inne. Dann spuckte sie abermals auf den Zipfel und polierte ein M. Sie tat es ganz behutsam, als wäre die Grabplatte aus Glas.

Betula trat einen Schritt näher heran und im Licht der Kerze erkannte sie einen Namen. Jetzt war es Betula, die wie versteinert dastand.

„Emil Zwirnfitz“, las sie ungläubig vor. „Kannten Sie ihn?“

Frau Gierzahn drehte sich nicht um. Sie seufzte nur leise. Dann sprach sie mit erstickter Stimme. „Emil Zwirnfitz war mein Vater. Er ruht hinter dieser Steinwand. Nur angesehene Leute der Stadt haben so einen schönen Grabstein bekommen. Ich war erst vier, als er starb. Aber ich kann mich noch genau an ihn erinnern. Er hätte niemals zugelassen, dass man mich in ein Heim steckt. Für ihn war ich sein kleines Goldfingerchen.“

Betula schluckte. „Aber wenn Emil Zwirnfitz Ihr Vater war, dann sind Sie mit Frau Zwirnfitz verwandt.“

Frau Gierzahn nickte. „Ich bin ihre Tante. Ihre Mutter war meine Schwester.“

„Ach“, sagte Betula kleinlaut. „Und ... und das Häkelmuster?“

Frau Gierzahn drehte sich langsam zu Betula um. „Es gehört mir“, sagte sie mit leiser Stimme. „Ich habe es auf einen Zettel geschrieben.“

Betula hatte plötzlich einen dicken Kloß im Hals. Und wie die kleine alte Frau jetzt vor ihr stand, mit diesen unendlich traurigen Augen, glaubte sie ihr jedes Wort. Verlegen zupfte sie an ihrem T-Shirt-Saum. „Wollen Sie mir die ganze Geschichte erzählen?“, fragte Betula. „Wir könnten uns in einen der Särge setzen, wenn Sie mögen. Wir legen etwas Zeitung darin aus, dann ist das Holz nicht so kalt am Po.“ Sie tastete an ihre Rocktasche und Alufolie knisterte. „Kuchen hätte ich auch.“

„Arme kleine Augusta! Arme kleine Augusta!“, sagte da plötzlich eine kleine Stimme ganz leise.

Betula erschrak. „Wer war das?“

Frau Gierzahn schaute Betula fragend an.

„Jemand sagte: ‚Arme kleine Augusta!‘ Das müssen Sie doch auch gehört haben.“

Frau Gierzahn legte eine Hand wie eine Muschel an ihr Ohr und lauschte. Nach einer kurzen Pause sagte sie: „Ich höre nichts.“

„Und sehen Sie doch!“, rief Betula aufgeregt und sprang hinüber zu den Särgen. „Die Lichter. Sie leuchten in allen Farben.“

Frau Gierzahn eilte hinterher und sah zu dem Sarg. „Wo denn nur?“, fragte sie ungeduldig.

„Hier! In den Wurmlöchern!“ Betula zeigte auf den Sarg. „Da ist ein rotes Licht und ein gelbes und ein blaues. In dem Sarg da drüben sind drei blaue, nein, jetzt sind sie plötzlich rosa. Und ganz hinten, da sind ein grünes und ein violettes. Ach, jetzt haben die auch schon wieder die Farbe gewechselt.“

Frau Gierzahn rieb sich die Augen. „Ich kann sie nicht sehen“, sagte sie traurig.

Dann hörte Betula wieder das Stimmchen. „Betula, du musst das Loch finden, in das der Sargtischler heute Morgen gestiegen ist. Du musst zu mir kommen. Beeil dich, bevor das Licht erlischt!“

Jetzt erkannte Betula die Stimme. Ihr Herz machte einen Freudensprung. „Sir William!“, rief sie.

„Ja, ich bin es, Betula. Du wirst nicht glauben, was ich hier drüben entdeckt habe. Komm schnell!“, rief er ihr zu.

Betula schüttelte ängstlich den Kopf. „Das geht nicht. Ich ... ich traue mich nicht. Herr Meridiani hat gesagt, dass Wurmlöcher sehr instabil sind. Sie können zusammenfallen und mich in meine einzelnen Atome auseinanderreißen.“

„Was sagt er denn, der Holzwurm?“, fragte Frau Gierzahn gespannt.

„Er will, dass ich zu ihm komme", antwortete Betula. „Er sagt, er hat etwas entdeckt. Aber dazu müsste ich durch eines dieser Wurmlöcher schlüpfen."

Frau Gierzahn beugte sich zum Sarg. „Ich würde so gerne schlüpfen. Ach, wenn ich doch nur könnte!"

„Das Holz der Särge ist ungeheuer stabil. Es gibt kaum Fraßschäden", sagte Sir William ermutigend.

Betula kaute nervös auf der Unterlippe. „Aber woher soll ich wissen, welches Wurmloch das richtige ist? Der Sargtischler könnte in jedes von ihnen gestiegen sein."

„Aber das ist doch ganz leicht", sagte Frau Gierzahn und schnappte sich die Kerze, um in die Särge zu leuchten. „Gleich hab ich es", murmelte sie und hielt die Kerze in die Särge. „Das hier ist es. Das mit der frischen Farbe dran", rief sie stolz und Betula ging zu dem Sarg, an dem die kleine Frau stand.

Betula zögerte noch immer.

„Nun mach schon", sagte Frau Gierzahn. „Schlüpf in den Sarg. Du brauchst keine Angst zu haben. Der Sargmacher ist auch immer wiedergekommen."

„Also gut. Wenn ich den Sargtischler finden will, muss ich zu Sir William", sagte Betula und ihre Stimme zitterte. Sie nahm all ihren Mut zusammen und kletterte in den Sarg. Das Licht in dem Wurmloch war jetzt hellgrün. Sie streckte ihren Kopf hin zum Licht und sogleich packte sie ein heftiger Sog. Doch dieses Mal hielt sie sich nicht fest, sondern ließ sich einfach mitreißen. Sie hörte ein Rauschen wie von Blättern und ein Knacken wie von trockenen Ästen. Dann war es still. Als sie die Augen öffnete, lag sie in einem Sarg, der mitten in Großvaters Werkstatt stand.

„Willkommen im Jahr 1879, Betula." Sir Williams Stimme klang so adlig und golden wie das Tafelgeschirr der englischen Königin zur Teezeit.

# Zweiundzwanzigstes Kapitel

## In dem Betula ihren Freund Sir William wiedersieht

Betula setzte sich auf und sah an sich hinunter. Sie hatte zwei Arme, zwei Hände und zehn Finger. Sie hatte zwei Beine und ihre Füße steckten in Sandalen. Sie fasste nach ihrem Kopf, nach den Ohren, ihrer Nase und nach dem Hals. „Puh", machte sie erleichtert. „An mir ist noch alles dran." Dann hielt sie nach ihrem kleinen Freund Ausschau. „Wo sind Sie, Sir William?"

„Ich bin hier. Rechts. Auf der Kante."

Betula drehte den Kopf und entdeckte den Wurm auf der Sargwand. Es schien, als wäre er gewachsen. Also einen ganzen Millimeter bestimmt. Und er hatte eine ordentliche Menge Haare auf seinem Köpfchen. Er winkte ihr mit seinen Beinchen zu. Betula lachte.

„Oh, wie ich mich freue, Sie zu sehen. Als Sie nicht mehr in Ihrem Schlupfloch waren, habe ich mir große Sorgen um Sie gemacht. Wie sind Sie bloß hierher gekommen?", fragte Betula.

„Das ist eine lange Geschichte", erwiderte Sir William.

Betula wusste, wie gern er die Geschichte erzählen wollte. „Ich denke für eine lange Geschichte haben wir jetzt leider keine Zeit", sagte sie deswegen höflich. „Ich will nämlich so schnell wie möglich zurück zu Großvater und Martha. Wer weiß, wie lange das Licht in dem Wurmloch noch leuchtet. Hätten Sie nicht eine kurze Geschichte?"

Sir William nahm sich erst einmal Zeit für einen tiefen Seufzer. Dann für noch einen und noch einen. Und dann erzählte er Folgendes: „Es war so. An einem Abend im Juni saß ich auf meiner Schlupflochkante und genoss die Stille.

Keiner, der redete, und auch niemand, der fraß. Du weißt, das kommt nicht oft in unserem Sarg vor."

Betula nickte und dachte: ‚Oje, das klingt nach einer sehr, sehr langen Geschichte.' Doch sie hörte dem kleinen Wurm zu. Sicherlich hatte er etwas sehr Schlaues zu erzählen.

„Da betrat Martha das Sarglager. Sie kam, um in den Regalen und in den Kisten herumzukramen."

„Was hat sie denn gesucht?", fragte Betula verwundert.

„Das hat sie mir nicht gesagt", entgegnete Sir William. „Jedenfalls, ihr Fuß stieß dabei ziemlich gemein gegen unseren Sarg. Ich glaub, sie tat es mit Absicht", sagte er. „Durch diesen Stoß muss sich dieser Pfropfen aus dem Holz gelöst haben, denn er fiel in das Innere des Sarges. An der Stelle des Pfropfens war nun ein Wurmloch, wie ich es noch nie zuvor gesehen hatte. Es war von gigantischer Größe. Gleich darauf vernahm ich ein unbestimmtes Knacken und Krachen im Holz. Eine schreckliche Angst packte mein armes kleines Wurmherz, denn ich glaubte, ein riesiges Tier würde nun seinen Kopf herausstecken. Rasch versteckte ich mich in einer Ecke meines Fraßganges. Als es eine längere Zeit still blieb, nahm ich all meinen Mut zusammen und schaute hinaus. Da entdeckte ich ein Licht in dem Wurmloch. Es leuchtete, so als hätte jemand ein buntes Lämpchen darin angeknipst. Ich schaute wie gebannt auf dieses Licht. Es ging an und dann aus, dann wieder an und dann wieder aus und dann wieder an und wieder aus, dann wieder …"

„Ich denke, ich habe es verstanden. Das Licht ging an und aus", warf Betula ein.

Sir William räusperte sich kurz, bevor er fortfuhr. „Ich fragte mich, woher dieses Licht kam. Diese Frage wollte mir einfach keine Ruhe lassen und darum beschloss ich am Morgen des vierten Tages, mein Schlupfloch zu verlassen und herauszufinden, was es mit dem geheimnisvollen Loch auf sich hat. Drei Tage habe ich gebraucht, um es zu erreichen. In dieser Zeit habe ich kaum gefressen und ich musste in verlassenen und äußerst unappetitlichen Schlupflöchern hausen. Immer wieder verschwand das Licht und immer wieder wollte ich aufgeben und umkehren. Doch ich habe all die Strapazen tapfer ertragen. Ich glaubte, all meine Mühen waren vergebens, aber da fiel der Pfropfen von selbst wieder heraus und dann …“ – Sir William machte eine bedeutungsvolle Pause – „… dann war ich endlich am Ziel. Voll ängstlicher Neugierde schaute ich in das wundersame Loch. Doch plötzlich packte mich ein gewaltiger Sog. Ich versuchte, mich mit all meinen Füßen zu halten, aber der Sog war stärker und ich schoss durch das gleißende Nichts hindurch. Meine Ahnen rauschten an mir vorbei und ich erblickte ihre entsetzten, grimmigen Gesichter. Sir Anulf Woodworm Wood rief mir zu: ‚Warum hast du unser Schlupfloch verlassen, Wurm William? Unser altehrwürdiges Schlupfloch, aus dem große Würmer hervorgingen!‘“ Sir Williams Stimmchen war in ein leises Wimmern übergegangen. Doch dann fasste er sich wieder. „Ich landete in einer kalten, düsteren Gruft. Nur ein einziger dünner Atemzug war mir vergönnt, bevor mich in einer nächsten schrecklichen Sekunde ein Mantelärmel erfasste. Ich suchte Halt, ich rutschte und mein armes Leben hing buchstäblich an einem Faden, an einem Faden aus roter Wolle.“ Sir William stöhnte.

Betula horchte auf. An einem Faden aus roter Wolle? Das war ganz sicher Augustas Mantel. Doch sie biss sich auf die Lippe und schwieg.

„Was dann passierte, weiß ich nicht mehr. Ich erwachte durch das ohrenbetäubende Schlagen eines Hammers. Ich fand mich auf dem Boden eines Sarges wieder und hatte keine Ahnung, wo ich war. Da tauchte plötzlich ein Gesicht über mir auf. Es gehörte einem alten Mann, den ich noch nie zuvor gesehen hatte. Geistesgegenwärtig machte ich mich flach wie ein Spänchen. Ich stellte mich …“ Sir William ließ sich auf den Rücken fallen und streckte acht steife Beinchen von sich. „… tot.“

„Das war wirklich schlau von Ihnen und sehr, sehr mutig“, sagte Betula teilnahmsvoll.

Sir William setzte sich wieder auf. „Nicht so mutig, wie man denken könnte, denn ich hatte ja keine Ahnung, dass dies der Sargtischler war und jeder Holzwurm bei ihm willkommen ist“, erwiderte Sir William. „In seiner Sargtischlerei herrschen geradezu paradiesische Zustände für Holzinsekten. Niemand krümmt uns hier auch nur ein Härchen, weil wir uns durch das Holz nagen. Kein fieser Nagel, der uns aufspießt, kein gemeiner Finger, der uns wegschnipst, und kein ekelhafter Holzwurmtod, der uns vergiftet. Das Nagen ist sogar ausgesprochen erwünscht.“ Sir William biss herzhaft in das Holz. „Mmmh. Das ist wirklich gut. Das Holz ist trocken und knackig. Naja, im Abgang ist es noch etwas zu bitter. In hundert Jahren wird es ein wahrer Gaumenschmaus sein“, sagte er schmatzend.

Da spürte Betula, dass sie ebenfalls hungrig war. Ihr Magen knurrte, dass sie es hören konnte. Sie packte ein Stück von dem Kuchen aus und aß es. Den Rest steckte sie zurück in ihre Rocktasche.

„Und nun nimm mich auf deinen Finger, Betula, und führe mich herum“, forderte Sir William. „Ich werde dir erzählen, was ich alles herausgefunden habe. Du wirst Augen und Ohren machen. In dieser Werkstatt werden nämlich nicht nur Särge gebaut.“

Betula zögerte. „Aber wenn uns jemand sieht?“

„Kein Grund zur Sorge“, entgegnete Sir William. „Der Sargtischler ist heute Morgen erst von einer Reise zurückgekehrt. Den Rest des Tages wird er verschlafen.“

„Wohnt der Sargtischler hier ganz allein?“, erkundigte sich Betula.

„Nein. Deine Ururgroßeltern wohnen auch im Haus. Ich habe sie vor zwei Stunden mit einer Kutsche davonfahren hören. Außer dem Sargtischler kann niemand diesen Raum in der Werkstatt betreten. Nur er hat einen Schlüssel für diese Tür. Und nun leih mir deinen Finger“, rief Sir William voller Ungeduld.

Betula streckte ihren Zeigefinger aus. Vorsichtig, ganz vorsichtig schob sie ihn unter den kleinen Wurm. Dann stieg sie über die Sargwand – und betrat die Vergangenheit. Erst in diesem Augenblick konnte es Betula fassen. „Ich bin tatsächlich in der Werkstatt des fröhlichen Sargtischlers“, rief sie übermütig und wünschte, ihr Großvater könnte sie sehen. Denn wie bei ihm stapelten sich auch hier die Särge in allen Ecken. Unzählige Farbtöpfe standen herum, einige waren umgestoßen und bildeten kleine bunte Seen auf dem Boden. Auf der Hobelbank lag ein dickes Buch über Insekten. Davor stand ein gemütlicher Schaukelstuhl und gleich daneben ein Grammophon. Außerdem waren da noch in Holz eingerahmte Sammlungen von toten Käfern, eine schwarze Schiefertafel mit einer Reihe Zahlen drauf und ein großer Abakus mit bunten Holzkugeln. An der Tür stand ein langes Regal aus dicken Eichenbrettern. Es war über und über voll mit Apothekergläsern beladen und reichte bis unter die Werkstattdecke.

„Lass uns mit dem Regal dort drüben beginnen“, schlug Sir William vor. Betula lenkte ihre Füße in diese Richtung. Erst jetzt vernahm sie ein eigenartiges Rauschen. Es kam eindeutig aus dem Regal.

„Komisch. Die Gläser sind alle mit Sägespänen gefüllt“, sagte Betula verdutzt. „Aber was rauscht dann hier so?“

Betula musste den Finger, auf dem Sir William saß, dicht an ihr Ohr heben, um den kleinen Wurm noch zu verstehen. „Schau genauer hin. Das Rauschen kommt aus den Gläsern“, rief er ihr zu.

Betula streckte eine Hand aus, und in dem Moment, als sie ein Glas berührte, verstummte das Rauschen. Sie nahm das Glas und schüttelte es so lange, bis viele kleine Holzwurmlarven zum Vorschein kamen. Betula runzelte die Stirn.

Sir William lachte laut und rief mit einer Stimme, als wäre

er der König der Würmer: „Du stehst hier vor der wahrscheinlich größten Holzwurmzucht der Welt. In diesen dreihundertdreiunddreißig Gläsern befinden sich mehr als zehntausend Larven eines sehr nagefreudigen Anobium punctatums."

Betula staunte mit weit aufgerissenen Augen. „Wozu braucht der Sargtischler so viele Holzwürmer?"

„Diese Frage stellte ich mir auch. Ich hatte viele Gelegenheiten, den Sargtischler zu beobachten. Er führt sehr interessante Selbstgespräche und so fand ich eine Antwort. Pass auf, ich werde es dir erklären. Wie du siehst, sind die Gläser mit unterschiedlichen Spänen gefüllt. Zuerst kommen die Larven in die Gläser mit den weißen Spänen, die mehr als die Hälfte aller Gläser auf diesem Regal ausmachen. Die gefräßigsten Larven aus diesen Gläsern kommen dann in die Gläser mit den weißgelben Spänen. Es sind schon deutlich weniger, wie du siehst. Wer sich hier ebenfalls als gefräßig zeigt, kommt in die Gläser mit den gelben Spänen und so weiter und so weiter. Nur die gefräßigsten Larven schaffen es in ein Glas mit den dunkelbraunen Spänen", erklärte Sir William. Dann ergänzte er: „Ich bin mir ziemlich sicher, dass ich die richtigen Schlüsse aus meinen Beobachtungen gezogen habe. Dennoch würde ich gern von einem weißen, einem gelben und einem dunkelbraunen Span probieren. Würdest du sie mir bitte reichen, Betula?"

Betula setzte Sir William auf dem Regal ab. Dann fischte sie jeweils einen Span aus den Gläsern und hielt sie ihm nacheinander hin. Er nahm von jedem eine Kostprobe und kam zu folgendem Ergebnis. „Meine Vermutung bestätigt sich. Alle drei sind Birkenholzspäne. Mit dunkler werdender Farbe werden die Späne härter."

Betula hatte noch nicht so ganz den Sinn dieser Holzwurmzucht verstanden. „Der Sargtischler züchtet also Holzwürmer, die harte Birkenspäne mögen?" Fragend zog sie die Schultern hoch zu den Ohren.

„Er züchtet Holzwürmer, die enorm hungrig sind und einen sehr, sehr kräftigen Unterkiefer haben, damit sie sich durch Birkenholz nagen können, das hart wie Stein ist. Wie du siehst, schaffen es nicht viele. Schon bei den hellbraunen Spänen lässt der Appetit der Larven deutlich nach. Das Holz ist einfach zu hart für sie."

Betula zählte die Gläser mit den dunkelbraunen Spänen. Es waren nur drei. Moment, war da nicht noch ein viertes in der untersten Reihe? Es stand etwas versteckt. „Warum nehmen Sie nicht auch davon eine Kostprobe?", fragte Betula. Sie hielt ein Glas mit teerschwarzen Spänen in der Hand und hatte schon einen neugierigen Finger im Glas.

„NICHT!", schrie Sir William und kringelte sich zusammen.

Erschrocken zog Betula den Finger zurück. „Was ist mit dem Glas?"

„Stell es sofort wieder zurück!", rief Sir William in Panik.

Betula gehorchte.

Rasch stellte sie das Glas auf den Platz zurück, an dem es zuvor gestanden hatte. Aber neugierig war sie doch. „Wollen Sie mir nicht erzählen, was in dem Glas ist?"

Sir William kringelte sich wieder auseinander. Doch er klang noch immer ängstlich. „Auf dem Boden dieses Glases wohnt die gefräßigste Larve des Anobium punctatums, die du dir vorstellen kannst. Von zehntausend Larven vermochte es nur diese eine, sich bis zum Glas mit den schwarzen Spänen durchzufressen. Der Sargtischler hat ein riesiges Monster erschaffen, einen Piranha-Wurm. Er hat Zähne so scharf wie Messer und einen Kiefer so hart wie Stahl."

Betula wollte diesen Wurm auf der Stelle kennenlernen, deshalb klopfte sie mit dem Fingerknöchel an das Glas. Prompt raschelte es darin und die schwarzen Holzspäne stellten sich zu einem unheilvollen Hügel auf. Etwas Dunkles schob sich auf dem Boden des Glases entlang. Und dann sah sie ihn, den Piranha-Wurm, das Monster, vor dem sich Sir William so sehr fürchtete. Er war jetzt ganz dicht an der

Glaswand. „Erstaunlich“, murmelte Betula. Aber dann lachte sie laut los. „Haha! Wie der aussieht. Der ist ja rosarot wie ein Schweinchen!“

Der Wurm fletschte die Zähne. „Ich bin ein ganzer Kerl!“, hörte sie ihn knurren.

„Oh ja, das bist du“, sagte Betula zärtlich, als wollte sie dem Piranha-Wurm sogleich sein rosa Köpfchen tätscheln. Ein gewöhnlicher Wurm wie Sir William war ungefähr so groß wie ein halber Fingernagel. Dieses Exemplar aber brachte es auf die Größe eines Daumens und war damit ein wirklicher Riese von einem Holzwurm. Ein ganzer Kerl eben!

„Ich frage mich nur, wozu ein Sargtischler so einen Vielfraß wie dich braucht“, sagte Betula und wandte sich von dem Glas ab.

Sir William ließ sich zu einem kurzen, überheblichen Gekicher hinreißen. „Tststs ... das fragst du dich, Betula? Der Sargtischler braucht ihn natürlich für seine Wurmlöcher. Dass ich dir aber auch alles erklären muss.“ Sir William schüttelte missbilligend den Kopf. „Nimm mich auf deinen Finger und führe mich zu dem Sarg.“

„Zu welchem Sarg wollen Sie denn?“, fragte Betula und streckte ihm den Finger hin. „Hier gibt es so viele.“

„Zu dem da drüben, zu dem ohne Farbe“, antwortete Sir William und kroch auf Betulas Zeigefinger. „Den hat dein Ururgroßvater Max erst gestern fertiggebaut. Er ist ihm ausgesprochen gut gelungen.“

Betula ging mit Sir William zum Sarg. Er hatte nur ein einziges Wurmloch. Auch das war etwa so groß wie eine Haselnuss.

„Betrachte aufmerksam die Maserung des Holzes, Betula“, sagte Sir William mit Nachdruck.

Betula sah sich das Holz genau an und zupfte sich dabei an der Unterlippe. Sie fragte sich, ob das nicht der Sarg sein könnte, den ihr Ururgroßvater Max mit der Axt zerstören würde.

„Nun, was kannst du aus der Maserung des Holzes erkennen?“, erkundigte sich Sir William ungeduldig.

„Ja, also, die Maserung entsteht durch die Jahresringe, nicht wahr?“, setzte Betula an. „Für jedes Jahr bekommt der Baum einen Ring.“

„Das ist korrekt“, stimmte Sir William zu. „Weiter so. Was siehst du noch?“

„Dieses Holz hier hat eine wirklich schöne Maserung“, fuhr Betula fort. „Am oberen Bereich des Sarges sieht sie aus wie kleine Flammen und hier unten schlägt sie sogar einen Wirbel, der schwarz ist wie Lakritze. Für eine Birke ist diese Maserung sehr ungewöhnlich und viel zu dunkel.“

Sir William schien zufrieden mit der Antwort. Sein kleines Köpfchen nickte. „Und nun sage mir, wo das Wurmloch sitzt. Sein Platz im Holz ist von außerordentlicher Bedeutung“, betonte er.

„Das Wurmloch sitzt mitten in diesem schwarzen Wirbel“, antwortete Betula. Sie beugte sich nach vorn, um zu schauen, ob ein Licht darin leuchtete. Aber sie konnte keines sehen. „Was ist denn an dem Wirbel so besonders?“

Sir William räusperte sich. „Diese Wirbel sind durch das mehrfache Ineinanderfalten der Jahresringe beim Wachstum des Baumes entstanden. An diesen Stellen kommt es zu einem Faserknäuel. Jahresringe aus jungen Jahren verwachsen mit Jahresringen aus älteren Jahren. Es handelt sich um eine äußerst seltene Wuchsanomalie bei diesem Baum.“

Betula stolperte über das komplizierte Wort. „Eine seltene was?“

„Eine seltene Wuchsanomalie. Ein Holzfehler. Bäume dieser Art sind beliebt bei den Menschen. Ihre Maserung gilt als sehr dekorativ. Dürfte ich dich bitten, mich auch hiervon eine Kostprobe nehmen zu lassen?“

Daraufhin legte Betula die Fingerspitze an die Stelle, wo der Wirbel saß. Sir William kroch ein Stück nach vorn, bis er nah genug war, um mit seinen Zähnchen etwas von dem

Holz zu nagen. Betula hörte aber nicht das leiseste Schmatzen, sondern nur ein kurzes Kratzen. Dann stöhnte der kleine Wurm vor lauter Anstrengung auf und schüttelte sich. „Das habe ich mir gedacht. Ein vernünftiger Holzwurm käme niemals auf die Idee, sich in solch einen Holzfehler hineinzufressen. Das Holz ist an dieser Stelle ungenießbar. Es schmeckt bitter und vor allem ist es sehr, sehr hart. Ich habe mir beinahe einen Schneidezahn daran ausgebrochen."

„Darum also kam der Sargtischler auf die Idee, sich einen speziellen Wurm zu züchten", schlussfolgerte Betula.

„Abermals korrekt", rief Sir William erfreut.

Betula überlegte weiter. „Aber warum nimmt der Sargtischler nicht einfach einen Bohrer, um ein Loch in den Wirbel zu bohren?", fragte sie.

„Das ist eine sehr gute Frage. Ich hatte gehofft, dass du sie stellst. Ich habe folgende Theorie: Mit einem Bohrer kann er nur ein gewöhnliches Loch bohren. Es wäre ein Loch im *Holz*, weiter nichts. Nur wenn sich ein Wurm durch die Jahresringe frisst, entsteht ein Loch in der Zeit", sagte Sir William und nagte dann nachdenklich an einem weißen Holzspänchen, das noch zwischen seinen Füßchen klemmte.

„Wenn Sie ständig essen, bekomme ich auch Hunger", sagte Betula und wickelte ein weiteres Stück Kuchen aus dem Alupäckchen. Als sie aus dem Fenster schaute, saß die Sonne wie ein reifer roter Apfel auf der Gartenhecke.

Plötzlich zuckte sie zusammen. Jemand war an der Tür, denn sie hörte, wie ein Schlüssel im Schloss herumgedreht wurde.

# Dreiundzwanzigstes Kapitel

## In dem der fröhliche Sargtischler ziemlich traurig aussieht

Mit einem Satz verschwand Betula hinter der Hobelbank. Zum Glück fiel Sir William ihr bei diesem riskanten Manöver nicht vom Finger. Durch einen handbreiten Spalt zwischen den Schleifpapierrollen, die in den Ablagen unter der Hobelbank standen, sah Betula, wie sich die Tür öffnete.

„Das ist er", flüsterte Sir William. „Gib acht, dass er dich nicht sieht, Betula! Es wäre eine Katastrophe, die Zeit würde durcheinandergeraten. Jede kleinste Veränderung in der Vergangenheit könnte große Auswirkungen auf deine Familie in der Zukunft haben." Und da stand der Sargtischler auch schon mitten in der Werkstatt.

Betula linste vorsichtig aus ihrem Versteck zu ihm hinüber. „Augusta hat recht. Er sieht kein bisschen gruselig aus", flüsterte sie.

Der fröhliche Sargtischler war genauso gekleidet wie auf dem Bild, das das Lichtspiel auf ihr Papier geworfen hatte. Er trug den gleichen himmelblauen Anzug und seine Hosenbeine waren auch jetzt voller bunter Farbkleckse. Es fehlte nur die Sonnenbrille. Aber irgendetwas schien ihn zu bedrücken, denn er sah überhaupt nicht fröhlich aus. Seine weißen Schläfenhörnchen hingen traurig nach unten und seine Stiefel bewegten sich nur schleppend über den Holzboden. „Vielleicht hätte ich ihm von den Wurmlöchern erzählen sollen. Jedoch, er ist ein sturer Esel, dieser Max. Ich kann ihm nicht trauen", grübelte der Sargtischler laut vor sich hin. An der Schiefertafel blieb er stehen und starrte eine Weile missmutig auf sein Zahlengekritzel. Schließlich schüttelte er den Kopf. Er nahm einen feuchten Schwamm und wischte alles weg. Dann nahm er den Schiefergriffel und begann, etwas zu zeichnen, wobei der Griffel laute Kratzgeräusche machte. Nach nur wenigen Strichen erkannte Betula einen Sarg. Der Sargtischler schrieb die Zahl 1879 daneben. Dann zeichnete er einen zweiten Sarg und beschriftete diesen mit der Nummer 1980. Er senkte die Hand, trat einen Schritt zurück und betrachtete schweigend seine Zeichnung. Kopfschüttelnd schrieb er ein großes Fragezeichen zwischen die Särge und legte den Schiefergriffel weg. Der Sargtischler griff in seine Hosentasche und zog raschelnd etwas heraus.

Betula erkannte, dass es sich um ein Stück Papier handelte. Nach einem tiefen Seufzer las der fröhliche Sargtischler laut vor sich hin: *„Die Familie Krummnagel gehört zu den ältesten Tischlerfamilien der Stadt und um keine andere Familie ranken sich so seltsame Geschichten. Schon vor 101 Jahren hieß es, Max Krummnagel, ein Vorfahre der Familie, stünde unter einem bösen Fluch, der ihn zwänge, Särge zu bauen. Seinen Enkel Ferdinand zwingt dieser Fluch bis zum heutigen Tag zur Fortführung dieses Handwerks, obwohl er die Särge hasse, wie er sagt. Martha Krummnagel peinigt der Fluch mit sprechenden Holzwürmern, worunter sie sehr leide."* Betula hatte die Luft angehalten. Das war der Zeitungsartikel, den der Sargtischler zuvor in der Gruft aus der Zeitung gerissen haben musste.

„Warum nur hasst er die Särge? Sie sind doch so schön", murmelte der Sargtischler vor sich hin. „Warum nur leidet sie unter den sprechenden Holzwürmern? Sie sind doch so unterhaltsam." Er schüttelte traurig den Kopf. Die nächsten Zeilen überflog er nuschelnd, dann wurde seine Stimme wieder deutlicher. *„Schon beinahe legendenhaft sind die Geschichten über die Gestalt des fröhlichen Sargtischlers, dem einmal diese Werkstatt gehört haben soll. Noch heute ist sein plötzliches Verschwinden ein ungelöstes Rätsel."*

Der Sargtischler hielt inne. „Verdammt", fluchte er. „Plötzliches Verschwinden? Ein ungelöstes Rätsel? Was wird mit mir passieren?" Sein Blick sprang zurück zur Tafel. Verwirrt starrte er auf seine Zeichnung. Dann nahm er den Schiefergriffel, wischte mit der Faust das Fragezeichen weg und schrieb mit zitternder Hand eine Zahl: 101. Seine Augen weiteten sich, als er auf diese Zahl starrte. „Gütiger Gott! Ich werde einhundertundein Jahr im Holz schmoren!“, rief er und der Schiefergriffel glitt ihm aus der Hand.

„Ich finde seine Reaktion etwas überspannt, Betula“, flüsterte Sir William plötzlich und Betula zuckte kurz zusammen. „Was ist so schrecklich daran, einhundertundein Jahr im Holz zu bohren? Übrigens, ich habe Hunger. Könntest du mir diesen Sägespan vom Boden reichen? Der weiße, gleich neben deinem Schuh, sieht äußerst appetitlich aus.“

Betula wollte etwas erwidern, aber da taumelte der Sargtischler rückwärts und stolperte über seine eigenen Stiefel. Für die Dauer von drei Sekunden bangte Betula, er könne sich ernsthaft verletzen. Zum Glück landete der Sargtischler weich im Schaukelstuhl. Doch kaum dass er saß, sprang er wieder auf und griff an seine Gesäßtasche. Er hatte sich auf eine Blutwurst gesetzt, die jetzt sehr unappetitlich aus ihrer Pelle quoll. Mit angewidertem Blick ließ er sie fallen und so klatschte sie nur einen Meter vor Betulas Versteck auf den Boden.

Betula hielt vor Schreck die Luft an, doch der Sargtischler achtete gar nicht auf die Blutwurst. Stattdessen lehnte er sich weit in den Schaukelstuhl zurück, hob die Beine und stupste sich immer wieder mit den Stiefelfersen von der Hobelbank ab. Während er so vor- und zurückschaukelte, seufzte er traurig, und schwarze Farbe tropfte von den Schäften seiner Stiefel.

„Fröhlicher Sargmacher!“, rief da plötzlich eine Kinderstimme. Sie kam von draußen, vom Hof. Der Sargtischler zuckte zusammen und sprang auf die Füße, dass die schwarze Farbe nur so spritzte.

„Sind Sie da?“, fragte da auch schon die Kinderstimme ganz nah hinter der Tür.

Der Sargtischler huschte zur Tür und spähte durch einen Spalt nach draußen. „Das ist mir heute gar nicht recht", antwortetet er mit hörbarem Unwillen. Betula reckte neugierig den Hals. ‚Ist das nicht Augustas Stimme?', fragte sie sich in Gedanken.

„Aber ich brauche dringend neue tote Käfer, Sargmacher", rief das Kind.

„Das ist doch die Stimme des kleinen Fräuleins mit dem roten Mantel, an dem mein armes Leben von der Gruft bis hierher hing", sagte Sir William.

„Also gut. Komm herein", willigte der Sargtischler ein und öffnete die Tür. In kleinen blauen Riemchensandalen hüpfte Augusta freudestrahlend in den geheimen Raum der Werkstatt. Offenbar nicht zum ersten Mal. Unter dem Kupferteller, der an einem Draht von der Decke hing, blieb sie stehen. Dann schaute sie nach oben und streckte den Arm aus. Doch sie war zu klein, sie reichte nicht an den Teller heran. „Fröhlicher Sargmacher! Sie müssen mir helfen!", rief sie ungeduldig und sprang auf und ab. Der Sargtischler stellte einen Hocker unter den Kupferteller, stieg darauf und zündete die Kerze an, die sich im Teller befand.

„Wie viele Käfer sind es?", fragte Augusta gierig.

Der Sargtischler griff in den Teller und stieg vom Hocker. „Eine ganze Handvoll. Die armen Viecher. Ich hätte schon längst das zerbrochene Fenster neben der Hobelbank reparieren sollen."

Augusta hielt ihm eine weiße Handschuhhand entgegen. Der Sargtischler schüttete die Käfer darauf. Augusta kicherte schadenfroh und ließ die Käfer in ihrer Manteltasche verschwinden. „Warum sind die auch so dumm und fliegen in die Kerze hinein. Ihnen ist es wohl draußen zu dunkel."

„Du Dummchen", sagte der Sargtischler und lachte. „Draußen ist es doch in der Nacht stockfinster. Da leuchtet nur der schöne, runde Mond. Wenn die Käfer nachts umherfliegen, orientieren sie sich an seinem Licht. Wenn sie in die

Kerze fliegen, dann nur darum, weil sie das Licht des Mondes von dem der Kerze nicht unterscheiden können."

„Dann sind sie trotzdem dumm, wenn sie eine Kerze für den Mond halten."

Augusta schmollte. Wahrscheinlich, weil er sie Dummchen genannt hatte. Doch dann lächelte sie. „Aber meine Fledermausbabys brauchen Futter. Sie sollen groß und stark werden."

„Dein Futter hast du ja jetzt und nun geh. Es ist spät. Du solltest längst schlafen, Augusta", sagte der Sargtischler streng.

Das Mädchen schüttelte den Kopf. „Wenn es draußen hell ist, kann ich nicht zu Ihnen kommen. Im Heim würden sie es sofort bemerken, wenn ich fehle." Und statt zur Tür hüpfte sie zu den bunten Särgen in der Ecke. „Bitte, Sargmacher. Verraten Sie mir, wie Sie zwischen den Särgen hin und her reisen. Kann ich das auch?"

Der Sargtischler schüttelte den Kopf. „Nein", sagte er bedrückt.

Augusta zog eine Schnute. Ihr Blick fiel auf seine Stiefel. „Die Farbe in Ihren Stiefeln ist ja gar nicht bunt wie sonst. Sie haben wohl heute zu viel von der schwarzen Farbe getrunken", rief sie erschrocken.

Der Sargtischler schüttelte den Kopf. „Ach, Augusta. Auf mich wartet ein schreckliches Schicksal, wenn ich nicht ..." Doch er sprach nicht weiter. Stattdessen dachte er einen Moment lang so angestrengt nach, dass man fast hören konnte, wie es in seinem Kopf knirschte. „Ich hab es!", rief er und sah Augusta strahlend an. „Gut, dass du gekommen bist. Du musst mir einen Gefallen tun, Augusta."

„Aber ja. Was kann ich denn für Sie tun?", fragte sie glücklich.

Der Sargtischler kramte hektisch auf der Hobelbank herum. Das konnte Betula hören. Er war jetzt so nah, dass sie die schwarze Farbe in seinen Stiefeln riechen konnte. Sie roch, nein, sie stank und ließ Betula an zerdrückte Marienkäfer denken. Sie wusste, dass Marienkäfer unechtes Blut absonderten, wenn sie glaubten, in Gefahr zu sein. Weil es unangenehm roch und giftig war, schützte es sie so vor ihren Fressfeinden.

„Sie wollen einen Brief schreiben!“, erriet Augusta.

Jetzt war das hektische Kratzen eines Stiftes zu hören. Dann lief der Sargtischler umher, hier und da griff er in eine Kiste, konnte sich aber für nichts entscheiden und schüttelte über seine Zerstreutheit den Kopf. Und dann sah Betula, wie der Sargtischler ein Blatt Papier zusammen mit dem Zeitungsartikel in einen Umschlag steckte und ihn verschloss.

„Für wen ist denn der Brief?“, fragte Augusta neugierig.

Der Sargtischler sah sie eindringlich an. „Für meinen Neffen. Er heißt Fürst Alexander von Gras. Du musst mir versprechen, den Brief, so schnell du kannst, zur Post zu bringen.“

„Mach ich“, versprach Augusta und hüpfte stolz zur Tür. Dort blieb sie noch einmal stehen und warf einen verschwörerischen Blick über ihre schmale Schulter. „Aber morgen verraten Sie mir den Trick! Vielleicht kann ich es ja doch lernen, und wie Sie durch die Wurmlöcher schlüpfen.“

Der Sargtischler schaute sie an. „Das wäre im Moment viel zu gefährlich für dich. Und jetzt beeil dich, Augusta. Die Postkutsche fährt pünktlich um vier vom Bahnhof ab.“

„Ja, ja“, rief Augusta und dann war sie verschwunden.

Der Sargtischler ging zu einem Regal hinüber, zog eines der Gläser hervor und griff hinein. Als er seine Hand wieder herauszog, saß auf seiner Fingerspitze eine kleine Larve. Betula wollte sich etwas aus ihrem Versteck wagen, um den Sargtischler besser beobachten zu können. Doch da hörte sie durch das kaputte Werkstattfenster das Klappen von Hufen. Es wurde immer lauter und dann mischte sich sogar das Schnaufen eines Pferdes dazu. Dann wurde eine Tür laut zugeschlagen. Kurz darauf vernahm sie zwei Stimmen.

Während die Männerstimme sehr aufgebracht war, versuchte die Frauenstimme zu beschwichtigen.

„Ich schwöre dir Klara, an der Sache ist was faul. Warum sonst schickt er uns einfach so in den Urlaub. Ich habe genug von diesem verrückten Kauz und seinen Särgen."

„Aber Max. Denk doch an unser Baby! Er gibt uns alles, was wir zum Leben brauchen. Er will doch nur, dass du die Särge für ihn baust, weil er es nicht kann."

„Ja, er kann es nicht. Er kann nur Farbe herumspritzen. Aber niemand in der Stadt will einen Sarg von einem Tischler, der mit dem Teufel im Bunde steht. Und *er* ist der Teufel. Ich habe es mit eigenen Augen gesehen, wie er aus der Gruft im Friedhof gestiegen ist. Die Leute haben Angst. Und bald werden sie ihn und uns vertreiben wollen."

Der Sargtischler schien die beiden nicht zu hören. Betula sah, wie sich seine Lippen bewegten, während er dem winzigen Wurm auf seiner Hand geheimnisvolle Worte zuraunte. Betula wurde ganz nervös und ein banges Stöhnen kroch aus ihrer Kehle. Warum hatte Augusta bloß vergessen, die Tür zu schließen? Sperrangelweit stand sie offen.

Sir William bemerkte Betulas Unruhe. „Denke ja nicht daran, ihn zu warnen", hielt er sie zurück. „Die Auswirkungen für deine Zukunft sind unabsehbar."

Ein ruppiger Windstoß ließ die Kerze im Kupferteller flackern, ein paar tote Käfer rieselten zu Boden – und dann marschierte Max Krummnagel mit festen Schritten in die Werkstatt hinein und ging weiter bis hin zu diesem Raum, den er noch nie zuvor betreten hatte.

Ein dunkler Schatten lag auf seinem Gesicht. „Das also ist Ihr Versteck", polterte er.

Der Sargtischler erschrak gewaltig und fuhr herum. Bleich stand er da und schob eine zitternde Hand in seine Jacketttasche, um den Wurm zu verbergen. Er setzte ein groteskes Lächeln auf. „Dieser Raum ist für Fremde verboten", sagte er. „Es sei denn, Sie sind ein Freund der Holzinsekten."

Max schnaufte und funkelte böse. „Draußen auf dem Werkstattschild steht M. K. und das sind die Anfangsbuchstaben *meines* Namens: Max Krummnagel. Denn Sie haben ja wohl keinen. Sie ... Sie ... fröhlicher Sargtischler! Und nun hören Sie mal gut zu! *Ich* werde ab jetzt bestimmen, was in dieser Tischlerei gebaut wird. Mit den fröhlichen Särgen ist ein für alle Mal Schluss."

„Aber Max", hob Klara an, die ihm gefolgt war, und rang die Hände.

„Weib, du hältst dich da raus", knurrte Max.

Der Sargtischler streckte ihm mit einladender Geste eine blasse Hand entgegen. „Mein Name ist Ilarion von Gras. Ilarion der Fröhliche. Sie haben mich nie nach meinem Namen gefragt."

Max starrte auf die Hand. Doch statt sie zu ergreifen, spuckte er darauf. Der Sargtischler schaute irritiert in seinen Handteller, sah wieder auf und versuchte erneut zu lächeln. Er machte ein paar ungelenke Schritte durch den Raum, wobei schwarze Farbe aus seinen Stiefeln schwappte. Max beobachtete unverwandt jede seiner Bewegungen. Nervös fuhr er immerfort mit den Daumen unter die Hosenträger und ließ sie schnippen. Der Sargtischler blieb an einem Tisch stehen und griff nach dem schwarzen Kästchen, das darauf stand. Betula erkannte es sofort wieder. Es war das schwarze Kästchen, das Martha damals im Sekretär gefunden hatte. Für einen Sekundenbruchteil öffnete der Sargtischler den Deckel und ließ den Wurm aus seiner Hand darin verschwinden.

‚Der Wurm! Er wird sich in einen Käfer verwandeln und zum Wächter des Fluches!', begriff Betula plötzlich.

Der Sargtischler ging vorsichtig einige Schritte zurück, seinen Blick fest auf Max geheftet. „Sie haben ein schönes Haus, einen Garten. Und Geld haben Sie auch genug", begann der Sargtischler. Seine Stimme war so farblos wie Wasser. Am Sarg, den Max zuletzt gebaut hatte, blieb er stehen. „Sie gaben mir dafür Ihr Versprechen, Särge zu bauen. Es hat zwar ein wenig gedauert, aber dieser Sarg hier ist Ihnen ausgesprochen gut gelungen, Herr Krummnagel. Sie haben wirklich Talent. Ich dagegen habe leider kein Geschick für das Holz. Mein Element ist die Farbe“, sagte er mit einem verzerrten Lächeln.

„Pff“, machte Max geringschätzig. „Ich kann diese Totenkisten nicht ausstehen.“

Das Lächeln des Sargtischlers erstarb. „Nun denn. Wenn Sie keine Särge bauen *wollen*, wird Ihr Schicksal Sie dazu zwingen“, sagte der Sargtischler. Sein Blick sprang von einem Sarg zum anderen, als suche er nach einem Fluchtweg.

„Er sucht ein Wurmloch“, flüsterte Betula Sir William zu.

„Aber es sind alle aus. In keinem einzigen leuchtet ein Licht“, erwiderte ihr kleiner Freund.

Das erkannte der Sargtischler wohl auch, denn er seufzte ob der scheinbar aussichtslosen Lage, in der er sich befand. Da blieb sein Blick am Fußende des Sarges hängen, vor dem er stand. Seine Mundwinkel schnellten nach oben. „Haha“, rief er und machte einen Freudensprung in die Luft. Das Schwarz in den Stiefeln war augenblicklich verschwunden, und als sie geräuschvoll auf den Boden aufsetzten, spritzte kunterbunte Farbe aus ihnen nach allen Seiten. „Vielleicht kann ich Sie umstimmen, indem ich Ihnen mit diesem wunderschönen Sarg etwas demonstriere. Sie werden staunen, Herr Krummnagel.“

Jetzt hatte Betula das Licht ebenfalls entdeckt. Oh, wie herrlich es in dem Wurmloch leuchtete! Es war hellblau wie eine Kornblume auf der Sommerwiese. Doch was hatte der Sargtischler vor? Hatte er sich dazu entschlossen, Max das Geheimnis über die Särge anzuvertrauen? Wollte er so seinem Schicksal entkommen? Oder wollte er durch dieses Wurmloch fliehen und hoffte, durch ein anderes wieder zurückzukommen?

Max lachte laut los über den Vorschlag des Sargtischlers.

„Also gut. Demonstrieren Sie!“, rief er spöttisch.

Der Sargtischler stieg in den Sarg. Hatte er denn gar keine Angst? Betulas Herz schlug wie eine Trommel.

# Vierundzwanzigstes Kapitel

## In dem Betula und Sir William aus der Vergangenheit fliehen

Um mit dem Kopf nah genug am Wurmloch zu sein, musste sich der Sargtischler verkehrt herum in den Sarg legen. Sein Kopf zeigte zum Fußende und seine Füße zum Kopfende. Diese unbeobachtete Sekunde nutzte Max, um in den Nebenraum zu eilen und seine Axt zu holen. „Ach ja", rief da der Sargtischler, wie jemand, der an einen unterbrochenen Gedanken wieder anknüpfte. Ein Zeigefinger tauchte über der Sargwand auf. „Fast hätte ich es vergessen. Kommen Sie nicht auf die Idee, den Sarg zu zerstören, denn sonst ..."

„Sonst was?", fragte Max drohend und trat einen Schritt heran, die Axt hinter seinem Rücken verborgen.

„Dein Ururgroßvater macht mir langsam Angst, Betula", rief Sir William.

Der Sargtischler hob seinen Kopf und lächelte verschmitzt zu Max hinauf. „Sollten Sie so dumm sein und den Sarg zerstören, nun ja, dann werden Sie und Ihre Nachfahren bis in alle Ewigkeit verflucht sein. Also legen Sie brav Ihre Axt beiseite und lassen Sie sich von meinem kleinen Kunststück verzaubern."

Betula presste die Lippen aufeinander, aus Angst, sie könne laut losschreien und den Sargtischler warnen. Sie sah noch, wie er langsam seinen Kopf zum Wurmloch drehte.

„Himmel, Arsch und Wolkenbruch", brüllte Max und in der nächsten Sekunde fuhr die Axt auf den Sarg nieder, dass das Holz nur so krachte. Dann herrschte eine entsetzlich lange Totenstille.

„Was hast du getan?", schrie Klara, die Hände vor ihr Gesicht gepresst. „Du hast ihn getötet!"

Max stand da und glotze verdattert in den Sarg. „Papperlappapp“, donnerte er. „Er ist durch dieses Loch verschwunden. Ich hab es genau gesehen. Er war weg, bevor ich zugeschlagen habe.“ Er machte Anstalten, die Axt aus dem Holz zu ziehen, die einen langen Spalt in den Sarg geschlagen hatte, genau dort, wo das Wurmloch war. Ließ dann aber davon ab.

Klara starrte nun ebenfalls in den leeren Sarg und schlang dabei die Hände um ihren dicken Bauch, als wolle sie ihn beschützen, den kleinen Paul, der sich in Betulas Vorstellung darin erschreckt zusammenkauerte. „Du hast großes Unglück über unsere Familie gebracht“, schluchzte sie und eilte hinaus.

Max trat mit dem Stiefel gegen den Sarg. Einmal, zweimal, dreimal, als könne er den Sargtischler aus dem Wurmloch wieder herausklopfen. Als nichts passierte, wandte er sich ruckartig zum Tisch, auf dem das schwarze Kästchen stand. Entschlossen ging er darauf zu. Als er das kleine Kästchen in seinen kräftigen Händen hielt, zögert er. Doch schließlich hob er den Deckel und sah hinein. Auf seinem Gesicht lag ein Ausdruck tiefer Verachtung. Er nahm eine kleine Glasflasche heraus und hielt sie gegen das Licht der Deckenkerze. Mit zusammengekniffenen Augen musterte er die Flüssigkeit, die geheimnisvoll schimmerte.

„Was zum Teufel ist da drin?“, raunte er.

Als Antwort kam ein leises Nagen aus dem Kästchen. Max erschrak, legte das Fläschchen zurück und warf das Kästen in den Sarg.

‚Noch heute wird er diesen Sarg zerstören und den Sekretär daraus bauen‘, dachte Betula. ‚Und dann baut er ein Geheimfach ein, versteckt das schwärze Kästchen darin und schickt den Schrank zum Fürsten Alexander von Gras.‘

Betula seufzte ganz leise. Es fiel ihr schwer, hier versteckt zu hocken, obwohl sie wusste, was alles passieren würde. Aber sie durfte nichts tun.

Stampfend ging Max ein paar Schritte auf und ab, bis er plötzlich nach einem Buch griff. Es war das Maß- und Bestellungsbuch, das Betula sehr gut kannte. Er schlug es auf, griff in die Seiten und riss einen ganzen Schwung heraus.

„Mit den verfluchten Särgen ist jetzt Schluss", rief er und warf die Blätter in die Luft. Doch sogleich ließ er das Buch auf den Boden fallen, als tauge das nicht für seine Wut.

Eine Seite jedoch war hinter die Hobelbank gefallen, als wäre sie für Betula bestimmt. Doch sie wagte es nicht, sie zu nehmen. Das kleinste Rascheln würde sie verraten.

Max kratzte sich am Kopf. Dann eilte er hinaus, um drei Sekunden später mit einer Dose Holzkitt wieder aufzutauchen.

Er beugte sich über den Sarg und fixierte mit seinen kleinen, grauen Augen das Wurmloch. Der Holzkitt war weich wie Knete und seine Finger formten rasch einen Pfropfen, der groß genug war, um das Wurmloch auszufüllen. „Dem werd ich es zeigen!", brummte er, als sein Daumen den Pfropfen in das Wurmloch drückte. Ein zufriedener Seufzer entfuhr ihm nach dieser Tat. Dann begann er, auch die Wurmlöcher in den anderen Särgen zuzukitten.

Betula und Sir William wurde ganz bang in ihrem Versteck. „Was tut er da! Er verstopft ja alle Wege! Jetzt kommen wir nie mehr zurück, Betula. Mein Schlupfloch wird verwaisen. Nie mehr wird daraus ein Woodworm Wood schlüpfen. Hätte ich nur auf meine Ahnen gehört", wimmerte Sir William.

„Wir haben noch eine Chance", flüsterte Betula. „Wenn Max sich umdreht, springen wir raus und rennen zum Friedhof. Dort gibt es noch ein paar Särge."

„Das ist zu gefährlich, Betula. Ich könnte leicht von deinem Finger herunterfallen", gab Sir William zu bedenken. Betula schaute sich um und entdeckte ein eingetrocknetes Tintenfässchen auf dem Boden. Es lag nur zwei Armeslängen von ihr entfernt. Es musste dem Sargtischler irgendwann von der Hobelbank gefallen sein.

Sie vergewisserte sich, dass Max Krummnagel beschäftigt war, dann streckte sie sich und griff nach dem Tintenfass.

„Ich werde Sie in das Fässchen setzen, damit Sie mir nicht verlorengehen“, flüsterte Betula. Sir William rutschte von ihrem Finger durch die Öffnung hinein. Und sagte kein Wort.

„Hallo, geht es Ihnen gut?“, fragte Betula, denn sie konnte ihren kleinen Freund am Boden des Tintenfässchens nicht sehen und vergaß darüber zu flüstern. Sofort wusste sie: Sie hatte einen Fehler gemacht. Max Krummnagel hatte sie gehört und marschierte jetzt schnurstracks zur Hobelbank. Und da fand er sie. Betula. Wie sie da hockte und die Arme eng um die Knie schlang und die Augen fest zukniff, als würde sie das unsichtbar machen. „Was machst du hier?“, fragte er misstrauisch, als er das Mädchen entdeckte. „Wer bist du?“

Betula schaute ängstlich zu ihm auf. Er hatte graue, schelmische Augen wie Großvater und schmale, bittere Lippen wie Martha. Doch war er ihr so fremd, dass sie darüber erschrak. Sie brachte kein Wort heraus.

„Lauf, Betula! Lauf!“, rief Sir William plötzlich aus dem Fässchen.

Betula sprang auf. Doch da war ja noch die herausgerissene Buchseite auf dem Boden, die sie unbedingt mitnehmen wollte. Rasch bückte sie sich und stopfte sie in ihre Rocktasche. Dann rannte sie los. Sie lief, so schnell sie konnte. Raus aus der Werkstatt, über den Hof und auf die Straße. Und obwohl ihr niemand folgte, wagte sie nicht, ihr Tempo zu verlangsamen. Zum Glück schien helles, gelbes Mondlicht und beleuchtete ihren Weg bis zum Friedhof.

Als sie an den Grabsteinen vorbeieilte, bildete sie sich ein, eine weinende Kinderstimme zu hören. ‚Jetzt dreh bloß nicht vor Angst durch‘, sprach sie zu sich. Erleichtert sah sie, dass die Tür der Kapelle offen stand. Völlig außer Atem sprang sie die Treppe zur Gruft hinunter und erschrak kurz, als sie Augusta im schummrigen Kerzenlicht erblickte.

Das Mädchen saß auf dem Steinboden und weinte. „Sie sind tot. Sie sind tot. Fleder und Maus sind tot“, schluchzte sie.

Entsetzt starrte Betula auf die kleinen Umrisse der mageren Tierkörper, die reglos vor Augusta lagen. In Betulas Hals bildete sich ein Kloß und sie konnte kaum schlucken. „Du ... du warst ihnen eine gute Mama“, tröstete sie Augusta und ging zu ihr. „Es ist nicht deine Schuld, dass sie tot sind.“ Sie streichelte Augusta über das struppige, rote Haar. „Jetzt kannst du ihre kleinen Seelen in einen Blumentopf pflanzen, zusammen mit einer schönen lilafarbenen Aster.“

Augusta blickte auf und ein kleines Lächeln lag auf ihren Lippen. „Dann können sie immer bei mir sein. Ich kann sie endlich mitnehmen in das Heim. Da wäre ich niemals draufgekommen“, sagte sie und schniefte, vom Kummer erlöst.

Betula lächelte nur und blickte Augusta hinterher, wie sie die Treppe zur Kapelle hinaufsprang, als wüsste sie bereits, wo sie diesen Blumentopf finden würde. Dann war es in der Kapelle still wie in einem Grab.

„Was ist los?“, fragte Sir William. „Betula? Bist du noch da? Es ist so dunkel in diesem Fass. Hol mich sofort hier raus!“

Betula steckte ihren Finger in das Tintenfässchen und ein kohleschwarzes Würmchen kletterte hinauf. Betula prustete vor Lachen. „Sie sind ganz voll Tinte!“, rief sie.

Sir William schaute an sich hinunter. „Oje, ich bin schwarz wie die Nacht. Das wird hoffentlich wieder abgehen.“ Er kroch in Betulas Handteller und hinterließ dabei einen dünnen schwarzen Strich auf ihrer Haut. „Wo sind denn nun die Särge, Betula? Ich kann sie nicht sehen.“

Betula nahm Augustas Kerze und hielt sie hoch. „Da drüben“, sagte sie und ging darauf zu. „Oh nein! Die Wurmlöcher sind alle dunkel. Vielleicht sind sie kaputt. So wie die in der Werkstatt.“ Angst packte Betula. Sie setzte Sir William auf einer Sargkante ab und stellte die Kerze auf den Boden.

„Wir müssen einfach nur ein wenig warten“, sagte Sir William. „Ich werde mir die Zeit mit Fressen vertreiben.“ Kaum hatte er das gesagt, nagte er genüsslich am Holz.

„Sie sind neuerdings ganz schön gefräßig", stellte Betula fest. „Wenn Sie so weiterfressen, wird von den Särgen nichts übrig bleiben und wir kommen niemals mehr zurück." Betulas Augen füllten sich mit Tränen. Die Löcher wirkten so leer und dunkel. „Jetzt bin ich ganz allein auf dieser Welt. Zu meinem Ururgroßvater kann ich ja wohl nicht gehen. Er kennt mich nicht einmal. Man wird mich in ein Heim stecken." Schluchzend vergrub sie ihr Gesicht in den Händen.

„Geduld, Geduld", rief Sir William schmatzend. „Da! Da! Ich sehe ein Licht!" Das Stimmchen des kleinen Wurms überschlug sich vor Freude.

Betula hob überrascht den Kopf. Tatsächlich! In einem Wurmloch leuchtete ein grasgrünes Licht. Ein zweites, drittes, viertes, fünftes erleuchtete rasch nacheinander und mit ihnen kamen Geräusche und Stimmen, die sich zu einem dumpfen Murmeln vermischten. Das machte Betula Angst.

„Es sind so viele, Sir William. Woher soll ich wissen, welches Wurmloch das richtige ist?", rief sie verzweifelt. Sir William antwortete nicht, er schmatzte nicht mal und Betula wurde ganz elend zumute. Ihr Blick sprang von einem Licht zum anderen. Nein, sie würde ihren Kopf nicht in ein x-beliebiges Wurmloch stecken. Das war zu gefährlich. Was, wenn Max ihr mit einer Axt den Kopf abschlug? Dieser Gedanke ließ sie herzzerreißend schluchzen. Unwillkürlich schob sie eine Hand in die Rocktasche und fand darin nicht etwa ein Taschentuch, sondern die herausgerissene Buchseite. Betula starrte darauf, als könne sie ihr einen Weg aus dem Unglück zeigen. Doch diese Seite listete nur die Särge auf, die Max gebaut hatte. So wie Paul hatte auch er in dem Maß-und Bestellungsbuch vermerkt, was er baute, wann und für wen. Der Käufer dieser Särge war immer ein und dieselbe Person. Ihr Name war Fürst Alexander von Gras. Der Neffe des fröhlichen Sargtischlers. Damit verriet diese Buchseite nichts Neues. Und gerade, als sie das Blatt wieder in ihre Rocktasche zurückstecken wollte, brachte die Buchseite Betula auf die rettende Idee.

Betula sprang auf und wedelte glücklich damit vor Sir William herum. „Gleich werden wir wissen, welches Wurmloch uns zurückbringt. Ich brauche nur diese Seite vor das Licht zu halten", rief sie aufgeregt.

„Ein vollgekritzeltes Blatt Papier? Wie soll uns das helfen?", erkundigte sich Sir William skeptisch.

„Sie werden schon sehen." Betula kletterte in den vordersten Sarg und hielt die Buchseite vor das grüne Licht. Sogleich zeigte sich darauf ein unbekannter Raum mit grünen Wänden. Der Sargtischler saß in einem grünen Sarg und trank aus einem Glas grünen Saft. Oder war es grüne Farbe? „Köstlich. Köstlich. Köstlich", hörte sie ihn rufen.

Betula staunte. „Das ist eigenartig. Der Sargtischler ist in diesem Loch. Wissen Sie, wie er da hineingekommen ist, Sir William?"

„Dafür gibt es nur eine Erklärung. Du schaust in die Vergangenheit, Betula", erwiderte er.

Betula senkte das Blatt. „Dann bringt mich dieses Loch also nicht in das Sarglager meines Großvaters zurück."

„Nein, dieses nicht. Es würde dich in eine andere Vergangenheit bringen. Aber nicht in die Gegenwart", erklärte Sir William.

„Sie meinen, dann war es Zufall, dass ich ausgerechnet in der Vergangenheit gelandet war, in der Max den Sarg zerstörte?"

„Zufall? So würde ich es nicht nennen. Wäre ich nicht furchtlos wie Napoleon in die Welt gezogen, hätte ich dir nicht den Weg dorthin zeigen können, Betula."

Betula nickte und rutschte mit dem Blatt zum nächsten Loch. Doch bevor sie erkennen konnte, wohin dieses Wurmloch sie bringen würde, war das Licht erloschen.

„Oje!", rief Betula und hielt vor Schreck den Atem an.

„Du musst dich beeilen, Betula", drängte Sir William.

Betula wechselte rasch zu einem anderen Sarg mit einem feuerroten Licht. Jetzt war auf dem Papier die Werkstatt zu sehen. Der Sargtischler saß in seinem Schaukelstuhl, aß rote Kirschen und das Grammophon spielte leise Musik. Er stimmte dazu ein Lied über einen kleinen Vampirjungen an, der die rote Farbe liebte, aber kein Blut sehen konnte. Plötzlich, als hätte er gespürt, dass ihn jemand beobachtet, sprang der Sargtischler auf. Sein Gesicht kam näher und wurde größer und größer, bis es so groß war, dass es das ganze Blatt ausfüllte. Betula bekam einen gewaltigen Schreck. Sie fuhr zurück und landet unsanft auf ihrem Po.

„Puh", machte sie und rappelte sich flugs wieder auf, um das nächste Licht zu erkunden. Sie entschied sich für das sonnengelbe. Wieder zeigte es den Sargtischler und wieder schaute sie in die Vergangenheit. Doch dieses Mal war der Sargtischler nicht allein. Er saß mit einem Herrn am Tisch, der einen schwarzen Anzug trug. Der junge Herr sah darin so blass und zerbrechlich aus wie ein Hühnerei. Betula gefiel sein Haar. Es war eine Pracht aus wilden, scheinbar unbezähmbaren Locken. Der Sargtischler war ganz in Gelb gekleidet. Auf seinem Kopf balancierte er einen Turm aus Farbdosen, den ein Schwarm gelber Käfer umflog. „Mein lieber Neffe Alexander. Wie konntest du das vergessen? Am Dienstag tragen wir immer Gelb. Gelb ist die Farbe des Dienstags", sagte er, doch da wurde das Licht schon blasser.

„Wie soll ich nur so schnell das richtige Wurmloch finden?", rief Betula verzweifelt, als das Licht ganz erlosch.

„Du hast recht. So kommen wir hier niemals weg", bestätigte Sir William. „Wir müssen unseren Verstand gebrauchen. Wir sollten uns fragen, welche Farbe zu dem Sarglager passen würde. Ich denke da eher an ein staubiges Braun. Aber nicht an ein leuchtendes Grün oder Gelb oder Rot." Betula sah sich nach den anderen Lichtern um. „Ah", machte Sir William. Er hatte etwas entdeckt. „Versuch es doch einmal mit diesem grauen, kraftlosen Funzellichtlein! Da, in dem

Sarg ganz hinten. Das könnte das richtige Wurmloch sein."

Betula kletterte in den Sarg und hielt das Blatt Papier vor das Funzellichtlein, wie Sir William es nannte. Zunächst entstand nicht mehr als ein unscharfes Bild auf dem Blatt. Betula rieb sich die Augen. Als sie sie wieder öffnete, erkannte sie eine hölzerne Nasenspitze. „Das ist doch die Holzbetula!" Jetzt erkannte sie auch die Kissen, Frau Zwirnfitz' Häkeldecke und sogar Großvaters Leselupe. Es gab keinen Zweifel mehr. Sir William hatte das richtige Wurmloch gefunden.

„Hurra!", jubelte Betula so laut, dass das Echo lange in der Gruft nachhallte. „Rutschen Sie auf meinen Finger, Sir William, und halten Sie sich so fest Sie können! Jetzt geht es nach Hause."

Betula schloss schützend die Hand um ihren kleinen Freund, kniff die Augen zu und kaum, dass sie ihren Kopf dem Wurmloch entgegenstreckte, packte sie ein kräftiger Sog. Ein lautes Ploppen, wie von einem Korken, der aus einer Sektflasche schoss, folgte und schon empfingen sie die Kuschelkissen mit einer weichen Umarmung.

„Wer ist da?", fragte ein neugieriges Stimmchen neben ihr im Holz.

Der tintenschwarze Sir William antwortete stolz: „Ich bin es! Sir William! Zurückgekehrt aus der Vergangenheit."

# Fünfundzwanzigstes Kapitel

## In dem Sir William von seinem Abenteuer berichten will, aber nicht zu Wort kommt

Sir Williams Rückkehr brachte Leben in den Sarg. Die Holzwürmer hießen ihn aus vollen Kehlen willkommen und jubelten und krakeelten in der Dunkelheit des Sarglagers. „Sir William ist zurück! Er ist wieder da!“ Betula war so überglücklich, ihre Stimmen zu hören, dass sie ebenfalls einen Jubelschrei ausrief. „Hurra! Wir sind wieder da. Hurra! “

Doch als Betula die Glühbirne in der Holzbetula anknipste, verstummte der Jubel mit einem Schlag.

„Wo ist er?“, fragte ein Stimmchen irritiert.

„Na, hier auf meinem Finger“, entgegnete Betula und ließ Sir William auf ihrer Zeigefingerspitze eine Ehrenrunde drehen, knapp an den Bohrlöchern entlang, damit ihn jeder Wurm bestaunen konnte. Sir William stand auf vier Beinchen, während er mit zwei anderen majestätisch winkte. Die zwei Beinchen, die noch übrig waren, hingen einfach herunter.

Ein Stimmengewirr erhob sich.

„Alter Falter!“, rief ein Wurm anerkennend von links. „Der ist ja ganz schwarz.“

„Pfui. Scholrabenkwarz!“, rief die Baronesse von rechts.

Der Vetter machte nur: „Ts.“ Er schien nicht sonderlich begeistert über Sir Williams Rückkehr. „Das schafft auch nur er. Kommt aus dem Licht und sieht aus wie sein eigener Schatten. Nur schade, dass er auch sprechen kann“, raunte er mit seinem rauen, heiseren Stimmchen.

Frau Anobia hingegen war ganz hingerissen von Sir Williams neuer Erscheinung. „Ich finde ihn ausgesprochen elegant. Dieses Schwarz macht ihn sehr schlank.“

„Schwa-harz“, raunte das Tenörchen. „Alle Sa-hargwürmer sollten schwa-harz tragen.“

„Will ihn denn niemand etwas fragen?“, fragte Betula verwundert.

„Was denn? Was sollen wir ihn denn fragen?“

„Zum Beispiel, *warum* Sir William so schwarz ist?“

„Wer will dasch wisch’n?“, fragte jemand von rechts mit vollen Backen.

„Ihr werdet staunen“, spornte Betula die verfressene Gesellschaft an.

Sir William hüpfte vor Ungeduld auf ihrem Finger auf und ab. „Da kommt ihr nie drauf, was mich so schwarz machte“, rief er. „Es war Tinte!“

„Tinte?“, echote es aus hunderten Holzwurmkehlen.

„Ich war in der größten Holzwurmzucht mit dem gefräßigsten Holzwurm der Welt. Dieser Wurm hätte unseren Sarg zum Frühstück verspeist.“

„Wie aufregend“, rief Frau Anobia begeistert.

„Erzähl uns mehr davon!“, tönten Stimmen von rechts. Für eine Geschichte über einen gefräßigen Holzwurm waren sie offenbar bereit, eine freiwillige, wenn auch nur sehr kurze Fraßpause einzulegen.

„Dass er immer so angeben muss“, vermeldete der Vetter und gähnte betont zu laut.

Betula näherte ihren Finger Sir Williams Schlupfloch.

„Danke sehr, Betula“, sagte er und seufzte zufrieden, als er endlich auf seiner altvertrauten Schlupflochkante saß. Doch er begann nicht sofort zu erzählen, sondern ließ ein paar Sekunden verstreichen, um die nagende Ungeduld, mit der die anderen Würmer im Holz auf seine Abenteuergeschichte warteten, zu genießen.

„Es war so“, begann Sir William dann. „An einem Abend im Juni saß ich auf meiner Schlupflochkante und genoss die Stille, als –“

„Laaangweilig!“, unterbrach ihn der Vetter.

„Saß er oder fraß er auf seiner Schlupflochkante?", erkundigte sich jemand genauer.

„Ich saß, ohne zu fressen und genoss einfach nur die Stille", stellte Sir William klar.

„Ohne zu fressen?"

„Ja. Ich saß, ohne zu fressen."

„Aber wie kann man ohne zu fressen etwas genießen?", fragte das erste Stimmchen, der Verzweiflung nahe. „Und wie kann man Stille genießen? Wonach schmeckt denn Stille?"

Sir William stöhnte und wagte einen zweiten Versuch. „Ich *saß* einfach nur auf meiner Schlupflochkante, ohne dass ich *fraß,* und genoss die Stille. Kein Wurm, der redete, und auch kein Wurm, der am Holz nagte."

„Kein Wurm nagte am Holz? Nicht ein einziger?" Ein beunruhigendes Gemurmel brach aus.

„Wenn ich es doch sage. Kein Wurm nagte", rief Sir William verärgert.

„Aber wenn wir nicht nagten, was taten wir dann?", drängte man vielstimmig auf Antwort.

„Pfui! So maltet doch euren Hund! Ihr wummen Dürmer!", rief die Baronesse nun so verärgert, dass sie beinahe jedes Wort verdrehte.

‚Oje, armer Sir William', dachte Betula. ‚Das wird noch eine sehr, sehr lange Unterhaltung werden.' Doch auf diese musste sie verzichten. Denn es war schon spät. Betula hatte keine Ahnung wie spät, nur dass es mitten in der Nacht sein musste. Leise schlich sie sich davon. Oh, wie sehr sie sich auf ihr Bett freute! Draußen auf dem Hof stellte sie überrascht fest, dass Frau Zwirnfitz' Küchenfenster noch weit offen stand. Das Radio spielte leise und ein Kissen lag auf dem Fensterbrett. Betula setzte gerade ihren Fuß auf die erste Stufe, als Frau Zwirnfitz' Kopf schon am Fenster auftauchte.

„Da bist du ja endlich! Ich bin vor lauter Sorgen schon ganz krank. Wo warst du denn bloß?" Die alte Dame klang aufgebracht und erleichtert zugleich.

Betula eilte die Treppen hinauf und in den Flur, wo Frau Zwirnfitz sie an der Tür bereits erwartete.

„Wo warst du denn bloß?“, wiederholte sie mit mehr Nachdruck und bohrte dabei ihre großen, braunen Augen abwartend in Betula.

„Ich war ...“, begann Betula. ‚Was soll ich ihr nur sagen?‘, dachte sie. ‚Wenn ich ihr erzähle, dass ich durch ein Wurmloch in die Vergangenheit gereist bin, glaubt sie sicher, dass ich nun auch verrückt sei und dann macht sie sich noch mehr Sorgen.‘

„Ich war ... kurz weg“, stammelte sie und schaute an Frau Zwirnfitz vorbei zum Küchentisch. Ihr Blick blieb an den Teebeuteln hängen, die sich zu einem empörenden Türmchen aufstapelten. Frau Zwirnfitz musste seit Stunden auf sie gewartet haben.

„Du warst zehn Stunden weg, Betula. Zum Glück schlafen Martha und Großvater wie zwei Steine und haben nichts mitbekommen. Du weißt doch, was der Arzt gesagt hat. Keine Aufregung.“ Frau Zwirnfitz zog Betula in die Küche. „Hast du überhaupt etwas gegessen? Ach, was frag ich. Natürlich hast du nichts gegessen. Du musst ja halb verhungert sein.“ Voller Eifer eilte sie zum Herd und tauchte die Kelle in den grünen Suppentopf. „Ach, die Vanilleklößchen sind ja ganz zerkocht.“ Sie stöhnte erschöpft.

„Das macht doch nichts.“ Betulas Augen wurden groß wie Untertassen, als sie die leckere Kirschsuppe im Teller sah. Erst jetzt spürte sie, wie hungrig sie war, und löffelte die Suppe schnell.

Frau Zwirnfitz hielt währenddessen die Kelle in der Hand, bereit für den Nachschlag. „Du brauchst nicht zu schlingen. Es ist genug da. Pass auf, dass du den Löffel nicht verschluckst“, sagte sie glucksend. Als der Teller leer war, landete sogleich die nächste volle Kelle darauf. Und dann gab es noch eine und noch eine, bis Betula die ganze Kirschsuppe verdrückt hatte.

Warm und voll fühlte sich nun ihr Bauch an und eine lähmende Müdigkeit machte sich in ihr breit. „Das war die beste Kirschsuppe, die ich je gegessen habe“, sagte sie gähnend.

Frau Zwirnfitz räumte still den Teller vom Tisch. In dem Blick, den die alte Dame Betula dabei zuwarf, lag etwas Bedrücktes.

„Du hast es vergessen, nicht wahr?“ Frau Zwirnfitz seufzte schwer.

Betula schaute verdutzt auf. „Was denn? Was hab ich vergessen?“

Statt einer Antwort wanderte Frau Zwirnfitz’ Blick hinüber zum Regal. Betula folgte diesem Blick mit ihren Augen. Als sie dort den Papierschnipsel erblickte, fiel es ihr wieder ein. Es schien ihr, als wären Tage seitdem vergangen. Doch es war heute Morgen gewesen, als sie sich hier in der Küche mit dem Versprechen verabschiedet hatte, sich in Frau Gierzahns Zimmer zu schleichen und nach dem Häkelmuster zu suchen.

Betula schluckte. „Frau Gierzahn ...“

„Ja?“ Ein hoffnungsvoller Funke glimmte in Frau Zwirnfitz’ Augen.

„Frau Gierzahn ... naja, sie freut sich auf den Häkelwettstreit. Und dort werden Sie auch die Wahrheit erfahren, hat sie gesagt.“

Frau Zwirnfitz schnaufte verächtlich. „Die Wahrheit? Die Wahrheit kenne ich. Und wenn sie etwas anderes behauptet, werden wir zwei mit meinem Schnipsel beweisen, dass sie lügt und nichts als eine Diebin ist! Du kommst doch morgen mit?“, fragte sie beunruhigt.

„Aber klar! Den Häkelwettstreit werde ich mir nicht entgehen lassen“, antwortete Betula, die schon in der Tür stand, um zu gehen.

Frau Zwirnfitz lächelte dankbar.

‚Schlafen‘, dachte Betula nur noch, ließ sich auf ihr Bett fallen und schaffte es gerade so, die Sandalen von den Füßen zu streifen.

# Sechsundzwanzigstes Kapitel

## In dem kein Nagel mehr vor dem Großvater sicher ist

„Mich ekelt es, wenn ich diese Zeitung lese", hörte Betula Martha sagen.

‚Ist es wirklich schon Morgen?' Betula blinzelte, sah, dass die Sonne ins Zimmer schien, drehte sich auf die Seite und schloss wieder die Augen. Im Halbschlaf hörte sie das Gespräch zwischen Martha und Großvater nebenan im Wohnzimmer.

„Dann schau doch nicht ständig in die Zeitung", gab er zur Antwort.

„Du hättest dein Gesicht sehen sollen, Ferdinand. Wie du auf den krummen Nagel gestarrt hast." Martha kicherte. „Es war Gold wert!"

Der Großvater schnaufte.

Martha stichelte weiter. „Jetzt hält man dich für verrückt, genauso wie mich. Deshalb wollen sie auch, dass du die Werkstatt schließt. Keiner will von einem verrückten Tischler etwas kaufen. Hier steht es schwarz auf weiß."

„Wie oft willst du mir das eigentlich noch sagen, Martha."

„So lange, bis du es kapierst, Ferdinand."

Betula schmunzelte ins Kissen, als sie Martha das sagen hörte, und rollte sich auf die andere Seite.

„Ach, papperlapapp", entgegnete der Großvater. „Nichts ist älter als die Zeitung von gestern. Ich sage dir mal was. In ein paar Tagen kräht kein Hahn mehr nach diesem Zeitungsartikel und die Leute werden vergessen haben, was im Sarglager passiert ist."

„Du irrst dich, Ferdinand. Noch in hundert Jahren werden sie sich den Mund über die Krummnagels zerreißen."

„Dann sollen sie sich doch den Mund zerreißen. Ich jedenfalls fühle mich heute schon viel besser. Ich fühle mich sogar so gut, dass ich *es* wagen könnte“, sagte er.

Bei diesen Worten war Betula schlagartig hellwach. Sie sprang aus dem Bett und in der nächsten Sekunde stand sie im Wohnzimmer. Großvater und Martha saßen nebeneinander auf dem Sofa, die Bettdecke zurückgeschlagen und die Kopfkissen im Rücken. Der Großvater strahlte gutgelaunt unter seiner öligen Glatze vor sich hin. Martha dagegen saß mit eingefallenem, grauem Gesicht da, hatte die Zeitung auf ihrem Schoß und starrte ihren Bruder an.

„*Was* willst du wagen?“, fragte sie entsetzt.

In dem Moment entdeckte der Großvater seine Enkelin in der Tür. „Betula!“ Er winkte sie erfreut zu sich heran. „Gut, dass du gerade da bist. Geh rasch in die Werkstatt und bringe mir ein kleines Brett, einen Nagel und einen Hammer. Es juckt mich in den Fingern.“ Er zwinkerte schelmisch. „Heute wird kein Nagel krumm!“

Betula riss die Augen auf.

Der Großvater kicherte und rieb sich tatendurstig die Hände. „Bauklötze kannst du staunen, wenn du den geraden Nagel siehst, Betula. Geh rasch und hol die Sachen.“

„Das ... das ist ... mutig von dir“, stammelte Betula und dachte nicht daran, in die Werkstatt zu gehen. ‚Keine Aufregung‘, hatte Herr Dr. Kopflaus gesagt.

Martha verdrehte die Augen. „Mutig? Fragt sich nur, ob es der Mut eines Löwen oder eines Esels ist.“ Sie schob sich den staubtrockenen Turban so tief ins Gesicht, dass ihre Augen verdeckt waren.

Betula setzte sich auf die Sofakante und rümpfte die Nase. Eine muffige Wolke aus Pfefferminz, Knoblauch und Zwiebelsud hing über dem Sofa. „Ich muss euch etwas erzählen“, begann sie vorsichtig. Sie wollte die beiden nicht erschrecken. „Ich glaube, ich weiß jetzt, wo der –“

„Das hat Zeit, Betula“, fuhr der Großvater dazwischen

und griff seine Enkelin unsanft am Arm. „Bring mir erst die Sachen“, sagte er so barsch, dass Betula erschrak. Der Großvater bemerkte es und löste seine Hand.

Betula stand ohne ein Wort auf und marschierte demonstrativ hinaus. ‚Soll er doch seinen blöden Nagel haben‘, dachte sie, als sie den Hof überquerte. ‚Wenn er erst sieht, dass er wieder krumm ist, wird er schon kapieren, dass der Fluch nicht von alleine weggeht.‘ Schnurstracks lief sie auf das Regal mit den Nägeln zu und griff nach der größten Pappschachtel, die sie finden konnte. *Die hauen rein! 300 Stahlnägel* stand darauf in schwarzen Blockbuchstaben. In die andere Hand nahm sie einen Hammer und ein kleines Brett und eilte damit zurück.

Drei Minuten später stand der Großvater mit hochgekrempelten Pyjamaärmeln am Esstisch und linste angriffslustig auf den stählernen Feind in seiner Hand. Er spitzte die Lippen. Drei Mal spuckte er auf den Nagel, ohne wirklich darauf zu spucken, und setzte ihn aufs Brett. Dann holte er mit dem Hammer aus und dann, als wolle er ein Untier erschlagen, rammte er den Nagel mit einem einzigen Hammerschlag ins Holz.

Betula saß am Tisch, das Kinn auf die Hände gestützt und schaute in aller Ruhe zu, wie das passierte, was passieren musste. Der Nagel schob sich wieder aus dem Brett. Da konnte Großvater noch so sehr seine kleinen grauen Augen aufreißen, um dem Nagel seinen Willen aufzuzwingen. Als der Nagel sich bog, schwoll eine Ader auf der Stirn des Großvaters bedrohlich an. Dann wurde sein ganzer Kopf rot wie eine reife Tomate.

Schließlich gab er nach. „Daddeldiedeldumm, der Nagel bleibt krumm“, japste er. Das Rot in seinem Gesicht verblasste, die Ader an der Stirn verschwand. Doch schon holte er wieder mit dem Hammer aus und versuchte, den Nagel gerade zu klopfen. „Dir werde ich es zeigen!“ Doch der Nagel dachte nicht daran, es sich zeigen zu lassen. Krumm wollte er sein und krumm blieb er.

Martha schielte neugierig unter ihrem Turban hervor und sah zu, wie der Großvater mit dem Nagel kämpfte. „Es ist der Mut eines Esels."

Großvaters Blick war wild. „Jetzt habe ich aber die Faxen dicke", schnaufte er. „Ich brauche auf der Stelle andere Nägel!" Und schon war er aus der Tür.

Martha sank erschöpft in ihr Kissen. „Vielleicht kommt ihm beim Herumlaufen ein Geistesblitz", stöhnte sie und schob den Turban aus ihrem Gesicht.

Betula hockte sich wieder zu ihr auf die Sofakante und schlang die Arme um die Knie. Großvaters Hämmern und Pochen in der Werkstatt war bis hier zu hören. Auch die Schmerzensschreie, wenn er sich versehentlich selbst traf statt des Nagels.

„Ich weiß jetzt, wo der fröhliche Sargtischler ist", flüsterte Betula.

Martha zuckte zusammen. „Was sagst du da? Das klingt ja, als wäre er nicht tot", fiepste sie ängstlich.

Betula nahm Marthas Hand, die sich kalt und feucht anfühlte wie ein Kastanienblatt im Herbst. „Er ist nicht tot, aber auch nicht lebendig. Er steckt in einem Wurmloch fest."

Martha riss die Augen auf. „In einem Wur-Wurmloch?"

Betula nickte. „In einem Wurmloch in unserem Kuschelsarg. Seit einhundertundeinem Jahr steckt er nun schon darin."

Martha zog sich die Bettdecke bis zum Hals. „Jetzt klingt es, als wolltest du ihn da herausholen", sagte sie mit einem Zittern in der Stimme.

Betula nickte abermals. „Wir müssen ihn da rausholen. Solange der Sargtischler in dem Wurmloch steckt, werden wir verflucht bleiben. Ich weiß nur nicht, wie ich das anstellen soll. Vielleicht hast du ja eine Idee?" Betula erzählte ihr, was seit der Rückkehr des Fluches passiert war. Wie sie vor zwei Tagen im Sarg eingeschlafen war und dass am Morgen die Käfer gekommen waren und sie mit Birkenwasser berieselt hatten und dass sie seitdem wieder verstehen konnte, was die Holzwürmer reden. Sie erzählte Martha davon, dass sie ein Wurmloch in ihrem Kuschelsarg entdeckt hatte, mit dem sie durch die Zeit reisen konnte und dass sie so ins Jahr 1879 gekommen war, wo sie den Sargtischler getroffen hatte, der gerade mit der Blutwurst und dem Zeitungsartikel selbst von einer Zeitreise aus dem Jahr 1980 zurückgekehrt war.

Martha hörte sich alles ohne eine einzige Regung an. Nur bei dem Wort Blutwurst kräuselten sich ihre Lippen. Dann erzählte Betula, dass sie beobachtet hatte, wie der Sargtischler einen Brief an Alexander von Gras, seinen Neffen, geschrieben und den Brief zusammen mit dem Zeitungsartikel in einen Umschlag gesteckt hatte.

„Und der Neffe hat dann einen Brief an Max geschrieben und so kam der Zeitungsartikel zu uns“, sagte Martha.

Betula nickte und fuhr mit ihrer Erzählung fort. Über ihren Ururgroßvater Max und der Wut, weil er keine Särge mehr bauen wollte und dass er, obwohl der Sargtischler ihn gewarnt hatte, den Sarg zerstört hatte. Betula hielt inne und seufzte. „Er sah ganz ängstlich aus, der fröhliche Sargtischler, und die bunte Farbe in seinen Stiefeln war ganz schwarz. Er wusste aus dem Zeitungsartikel, dass er in Gefahr war. Dass er für eine Ewigkeit im Holz stecken würde.“

„Er hatte Farbe *in* den Stiefeln?“, fragte Martha irritiert.

Betula nickte. „Wenn er fröhlich ist, ist sie bunt, und wenn er geht, macht er nach drei Schritten einen Luftsprung. Schau, so hier.“ Betula hüpfte mit ihren langen Beinen vergnügt in die Luft. Martha sah sie entgeistert an. Betula hockte sich wieder auf die Sofakante. „Stell dir vor, er hat eine riesige Wurmzucht. Er kann keinem Insekt ein Härchen krümmen.“

Martha rümpfte die Nase. „Du sagst, er züchtet Wür… Würmer und du lässt es klingen, als wären es kleine niedliche Kätzchen. Man könnte meinen, du magst ihn. Ich werde ihn da trotzdem nicht herausholen.“

Betula sprang auf. „Aber nur er kann uns von dem Fluch erlösen, Martha. Das hast du selbst gesagt. Nur der, der den Fluch ausgesprochen hat, kann ihn auch wieder zurücknehmen."

Martha richtete sich auf. „Davon bin ich überzeugt." Sie schwieg einen Moment. Dann sagte sie: „Ein Vampir. In einem Wurmloch. In unserem Sarglager." Schwer atmete sie ein und aus.

Betula lachte. „Ach", machte sie. „Was den Vampir angeht, musst du dir keine Sorgen machen, Großtantchen. Ich glaube nämlich, der Sargtischler ist kein echter Vampir. Also keiner, der dir das Blut aussaugt und so."

„Woher willst du das wissen? Sag bloß, du hast ihn gefragt", rief sie baff.

Betula schüttelte den Kopf. „Nein. Sir William und ich –"

„Sir William?" Martha schaute, als hätte ihr jemand einen stinkenden Käse unter die Nase gehalten. „Du meinst, dieser Chol... Chol... Holzwurm war bei deiner Zeitreise dabei?"

„Aber ja. Ohne ihn hätte ich niemals das richtige Wurmloch gefunden. Sir William und ich mussten uns die ganze Zeit hinter der Hobelbank verstecken. Hätte uns der Sargtischler gesehen, wäre die Vergangenheit durcheinandergeraten und damit auch die Zukunft und wer weiß wa–"

„Ich spucke auf die Vergangenheit!", brauste Martha plötzlich auf. „Wäre *ich* durch dieses Wurmloch gereist, hätte ich sie in tausend Stücke gerissen. Was hat sie mir denn gebracht, die Vergangenheit? Wenn einer es verdient, für alle Zeiten in einem Wurmloch zu schmoren, dann dieser Sargtischler." Martha sah ganz hässlich aus vor lauter Wut und Angst.

Betula drehte den Kopf zum Fenster. In Gedanken sah sie das traurige Gesicht des Sargtischlers und ihre Augen füllten sich mit Tränen. „Das sagst du nur, weil du solche Angst vor ihm hast. Er war ganz bestimmt kein Vampir. Er mochte rote Farbe lieber als Blut. Hätte er sonst beim schönsten Sonnenschein zum Fleischer Gulasch gehen und sich eine Wurst kaufen können? Die Särge ließ er sich bauen, um damit durch die Zeit zu reisen. Leider hat er Max Krummnagel in seine Werkstatt geholt. Er wusste nicht, dass die Krummnagels Särge so sehr hassen und so zornig sein können." Betula weinte und zog ihre Nase hoch. „Und das war sein großes Pech."

Martha sah erschöpfte aus, als sie sagte: „Aber du hast ein großes Herz. Gib acht, dass das so bleibt." Dann schwieg sie betreten.

Aus dem Wohnzimmerschrank drang das Nagen eines Holzwurmes. Es klang unnatürlich laut in dieser beklommenen Stille, weswegen Martha so sehr zusammenzuckte, dass die rostigen Federn des Sofas unter ihrem spitzen Hintern quietschten.

In diesem Moment tauchte der Großvater im Türrahmen auf. In einer Hand hielt er ein mit krummen Nägeln bestücktes Brett. Stumm ließ er sich auf der Sofakante nieder.

Frau Zwirnfitz folgte ihm auf den Fersen. „Herr Krummnagel! Sie arbeiten wieder? Das ist aber eine Überraschung."

Doch bevor er etwas erwidern konnte, rümpfte Frau Zwirnfitz die Nase und eilte zum Fenster, um frische Luft hereinzulassen. Dann schaute sie in die Runde und was sie sah, war sicher kein amüsanter Anblick. „Ich denke, es ist höchste Zeit, euch den Mief der letzten Tage abzuwaschen. Ich werde sofort gehen und Badewasser in die Wanne lassen. Mit einem extra Schuss vom Latschenkieferschaumbad werdet ihr drei duften wie der Wald am frühen Morgen." Sie streckte ihre Hand zu Betula hin. „Betula, du bist die Erste. In zwei Stunden müssen wir zwei startbereit für den Häkelwettstreit sein."

# Siebenundzwanzigstes Kapitel

## In dem Frau Zwirnfitz zum Häkelwettstreit antritt

Frau Zwirnfitz hatte sich wieder in ihr meeresgrünes Kostüm gezwängt. Sie stand vor ihrem Frisiertischchen, wo sie ihr Haar Strähne für Strähne toupierte, um es wie einen weißen Federbusch aussehen zu lassen. Dann kramte sie in einer Schublade herum und wählte die Ketten mit den roten Kugeln aus. Weil Betula Frau Zwirnfitz in dem neuen Tischlerhemd nicht gefiel, hatte sie ihr eine gelbe Bluse mit Rüschen an Ärmeln und Kragen geschenkt. Betula fand, dass sie darin wie ein Kanarienvogel aussah und maulte, als sie sich im Spiegel betrachtete. Doch Frau Zwirnfitz bestand auf diese Bluse. Sie meinte, Betula solle jetzt keine Mätzchen machen, und zog sie am Arm zur Tür hinaus. Herausgeputzt, als stünde der Empfang des Königs von Timbuktu bevor, machten sie sich auf den Weg zum *Altersheim am Holunderbusch*.

„Hab ich den Papierschnipsel auch wirklich eingesteckt, Betulchen?“, fragte Frau Zwirnfitz bereits zum neunten Mal. Das Haus lag erst fünfzig Meter hinter ihnen.

„Ja, haben Sie!“, antwortete Betula ebenfalls zum neunten Mal.

Nervös nestelte die alte Dame an der Seitentasche ihrer Kostümjacke. Immer wieder wischte sie sich mit dem Handrücken die Schweißperlen von der Oberlippe. Betula sprang ein paar Schritte voraus und beugte sich über das Brückengeländer, um im Fluss nach der Betula mit der albernen Bluse zu schauen und sie auszulachen. Als hätte sie eine Windböe aufgeschreckt, fegte sie genau in diesem Moment über das Wasser und zerkräuselte Betulas Spiegelbild.

Schon von weitem konnte Betula sehen, dass die Eisbude geschlossen war, denn die Markise war nicht ausgefahren. Dabei hatte sie sich so sehr auf ein Erdbeereis gefreut. ‚Die Eisfrau hat sich bestimmt ihren Wunsch, einen Fernsehsessel mit Automatik und Heizkissen, erfüllt', dachte Betula. Sogleich stellte sie sich die runde Eisfrau vor, wie sie schwitzend in ihrem Fernsehsessel saß und sich per Knopfdruck den ganzen Tag lang hoch- und runterfahren ließ.

„Und wenn sie versuchen sollte, mit ihrem sechsten Sinn nun auch noch meinen Papierschnipsel zu stehlen, Betula, dann musst du sie davon abhalten." Frau Zwirnfitz riss Betula aus ihren Gedanken.

„Was? Nein, das wird sie nicht. Sie hat nämlich ..." Doch Betula sprach nicht weiter. Würde sie Frau Gierzahns Geheimnis jetzt verraten, machte Frau Zwirnfitz womöglich vor Schreck auf dem Absatz kehrt und ginge nicht zum Wettstreit. Frau Zwirnfitz würde dann auch nicht die Wahrheit über das Häkelmuster erfahren und das wäre wirklich schlimm. Doch die Wahrheit konnte ihr nur Frau Gierzahn sagen. Darum schwieg Betula und Frau Zwirnfitz fragte zum Glück nicht weiter nach.

Ganz kurz blieb sie vor dem Schaufenster des Ladens *Flotter Schnitt* stehen. Dort hing, auf einer ellenlangen Stange das immer gleiche grüne Kleid.

In raschen Schritten ging es weiter die Einkaufsstraße hinauf und über den Marktplatz, der ohne Marktstände ganz verlassen aussah. Nur die dicke Litfaßsäule mit den vielen bunten Plakaten stand da wie immer. Ein Plakat machte Betula neugierig und sie trat heran. *Erneuerung des Friedhofs im Birkenwald* stand als Überschrift darauf. Betula las weiter. Die Stadt Hintermühlen hatte kurzerhand beschlossen, die kleine Friedhofskapelle zu restaurieren. Es sei das einzige große Bauvorhaben in diesem Jahr. Betula erschrak. ‚Wenn sie die Kapelle erneuern, werden sie die Särge in der Gruft finden!'

„Warum kommst du nicht weiter, Betula?", rief Frau Zwirnfitz. Sie wartete ungeduldig vor der Apotheke.

Betula lief zu ihr. Doch irgendetwas stimmte mit ihren Schuhen nicht. Die schmatzten bei jedem Schritt und schienen fast am Boden klebenzubleiben.

„Sieh doch nur! Die schwarzen Abdrücke! Was hast du denn an den Sandalen?", fragte da auch schon Frau Zwirnfitz pikiert.

Betula schaute zu ihren Sandalen hinunter, dann drehte sie den Kopf und schaute über ihre Schulter zurück. War da nicht eine kleine schwarze Pfütze vor der Litfaßsäule?

„Ich husche schnell in die Apotheke und besorge Pfefferminzöl. Dein Großvater ist ja ganz närrisch nach dem Zeug. Und Martha kaufe ich bei der Gelegenheit gleich ein paar Knoblauchpillen, damit sie endlich diesen Knoblauchzopf ablegt. Du bleibst draußen und versuchst, den Dreck von deinen Sohlen am Bordstein abzukratzen, hörst du?", sagte Frau Zwirnfitz streng. Als Betula nickte, verschwand sie mit einem Glöckchenklingeln hinter der Apothekentür.

Betula ging zurück zur Litfaßsäule und tippte mit der Fingerspitze in die Pfütze auf den Pflastersteinen. Es war Farbe. Schwarze Farbe. Und dieser Geruch? Den kannte sie auch. So hatte die Farbe in den Stiefeln des Sargtischlers in der Vergangenheit gerochen. Nach Marienkäferblut. Konnte es sein, dass der Sargtischler hier gestanden hatte? Aber wie war das möglich? Der steckte doch in seinem Wurmloch fest. Oder nicht?

Das Klingeln des Glöckchens an der Apothekentür riss sie aus ihren Gedanken und Betula machte sich mit Frau Zwirnfitz weiter auf den Weg zum Altersheim.

„Kennen Sie den Friedhof im Birkenwald?", fragte Betula.

„Nein", antwortete Frau Zwirnfitz bestimmt. „Ich betrete keinen Friedhof. Ich besuche die Menschen, solange sie leben. Da haben sie mehr von. Und ich auch."

„Dann haben Sie das Grab Ihres Großvaters Emil Zwirnfitz

kein einziges Mal besucht? Es befindet sich nämlich in der Gruft auf dem Birkenwaldfriedhof. Wussten Sie das?"

Frau Zwirnfitz zog überrascht die Luft ein. „Nein, das wusste ich nicht. Sag bloß, du warst dort?"

Statt zu antworten, zuckte Betula nur mit den Schultern.

„Also, wo du so überall ..." Frau Zwirnfitz beendete den Satz nicht, sondern zog die Stirn in Sorgenfalten. „Es ist meine Schuld. Großvater und Martha sind krank und ich nehme mir zu wenig Zeit für dich. Ab morgen wird alles anders. Morgen beginnt ein neues Leben, Betula." Sie presste die Lippen zusammen. „Mit oder ohne Goldene Häkelnadel. Das verspreche ich dir." Und wieder tastete sie nach dem Papierschnipsel in ihrer Kostümtasche.

Schweigend eilte sie die Straße weiter hinauf. Betula schritt nachdenklich neben ihr her.

Plötzlich sah sie Herrn Buttersäge. Wie zwei Tage zuvor trug er den großen Zylinderhut und den langen schwarzen Sommermantel. Er stand mit dem Rücken zur Ladentür der *Fleischerei Gulasch*. In der Hand hielt er ein Päckchen, das die Form einer Wurst hatte. Noch hatte er Betula nicht bemerkt. Sie hätte einfach so wie Frau Zwirnfitz an ihm vorbeihuschen können. Doch Betula ging in langsamen Schritten auf ihn zu. Ihr Blick wanderte zu seinem Hosensaum, der bis auf die Erde reichte. Sie sah genauer hin. Und jetzt erkannte sie auf dem dunklen Stoff Farbspritzer, die so schwarz waren wie die Punkte auf Marienkäferflügeln. Und da traf es Betula wie ein Hammerschlag! Herr Buttersäge war der Sargtischler! Sein langer Hosensaum konnte zwar die Stiefel verbergen, aber die Farbkleckse verrieten ihn. Irgendwie musste es ihm gelungen sein, aus dem Wurmloch zu entkommen. Er musste es sein. Betula benötigte nur noch einen letzten Beweis.

Jetzt hatte Herr Buttersäge Betula bemerkt. Er zog seinen Zylinder tief in die Stirn und stellte den Mantelkragen auf. „Guten Tag, Betula", grüßte er freundlich.

Betula schluckte. „Guten Tag, Herr Buttersäge." Sie zeigte

auf das Päckchen in seiner Hand. „Was haben Sie sich denn gekauft?"

„Blutwurst", antwortete er, ohne zu zögern. „Das ist meine Lieblingswurst."

„Das hab ich mir gedacht", murmelte Betula.

„Wie?"

„Ich ... ich ... meinte ...", stammelte Betula. Jetzt war sie sich sicher. Herr Buttersäge war der Sargtischler. In ihrem Kopf rasten die Gedanken hin und her. Er durfte ihr nicht wieder entwischen. Nicht bevor er den Fluch von ihrer Familie genommen hatte. Doch wie konnte sie ihn aufhalten? „Mein Großvater wird Ihnen wie versprochen die Kommode bauen", behauptete sie schnell.

„Das überrascht mich!", rief Herr Buttersäge und kicherte unter seiner Hutkrempe.

„Betula, warum bleibst du denn andauernd stehen?" Das war Frau Zwirnfitz, die vom anderen Ende der Straße rief.

Betula trat nervös von einem Bein auf das andere, dann streckte sie Herrn Buttersäge entschlossen eine Hand entgegen. „Kommen Sie morgen zum Kaffee. Dann können Sie die Einzelheiten mit meinem Großvater besprechen."

Herr Buttersäge ergriff ihre Hand. Sein Griff war fest wie ein Schraubstock. „Die Einladung nehme ich an." Seine Stimme klang mit einem Mal unheimlich.

„Mein Großvater trinkt um drei seinen Kaffee. Seien Sie pünktlich", presste Betula durch zusammengebissene Zähne. Endlich löste er den Griff. Ohne sich noch einmal nach ihm umzudrehen, rannte Betula die Straße hinauf und holte Frau Zwirnfitz ein.

„Das war doch dieser Buttersäge. Ein unangenehmer Mensch ist das. Deinen Großvater so zu blamieren! Ich hoffe, du hast ihm gesagt, dass er sich die Kommode abschminken kann."

Betula schaute stumm auf ihre Hand. Sie tat ihr noch immer ein bisschen weh.

Je näher sie ihrem Ziel kamen, umso langsamer wurde Frau Zwirnfitz. Ihr Seufzen wurde immer schwerer. Sie passierten den Güterbahnhof und erreichten den Rand der Stadt, wo der Teerweg abrupt endete, als hätte ihn jemand abgeschnitten und weggeworfen. Vor ihnen lag ein zu hartem Stein gewordener Sandacker, auf dem sich der graue Betonklotz erhob. Das Altersheim. Betula sah Frau Zwirnfitz an, dass sie kurz davor stand umzukehren.

Doch da überholte Herr Wortklauber sie auf seinem Fahrrad. „Kommen Sie, kommen Sie! Wir sind spät dran", rief er und radelte weiter.

Es gab kein Zurück mehr.

Die vielen kreuz und quer verlaufenden Spuren auf dem sonst tadellos glänzenden Linoleum im Gebäude verrieten, dass etwas Besonderes im Gange war. Eine ungewohnte Lebendigkeit lag in der Luft. Im Speisesaal wurden Betula und Frau Zwirnfitz mit lautem Geschnatter und einer Wolke aus Lavendelduft empfangen.

„Frau Zwirnfitz, da sind Sie ja!", rief Fräulein Frühling und winkte. Tänzelnd bewegte sie sich durch die Zuschauerreihen auf Frau Zwirnfitz zu. Ihre Haare fielen heute nicht in schönen Korkenzieherlocken, sondern steckten in einem strengen Dutt, der Betula gar nicht gefiel.

„Kommen Sie! Die Duellantinnen nehmen vorn am Tisch Platz." Sie reichte Frau Zwirnfitz ihren Arm. Die alte Dame hakte sich ein und ließ sich zum Tisch führen.

Betula folgte ihnen durch das Getümmel der vielen Gäste, die gekommen waren, um sich den Wettstreit anzusehen. Sie wollte in der ersten Reihe sitzen, um ja nichts zu verpassen und fand dort zum Glück noch einen freien Stuhl. Schräg hinter ihr saß Herr Meridiani. Er war aber nicht wegen des Häkelwettstreits da, sondern wegen der Duttnadeln, wie er Betula erklärte. „Die brauche ich dringend für meine neue Galaxie", flüsterte er ihr zu. Dabei schielte er verschwörerisch auf die Duttnadeln im Haar der Dame, die vor ihm saß.

An einer langen Tafel aus vier aneinander geschobenen Tischen hatten bereits Frau Grimm, Frau Gulasch, Frau Kleinfuß, Frau Ast und Frau Rummschüssel Platz genommen. Die beiden äußeren Plätze waren frei. Auf Frau Asts angeknackster Nase klebte ein großes Pflaster, als sollte es verhindern, dass ihre Nase endgültig entzweibrach. Die Häkeldamen trugen neue, grüne Sommerkleider, die gleichen, die es bei *Flotter Schnitt* gab. Mit ihren steifen Zuckerwattefrisuren sahen sie darin aus wie sechs weiße Alpenveilchen. Vor jeder Dame lagen jeweils eine Häkelnadel und ein Körbchen mit Garn. Jedes Garn hatte eine andere Farbe.

Frau Zwirnfitz nahm Platz und saß nun direkt neben Frau Gulasch, am linken Ende der langen Tafel. Herr Wortklauber, wie immer auf heißen Sohlen, sprang sofort zu ihr und zückte seinen Notizblock, um ihr ein paar erste Fragen zu stellen, die Betula aber wegen des lauten Gemurmels im Saal nicht verstehen konnte. Fräulein Frühling überprüfte bei jeder der Damen noch schnell den Puls. Und natürlich half sie beim Entwirren der Brillenbänder. Dann war alles bereit und man wartete ungeduldig darauf, dass auf dem siebten Stuhl Platz genommen wurde.

Plötzlich ging ein Raunen durch die Zuschauer. Alle Köpfe drehten sich zur Tür und durch den Saal schritt eine kleine, vom Alter verschrumpelte Frau. In einer weißen Handschuhhand hielt sie den begehrten Preis: die Goldene Häkelnadel. Jeder im Raum schien vor Ehrfurcht den Atem anzuhalten. Alle Augenpaare waren auf Frau Gierzahn geheftet. Als sie Platz genommen hatte, war dies das Signal für Fräulein Frühling.

„Liebe Gäste“, sprach sie zu den Anwesenden im Saal. „Lassen Sie uns mit einem kräftigen Applaus unsere mutigen Duellantinnen begrüßen!“

Man applaudierte eifrig.

Fräulein Frühling fuhr fort. „Ich freue mich seit langem

auf diesen Tag. Ein besonderer Dank geht an Frau Zwirnfitz. Niemand in unserer Stadt hat so viele und schöne Topflappen gehäkelt wie sie.“ Frau Zwirnfitz nickte dankbar und wuchs auf ihrem Stuhl in die Höhe. „Als Frau Zwirnfitz von dem Häkelwettstreit erfuhr, hat sie keine Zeit und Mühen gescheut und eine Häkelgruppe in unserem Altersheim gegründet. Seit Wochen wurde fleißig trainiert, um sich der großen Herausforderung zu stellen.“ Fräulein Frühling nickte freundlich zu den Häkeldamen hinüber, die mit todernsten Gesichtern in das Publikum starrten. Alle bis auf Frau Ast. Wegen der ganzen Aufregung musste sie sich mit einem kurzen Schläfchen erholen.

Fräulein Frühling trat nun mit feierlicher Miene und einem blauen Samtkissen in den Händen an Frau Gierzahn heran und bat sie, die Goldene Häkelnadel darauf zu legen. Dann wandte sie sich wieder dem Publikum zu. „Das schönste Muster wird heute die Goldene Häkelnadel gewinnen. Und Sie, liebe Gäste, werden darüber abstimmen.“

Die Gäste applaudierten. Herr Wortklauber sprang nun an den anderen Rand des Tisches, wo Frau Gierzahn saß, und übernahm das Wort: „Sehr geehrte Frau Gierzahn! Darf ich Sie nach Ihrem Alter fragen?“

Frau Gierzahn schloss die Augen und nach drei tiefen Atemzügen hoben sich ihre Lider. „Sie dürfen.“

Herr Wortklauber tat erfreut. „Wie alt sind Sie?“

„Einhundertundfünf.“

Ein erstauntes Raunen war im Saal zu hören.

„Was ist das Geheimnis Ihres hohen Alters?“, wollte Herr Wortklauber wissen.

Frau Gierzahn blinzelte. „Wenn es ein Geheimnis ist, kann ich es Ihnen nicht verraten.“ Die Gäste murmelten enttäuscht.

Herr Wortklauber blätterte irritiert in seinen Notizen. „Wie sind Sie in den Besitz der Goldenen Häkelnadel gekommen?“

Betula schaute zu Frau Zwirnfitz und sah ihr an, dass sie sich nur unter größter Anstrengung zurückhalten konnte, nicht auf diese Frage zu antworten.

Frau Gierzahn polierte zwischen ihren Seidenfingern in aller Ruhe einen Glasknopf an ihrem Kleid, bis er glänzte. Dann sagte sie: „Sie gehörte dem Markgrafen Otto dem Faulen, der …"

Herr Wortklauber nickte beflissen und fiel ihr ins Wort: „… der so faul war, dass er sie im Jahre 1367 samt der Mark Lausitz an den Böhmischen König verkaufen musste."

Frau Gierzahn schaute pikiert. „Wenn Sie schon alles wissen, warum fragen Sie mich dann? Halten Sie mich für senil?"

„Nein. Natürlich nicht." Herr Wortklauber seufzte über die Wendung, die das Gespräch gerade nahm. „Ich wollte nur gern wissen, wie *Sie* …"

Die Ungeduld unter den Wettstreiterinnen am Tisch wuchs. „Quasseln Sie nicht so viel", knurrte Frau Grimm Herrn Wortklauber an und zeigte strahlend weiße Zähne. Das Tüllsäckchen hing leer an ihrem Handgelenk. „Sonst fange ich nämlich an zu faulen und habe noch nicht mal eine einzige Masche geschlagen."

„Genau", rief Frau Ast, die aus ihrem Nickerchen erwacht war.

„Gibt es Kekse? Ich sehe keine Kekse!", sagte Frau Rummschüssel besorgt.

Herr Wortklauber zog sich zurück und Fräulein Frühling trat wieder an den Tisch.

„Also dann, meine lieben Damen. Ran an das Häkelgarn!", rief sie freudestrahlend.

# Achtundzwanzigstes Kapitel

## In dem Frau Gierzahn nicht häkelt und Betula errät, warum sie nicht häkelt

Nach diesem Kommando griffen die Häkeldamen mit einer Hand in ihr Körbchen und mit der anderen nach ihrer Häkelnadel und begannen hektisch, eine Luftmasche nach der anderen zu häkeln. Frau Zwirnfitz hatte Startschwierigkeiten. Erfüllt vom Ernst der Stunde wanderte ihr Blick zwischen der linken Hand mit dem roten und der rechten Hand mit dem blauen Garn hin und her und sie konnte sich einfach nicht entscheiden. Frau Rummschüssel hatte sich nach drei Minuten hoffnungslos verheddert. Aber das schien kaum jemand zu bemerken, denn alle Augen ruhten auf Frau Gierzahn. Zur Verblüffung der Zuschauer hatte sie nur ihr Körbchen zu sich herangezogen und starrte nun auf die Häkelnadel.

Die Leute begannen zu tuscheln. „Ich verwette meinen Hintern, dass sie gar nicht häkeln kann", bemerkte die Frau mit den vielen Duttnadeln im Haar neben Betula. Jemand anderes vermutete, dass Frau Gierzahn das Kommando nicht gehört habe. Und wieder ein anderer behauptete zu wissen, dass die Häkelnadel gar nicht aus echtem Gold sei und dass es diesen Markgrafen Otto den Faulen nie gegeben habe. Bei all dem Gerede fühlte sich Betula, als läge ein schwerer Stein in ihrem Bauch.

Wenigstens startete jetzt Frau Zwirnfitz. Entschlossen legte sie das blaue Garn zurück und im Handumdrehen nahm ihre Häkelarbeit die Form eines roten, akkuraten Rechteckes an, wofür sie neidische Blicke der anderen Häkeldamen erntete. Nur Frau Gierzahns Finger lagen noch immer still auf dem Tisch.

Und da hatte Betula eine Idee. „Ist es erlaubt, ein Muster zur Hilfe zu nehmen?“, fragte sie laut in den Saal hinein, weil sie glaubte, Frau Gierzahns Finger hätten vergessen, was sie mit dem Garn und der Nadel anstellen sollten. Alle Köpfe schauten abwartend zu Fräulein Frühling.

„Natürlich!“, rief Fräulein Frühling. „Aber nur, wenn es das eigene Muster ist.“

Betula sah noch im Augenwinkel Frau Zwirnfitz’ ermutigenden Blick, bevor sie von ihrem Platz aufsprang und an den Stuhlreihen entlang, aus dem Saal und in den Flur eilte. Sie wusste ja, wo Frau Gierzahn das Häkelmuster aufbewahrte. In einem blauen Kästchen in ihrem Kleiderschrank.

Nur wenig später stürzte sie in den Saal zurück, in der Hand einen kleinen quadratischen Zettel, dem die obere linke Ecke fehlte, und legte ihn auf Frau Gierzahns Platz.

Frau Kleinfuß reckte sogleich neugierig den Hals zu ihrer Nachbarin und starrte auf die verschnörkelte tintenblaue Überschrift. „Och-re-zep-te“, las sie laut vor.

Als hätte ihr jemand eine Nadel in den Hintern gestochen, sprang Frau Zwirnfitz vom Stuhl hoch. „Betula, was tust du da? Das ist *mein* Muster“, rief sie erschüttert. Sie hatte wohl geglaubt, dass Betula gegangen war, um es ihr zu geben. Und schon griff sie in ihre Kostümtasche, marschierte zum anderen Ende des Tisches und schob mit zitternder Hand ihren Schnipsel an die fehlende Ecke des Papierzettels, der vor Frau Gierzahn lag. Der Schnipsel mit dem tintenblauen K passte. Haargenau. Triumphierend zog Frau Zwirnfitz ihr Kostüm stramm.

„Das Häkelmuster wurde auf einen Zettel geschrieben, der aus einem Block für Kochrezepte stammt. Und nun lesen Sie noch einmal, Frau Kleinfuß“, sagte Frau Zwirnfitz.

Und Frau Kleinfuß las: „Koch-re-zep-te.“

„Dieser Papierschnipsel ist der Beweis“, sagte Frau Zwirnfitz. „Das Häkelmuster gehört mir. Frau Gierzahn hat es mir gestohlen.“

Die Gäste reckten die Hälse und hinter vorgehaltener Hand wurde getuschelt und spöttisch gekichert.

Ein untersetzter Herr zeigte sich hoch erfreut: „Uiuiui. Jetzt gibt es Haue. Ich bin für die Dicke mit dem Federbusch auf dem Kopf und ich setze meinen Pudding für die ganze nächste Woche auf sie“, rief er und schaute sich auffordernd um, ob es jemanden im Publikum gab, der seine Wette annahm.

Eine Frau mit schriller Stimme rief: „So wie ich das sehe, ist Ihr Schnipsel aber viel kleiner. Damit ist es ganz klar Frau Gierzahns Muster.“ Zustimmendes Gemurmel im Saal.

Vor Zorn bekam Frau Zwirnfitz rote Flecken im Gesicht und stemmte die Hände in die Hüften. „Sie hat es mir vor vielen Jahren hinterrücks aus meinem Schulranzen gestohlen. Sie ist eine gemeine Diebin!“

Herr Wortklauber witterte eine spannende Story, weswegen er neugierig nachhakte. „Frau Gierzahn. Was sagen Sie zu dieser Anschuldigung?“

Es wurde mucksmäuschenstill im Saal. Auch die anderen Häkeldamen hielten gespannt inne.

„Bitte Frau Gierzahn, erzählen Sie doch. Sagen Sie allen, wie es wirklich war“, rief Betula ihr zu.

Schweigend hob Frau Gierzahn eine weiße Handschuhhand und legte sie auf das Häkelmuster ab, wo sie eine nervenzerreißende Sekunde lang ruhte. Dann schob sie das Muster langsam von sich weg und zu Frau Zwirnfitz hin, die noch immer neben ihr am Tisch stand. „Frau Zwirnfitz hat recht. Ich bin eine Diebin. Ich habe es gestohlen“, gestand sie, schloss die Lippen und starrte wieder stur auf die Häkelnadel.

„Oh nein!“, rief Betula. Sie konnte es nicht fassen. Warum sprach sie nicht weiter?

Schockiertes Gemurmel erhob sich im Saal. Frau Zwirnfitz schnappte sich das Muster, und mit der Gewissheit einer Siegerin kehrte sie zurück auf ihren Platz.

Von den übrigen Häkeldamen war nun keine mehr in der Lage zu häkeln. Voller Bewunderung schauten sie auf Frau Zwirnfitz, wie sie das Muster Zeile für Zeile mit einem Blick studierte, als entziffere sie ägyptische Hieroglyphen.

„Es scheint mir doch äußerst kompliziert. Sind Sie sicher, dass es nicht zu schwierig für Sie ist?", kommentierte Frau Gulasch.

„Das schaffe ich mit links", entgegnete Frau Zwirnfitz, schob den angefangenen roten Topflappen mit dem Unterarm beiseite und griff rasch nach dem blauen Garn, um demonstrativ eine erste Luftmasche zu schlagen.

Betulas Blick wechselte wieder zu Frau Gierzahn hinüber. Schon die ganze Zeit versuchte sie verzweifelt herauszufinden, was mit ihr nicht stimmte. Warum starrte sie ihre Häkelnadel so an? Es schien beinahe, als fürchte sie sich vor ihr. Doch dann fiel es Betula wieder ein. Sie erinnerte sich an ihren ersten Besuch bei Frau Gierzahn und daran, was passiert war, als sie versucht hatte, die Häkelnadel aus dem Kästchen zu nehmen. Sie war ihr immer und immer wieder aus den seidigen Fingern geglitten. Dass sie nicht gleich darauf gekommen war! Es lag an den Handschuhen! Solange ihre Finger darin steckten, konnte sie nicht häkeln.

Betula trat mit einem großen Schritt an Frau Gierzahn heran und beugte sich zu ihr hinunter. „Ich weiß genau, dass Sie häkeln können", flüsterte sie ihr zu. Frau Gierzahn hob den Kopf und sah Betula an. „Sie müssen nur Ihre Handschuhe ausziehen."

Frau Gierzahn ließ den Blick durch den Saal schweifen. Als sie sah, dass alle Augenpaare auf sie gerichtet waren, wurde sie noch kleiner auf ihrem Stuhl. „Niemals. Ich kann sie schon hören, ihre gemeinen Hänseleien", sagte sie und blickte wieder zu Betula. „Willst du die Hänseleien erraten? Worauf tippst du?" Dann lächelte sie, wie eben jemand lächelt, dem der Spaß an einem Spiel vergangen war.

Mit lautem Gejammer trudelte Frau Zwirnfitz ihre

Maschen wieder auf und versuchte jetzt ihr Glück mit einem anderen Garn, dem grünen.

Betula beugte sich erneut zu Frau Gierzahn. „Ich verspreche Ihnen, dass niemand Sie hänseln wird. Weil nämlich niemand so schön häkeln kann wie Sie", redete sie auf sie ein. Doch Frau Gierzahn ließ sich nicht überreden.

Im Publikum wurde noch immer getuschelt. „Ich hörte, Sie soll grüne Warzen an den Händen haben. Darum trägt sie immer diese Handschuhe", flüsterte eine gemeine Stimme.

Betula wurde der Hals eng. Mit flehendem Blick schaute sie auf die kleine Frau und da erschien es Betula abermals so, als schaue das kleine Mädchen, dem sie in der Vergangenheit begegnet war, zu ihr heraus. „Augusta", sagte Betula jetzt mit Nachdruck und sah fest in Frau Gierzahns trübe Augen. „Ich bin deine Freundin. Bitte zieh deine Handschuhe aus. Ich weiß, dass du ein mutiges Mädchen bist."

Frau Gierzahns Augen wurden blank. „Ich hatte noch nie eine Freundin", sagte sie und seufzte – und dann begann sie, zaghaft an den Seidenfingerspitzen zu zupfen.

„Seht doch! Sie zieht ihre Handschuhe aus!", rief sogleich eine Frau ganz außer sich. Frau Gierzahn hielt inne, aber dann presste sie die Lippen zusammen, zog mit einem Ruck die linke und mit einem zweiten Ruck die rechte Hand aus den Handschuhen und legte zwei nackte Hände auf den Tisch. Ein kurzer Blick genügte dem misstrauischen Publikum und sofort schnellten ein paar Da-stimmt-doch-was-nicht-Zeigefinger hoch. „Eins, zwei, drei, vier", begann man laut zu zählen.

Doch bei vier hatte Frau Gierzahn das Häkelgarn bereits ergriffen. Was dann passierte, versetzte alle in größtes Erstaunen. Frau Gierzahns Finger bewegten sich in solcher Geschwindigkeit, dass einem schwindlig wurde. Es schien, als habe sie mindestens fünfundfünfzig Finger. Gleichzeitig quoll das Garn nur so aus ihren Händen. Es war kein Häkeln, es war vielmehr ein Weben. Zur grenzenlosen Verblüffung aller entstanden die unglaublichsten Formen. Zuerst waren es rote Rosen, dann blaue Hyazinthen und dann gelbe Narzissen, die auf einem luftigen Garnteppich zu schweben schienen. Die Häkeldamen kippten eifrig ihre Häkelkörbchen aus und rollten die Garnknäule zur Frau Gierzahn. Mit aufgerissenen Augen staunten sie, wie das Garn von Frau Gierzahns scheinbar unzähligen Fingern verschlungen wurde. Frau Zwirnfitz gab aber nicht auf und versuchte unterdessen verbissen, das Häkelmuster zu entschlüsseln, wobei sie immerzu verstohlen zu ihrer Konkurrentin hinübersah.

Nach weniger als fünf Minuten gab es im ganzen Altersheim keinen Zentimeter Garn mehr. Frau Zwirnfitz' Garnknäuel war das letzte. Darum nahm Frau Gulasch eine Schere und schnitt kurzerhand den Faden ab. Ehe Frau Zwirnfitz begriff, was passiert war, hatten Frau Gierzahns Finger auch dieses Garn in eine Girlande aus lustigen grünen Gurken verwandelt. Die sechs Häkeldamen waren hinter einem Berg aus Häkelblumen verschwunden. Nur Frau Zwirnfitz' weißer Federbusch ragte hervor. Sie selbst hatte nichts vorzuweisen als einen grünen verhedderten Knoten.

Im Saal herrschte eine Stille, als hätte Frau Gierzahn Stroh zu Gold gesponnen. Die kleine alte Frau senkte die Hände in ihren Schoß, schloss die Augen und zog die Mundwinkel zu einem zufriedenen Lächeln nach oben.

„Bravo!", rief ein Herr. „Sie ist die Siegerin."

„Fabelhaft! Sie hat Zauberhände!", jubelte die gleiche Frauenstimme, die zuvor behauptet hatte, dass Frau Gierzahn grüne Warzen an den Händen hätte. Ein tosender Applaus brandete auf. Alle waren sich einig: Frau Gierzahn war die Siegerin des Häkelwettstreits.

Fräulein Frühling eilte mit dem blauen Samtkissen herbei und Herr Wortklauber hatte seine Kamera gezückt. Als der Applaus verebbte, positionierten er und Fräulein Frühling sich dicht neben der Siegerin des Häkelwettstreits, die noch immer die Augen geschlossen hielt.

„Frau Gierzahn", begann er feierlich. Doch dann fiel sein Blick auf ihre Hände. „Sensationell. Sie haben *elf* Finger!", rief er vollkommen aus dem Häuschen.

„Sie hat elf Finger. Elf Finger hat sie. Elf!", rief jeder seinem schwerhörigen Nachbarn ins Ohr.

Frau Gierzahn zuckte zusammen, als wäre sie aus einem schönen Traum erwacht. Einen Moment lang schaute sie verwirrt in die Menge. Die märchenhafte Stimmung war verschwunden. Es entstand eine betretene Stille. Alle schauten mit so irritierten Gesichtern zu Frau Gierzahn, dass Betula fast bereute, sie überredet zu haben, die Handschuhe auszuziehen.

„Natürlich habe ich elf Finger", sagte Frau Gierzahn in die Stille hinein. „Wie viele Finger haben *Sie* denn?" Und schon zählte sie laut Herrn Wortklaubers Finger an der rechten Hand vor. „Zehn, neun, acht, sieben, sechs." Sie wechselte zur Linken. „Und fünf dazu." Sie schaute ihm scharf in die Augen. „Das macht wie viele?"

„Elf", sagte Herr Wortklauber verdattert. „Sechs plus fünf macht elf."

„Eins. Setzen", sagte Frau Gierzahn im Ton einer Lehrerin und grinste breit.

Sogleich fing man im ganzen Saal an, Finger zu zählen, und alle kamen zum gleichen Ergebnis.

„Ich habe ebenfalls elf! Und Sie auch!"

Betula war stolz auf Augusta. Am liebsten wäre sie zu ihr hingesprungen, um mit ihr huckepack eine Runde durch den Saal zu galoppieren. Doch da hörte sie ein trauriges Schniefen. Es kam von Frau Zwirnfitz. Auch Frau Gierzahn hatte es bemerkt. Sie erhob sich, legte die grüne Gurkengirlande um ihren Hals und ging an das andere Ende des Tisches. Betula folgte ihr. Frau Zwirnfitz saß da und weinte leise in ein Taschentuch. Wieder wurde es im Saal mucksmäuschenstill, denn niemand wollte verpassen, was Frau Gierzahn Frau Zwirnfitz zu sagen hatte.

„Ein Leben lang waren diese Handschuhe wie Fesseln an meinen Fingern", sprach sie zu ihr. Frau Zwirnfitz drehte sich schmollend weg. „Als ich vier Jahre alt war, erfuhr meine Mutter von einem Häkelwettstreit. Sie war ganz aufgeregt, als sie nach Hause kam, denn der Sieger sollte eine Häkelnadel aus purem Gold gewinnen." Frau Zwirnfitz hob den Kopf und schaute verwundert über ihre Schulter.

„Obwohl ich noch sehr klein war, besaß ich das Talent, alles Mögliche aus Wolle und Garn zu weben. Ich hatte keine Ahnung warum. Meine Finger taten es einfach. Bis zu dem Tag, als meine Mutter zu mir sagte, dass etwas mit meinen Fingern nicht stimmte. Ich fragte sie, *was* denn nicht stimmte? Und sie sagte, es sei die Anzahl der Finger. Ich zählte meine Finger und kam auf elf. Dann zählte ich die Finger meiner Mutter. Sie hatte zehn. Ich ging zu meiner Schwester. Auch sie hatte zehn. Ich lief auf die Straße und zählte die Finger an den Händen der Menschen, die mir begegneten. Sie hatten alle zehn Finger. Bis ich am Abend den Holzfäller traf. Der saß auf einer Bank im Park. Er zeigte mir seine Hände und er hatte nur neun Finger. Freudestrahlend lief ich zu meiner Mutter und erzählte ihr von dem Holzfäller. Die Antwort meiner Mutter traf mich wie ein Schlag. ‚Menschen können zu wenige Finger haben, aber niemals zu viele, Augusta', sagte sie zu mir. ‚Die Leute reden und sagen, du bist …'" Frau Gierzahn unterbrach kurz und fuhr dann mit traurigem Blick fort. „Meine Mutter brachte das Wort nicht über ihre Lippen, jenes Wort, das die Leute sagten und von dem sie meinten, dass ich das sei. Von da an habe ich meine Mutter jeden Tag gefragt, welches Wort denn so schlimm war, dass sie es nicht aussprechen konnte. Aber sie verriet es mir nicht. Niemals. Später fing ich an, Beleidigungen und Schimpfwörter zu sammeln und sie in ein Heft zu schreiben. Am Tag des Häkelwettbewerbes dann kam sie in mein Zimmer und sagte mir, dass sie mich nicht mitnehmen könne. Sie ließ mich das Muster auf einen Zettel schreiben, schloss mich in meinem Zimmer ein und ging mit meiner Schwester allein aus dem Haus."

Frau Zwirnfitz wurde ganz blass. „Ich verstehe nicht, warum Sie mir das alles erzählen müssen?", sagte sie und suchte in ihrem Kostüm nach einem sauberen Taschentuch. „Ich fühle mich schon schlecht genug."

Betula trat an Frau Zwirnfitz heran. „Verstehen Sie denn nicht? Frau Gierzahn ist die Schwester Ihrer Mutter", erklärte sie ihr. „Frau Gierzahn ist Ihre Tante!"

Frau Zwirnfitz riss erstaunt ihre rotgeweinten Augen auf. „Meine Tante? Ich hatte ja keine Ahnung!" Entgeistert wischte sie sich mit dem Taschentuch über das nasse Gesicht. Dann schaute sie Frau Gierzahn lange und nachdenklich an. „Ich erinnere mich fast jeden Tag daran", begann sie schluchzend. „Damals auf dem Schulhof, als meine Mutter Ihnen die Häkelnadel brachte, hat sie sehr geweint. Bis heute dachte ich, sie weinte, weil ich das Häkelmuster mit in die Schule nahm, obwohl sie es mir verboten hatte. Ich dachte, sie weinte, weil ich sie enttäuscht hatte. Ich wusste nicht, dass sie Ihre Schwester war."

Frau Gierzahn schüttelte den Kopf. „Sie weinte, weil sie an meiner Stelle zu dem Wettbewerb gegangen war und nicht den Mut gehabt hatte, unserer Mutter zu widersprechen. Sie war froh, mir die Häkelnadel endlich zu geben."

Frau Zwirnfitz schämte sich und sah zu Betula. „Und du hast es die ganze Zeit gewusst?", fragte sie.

Betula schaute zu Boden „Nur so ungefähr. Ich dachte, es ist besser, wenn Sie die Wahrheit von ...", begann sie, doch Herr Wortklauber übertönte sie. „Wir würden jetzt gern die Goldene Häkelnadel an Frau Gierzahn überreichen", rief er feierlich.

Fräulein Frühling folgte ihm mit dem blauen Samtkissen und der Goldenen Häkelnadel. „Sie sind eine wahre Meisterin im Häkeln, Frau Gierzahn. Jeder Finger ist das Gold wert", trällerte sie.

Frau Gierzahn betrachtete ihre elf Finger und machte einen kleinen, albernen Hopser. Dann kicherte sie und griff nach der Goldenen Häkelnadel. Das Publikum bejubelte sie mit lauten Bravo-Rufen.

# Neunundzwanzigstes Kapitel

## In dem Sir William in einem Ballonkokon steckt

Ganz plötzlich war Frau Zwirnfitz verschwunden. Sie war nicht mal bis zum Foto geblieben, sodass morgen nur sechs Häkeldamen in der Zeitung zu sehen sein würden. Erst sehr spät kam Frau Zwirnfitz an diesem Tag nach Hause. Sie hatte Spinnweben in den Haaren, ihre Schuhe waren voller Staub und ihre Schultern hingen tief, als würden sie von einer schweren Last gedrückt. In der Hand hielt sie ein Taschentuch, das voller Schnodder der letzten Stunden war.

Betula hatte seit dem Abendbrot auf der Terrasse gesessen und auf sie gewartet. Sie wollte ihr vorschlagen, gemeinsam durch die Stadt zu bummeln oder an der Spree entlang zu spazieren. Betula wollte mit ihr über das, was passiert war, reden. Als die alte Dame endlich auf den Hof einbog, sprang Betula die Treppen hinunter und ihr entgegen.

„Wo waren Sie denn?“, fragte sie. Und weil sie sich so viele Sorgen gemacht hatte, klang es sehr streng. „Es ist nur ... Ich hab nämlich auf Sie gewartet und wollte mit Ihnen spazieren gehen. Jetzt ist es ja aber schon fast dunkel.“

„Ich war in der Gruft, das Grab meines Großvaters besuchen“, antwortete Frau Zwirnfitz matt und strich sich eine Spinnwebe aus dem Gesicht.

„Ganz alleine?“, staunte Betula.

Jetzt blieb Frau Zwirnfitz stehen.

„Ja, Betula. Ganz alleine.“

Betula hörte an ihrer Stimme, dass sie wütend war. Sonst hätte sie Betulchen gesagt. „Ich hatte keine Chance, die Goldene Häkelnadel zu gewinnen. Warum hast du mir nicht erzählt, dass Frau Gierzahn einen sechsten Finger hat?“

Betula blickte auf den Boden, wartete, bis sich die Worte

sortiert hatten, bevor sie sagte: „Es war ihr Geheimnis und Geheimnisse kann man nicht einfach so herumerzählen."

Frau Zwirnfitz schnaubte laut in das Taschentuch und ging ohne ein Wort die Treppe hinauf. Betula folgte ihr.

Dann stand jeder vor seiner Wohnungstür. Betula warf der alten Dame einen traurigen Blick über die Schulter zu. „Gute Nacht", sagte sie leise.

Frau Zwirnfitz drückte stumm die Klinke hinunter. Auf der Türschwelle drehte sie sich doch noch um. „Am Abend sind alle Katzen grau, so wie meine Gedanken jetzt", sagte sie mit einem lauten Schluchzen. „Morgen ist ein neuer Tag." Sie versuchte ein Lächeln. Dann schloss sie die Tür hinter sich.

Als Betula Großvaters Wohnung betrat, wartete bereits die Stille auf sie, die ihr immer eine Gänsehaut machte. Die Stille war mit den krummen Nägeln gekommen und ohne anzuklopfen in das Krummnagelhaus eingezogen. Sie setzte sich mit an den Tisch, wenn es frisch gebrühten Nerventee gab, oder gaffte um die Ecke, wenn nach einem Schaudern die Löffel in den Händen zitterten und Suppe verkleckerten. Am Abend ließ sie sich gern auf der Küchenuhr nieder und störte sich nicht im Geringsten daran, dass das Ticken sie in gleichmäßig dünne Scheibchen schnitt. Es war gerade mal neun.

Martha und Großvater schliefen schon seit fast zwei Stunden. Pünktlich um sieben hatte Betula die Spielkarten auf den Tisch gelegt. Doch statt zu spielen, waren die beiden unter ihre Bettdecken gekrochen und eingeschlafen. Früher hätte es sich der Großvater um diese Uhrzeit in seinem Sessel mit einem Abendkaffee gemütlich gemacht und Martha hätte zusammen mit ihr ein spannendes Buch gelesen. Je mehr Tage sie auf dem Sofa lagen, umso müder wurden die beiden. Martha meinte, das liege an der trockenen Holzwolle im Sofa, die ihr den Lebenssaft aussauge. Während Betula an diesem Abend die Vorhänge zugezogen hatte, hatte Martha Betula erzählt, dass sie heute die wenigen wachen Stunden damit verbracht habe, ihr Gesicht sorgsam in Falten zu legen, nachdem es ihr während der zahlreichen Nickerchen immer wieder zerknautscht war. Der Großvater wurde von Herrn Tinnitus gepiesackt mit einem ganzen Flötenorchester, weswegen er versucht hatte, den Tag mit Fliegenzählen rumzukriegen. Es seien siebenunddreißig Fliegen, hatte er gesagt, aber er war sich nicht ganz sicher.

‚Herrje! So kann es doch nicht weiter gehen!', dachte Betula und setzte sich auf ihr Bett.

Eine entsetzliche Minute lang stellte sie sich vor, wie sie morgen Martha und Großvater erzählen würde, dass der fröhliche Sargtischler zum Kaffee käme. Und dass *sie* ihn eingeladen hatte! Sie konnte schon sehen, wie Martha ihren Zwiebelturban tief ins Gesicht zog. Und der Großvater? Der würde vermutlich aufspringen und die Suche nach der Zange für das verrostete Schloss im Hoftor wieder aufnehmen.

Betula seufzte und ließ sich auf ihr Kopfkissen fallen. Sie starrte an die Decke und begann, darüber zu grübeln, wie der Sargtischler es geschafft haben könnte, aus dem Wurmloch zu entkommen. Da ihr keine Lösung einfiel, wollte sie diese Frage ihrem kleinen Freund Sir William stellen. Also sprang sie auf und rannte hinüber ins Sarglager.

Als das Deckenlicht den Raum erleuchtete, spürte Betula sofort, dass etwas nicht in Ordnung war. Statt einer Begrüßung hörte sie nur maulige, zeternde Rufe. Dann wurde laut gezischt, eine Stimme mahnte zur sofortigen Ruhe, und zu Betulas Verwunderung wurde es tatsächlich still. Nicht das leiseste Nagen war zu hören. Als sie an den Sarg herantrat, bot sich ihr ein sonderbares Bild. Die Holzwürmer hatten sich allesamt an den Bohrlöchern versammelt, als gäbe es irgendetwas zu sehen. Betula betrachtete den Sarg genauer. Alles war so, wie sie es verlassen hatte. Im Wurmloch steckte der Pfropfen, da lagen die Kuschelkissen und mittendrin der übliche Kram, Leselupe, Skizzenblock, Bleistift. Mehr konnte sie nicht entdecken.

„Warum seid ihr so still?“, fragte sie.
„Wir genießen!“, antwortete ein leises Stimmchen.
„Pscht!“, kam es sogleich aus allen Richtungen.
„Was genießt ihr denn?“, flüsterte Betula.
„Die Stille“, kam von irgendwoher leise die Antwort.
Betula runzelte die Stirn. „Stille mag ich nicht. Sie ist unheimlich.“ Sie griff nach der Lupe, beugte sich tief nach vorn und näherte sich Sir Williams Schlupfloch. Doch irgendwie sah ihr kleiner Freund heute ganz anders aus. Sie rückte mit der Lupe noch ein Stückchen näher an ihn heran. „Wow! Sie sind aber dick geworden. Sie sehen ja aus wie ein kleiner runder Ballon!“, rief sie erstaunt.
„Ich bin nicht dick. Ich stecke bis zum Hals in einem Kokon. Meine Metamorphose hat begonnen, Betula“, erklärte Sir William.
„Ihre Metamorphose? Das heißt, Sie werden bald ein Käfer sein?“
„Ein fliegender Käfer werde ich sein. Ich kann es kaum erwarten“, jubelte Sir William.
Betula schluckte. „Aber dann kann ich Sie ganz bestimmt nicht mehr verstehen. Den einzigen Käfer, den ich verstanden habe, war der Wächter des Fluches. Ich glaube, der Sargtischler hatte es ihm so aufgetragen. Er sollte als Larve stumm sein und nur reden, wenn er ein Käfer war. Als wir in der Vergangenheit waren, habe ich gesehen, wie er mit ihm sprach, bevor er ihn in das schwarze Kästchen steckte. Und außerdem war der Wächter ein Hausbockkäfer“, sagte Betula traurig.
„Ich kann die Metamorphose nicht aufhalten. So ist das Leben. Es verändert sich ständig“, erwiderte Sir William.
„Dann ist es sehr wichtig, dass Sie mir gleich jetzt noch eine Frage beantworten. Wer weiß, morgen sind Sie vielleicht schon ganz in Ihrem Ballonkokon-Dingsda verschwunden.“
„Was möchtest du wissen?“, fragte Sir William.
„Können Sie mir sagen, ob an dem Abend, als der Pfropfen

aus dem Wurmloch fiel, noch etwas anderes herausfiel?“

Sir Williams Köpfchen nickte hinter dem Lupenglas. „Ich erinnere mich an ein lautes Poltern“, sagte er. „Es war an einem Abend im Juni, als ich ...“

Doch kaum, dass er begonnen hatte, stimmte unverzüglich ein Chor von Holzwürmern an: „An dem Abend im Juni, als er nur saß, genoss er die Stille. Denn keiner, der redete, und niemand, der fraß. An dem Abend im Juni, als er nur saß, genoss er die Stille. Denn keiner, der redete, und niemand, der fraß. An dem Abend ...“ Immer wieder begannen sie von vorn. Hunderte Holzwurmkehlchen sprachen Wort für Wort im gleichen Takt und brachten so das Holz des Sarges zum Vibrieren.

„Ach, hätte ich doch bloß Großvaters alten Wecker“, stöhnte Betula. „Der würde euch jetzt zur Ruhe bringen.“ Aber der war kaputt und Großvaters neuer Digitalwecker tickte nicht. „Bitte, Sir William, können Sie ihnen nicht sagen, dass sie damit aufhören sollen?“, rief sie verzweifelt.

Sir William schüttelte das haarige Köpfchen. „Sie werden nicht aufhören, solange du hier bist“, rief er ihr zu.

Betula beugte sich noch tiefer in den Sarg zu Sir William hinunter. „Sie sagten, dass Sie ein lautes Poltern hörten? Könnte es sein, dass an diesem Abend auch der Sargtischler aus dem Wurmloch fiel?“

Sir William überlegte. Dann rief er: „Das würde erklären, wie die schwarzen Farbflecke auf die Kissen kamen.“

Betula schaute auf die Kuschelkissen. „Ich sehe keine schwarzen Farbflecke auf den Kissen.“

Der Sprechgesang der anderen Würmer wurde immer lauter. Sir William war kaum noch zu verstehen, als er rief: „Frau Zwirnfitz hat sie ausgewaschen.“

„Dann ist der Sargtischler wieder frei!“, schrie Betula gegen den Chor.

In diesem Moment löste sich ein Brett aus dem Sarg und landete mit solch einem Knall auf dem Boden, dass die

Holzwürmer verstummten. Mit Entsetzten blickte Betula auf das Brett. Es war beinahe hohl wie ein kranker Zahn. Ein langer Nagel ragte heraus, auf dem ein kleiner Wurm saß. ‚Das muss der Fakirwurm sein', dachte Betula. Doch bevor sie sich hinunterbeugen und nachsehen konnte, ob er seine acht winzigen Beinchen wie ein echter Fakir über Kreuz schlang, krakeelten die anderen Würmer vor Schadenfreude los.

„Das war die alte Schreibkonsole", jubelte der Vetter.

„Der Wu-hurm ist des Sarges To-hod", säuselte das Tenörchen.

„Ihr gefräßigen, dummen Würmer! Ihr habt meinen schönen Kuschelsarg kaputtgemacht!", rief Betula und schüttelte das Bohrmehl von ihren Sandalen.

„Weil wir ihn zum Fressen gernhaben", spöttelte ein Wurm. Wie auf Kommando verschwanden die Würmer der rechten Seite in ihren Bohrlöchern. Betula konnte ein emsiges Nagen hören.

„Ich will nicht mehr in diesem verrotteten Sarg leben. Ich will auf der Stelle in meine Stehlampe zurück", klagte Frau Anobia.

„Pfui, und ich will keine Woppeldörter mehr", jammerte die Baronesse.

„Om", machte der Fakirwurm und verstummte.

Betula stöhnte auf. „Und ich will keinen Fluch mehr. Ich will, dass alles so ist, wie es einmal war."

Prompt echote es aus dem Sarg: „Wie es mal war! Wie es mal war! Wie es mal war!"

Betula ging zur Tür. Sie hatte schon die Hand auf der Klinke, als sie noch einmal Sir Williams leises Stimmchen hörte. „Leb wohl, Betula."

Es klang, als wäre es für immer.

Betula seufzte. ‚Er wird mir schrecklich fehlen', dachte sie und schloss hinter sich die Sarglagertür.

Als sie wieder im Bett lag, verschränkte sie die Arme unter dem Kopf, starrte an die Decke und dachte nach. Wenn Herr

Buttersäge der Sargtischler war, warum hatte er sich dem Großvater als Herr Buttersäge vorgestellt? Und die Kommode? Hatte der Großvater überhaupt je versprochen, sie zu bauen? Warum war der Sargtischler nicht in seine Vergangenheit zurückgekehrt, sondern war in der Zukunft geblieben? Weil er sich vor der Axt fürchtete? In dem Moment schien es Betula, als höre sie die Holzwürmer vom Sarglager herüber rufen. „Wie es mal war! Wie es mal war!"

Auf einmal machte ihr Herz einen erschrockenen Satz. Was, wenn auch der Sargtischler will, dass alles wieder so wird, wie es einmal war? Was, wenn er geblieben ist, um sich seine Werkstatt zurückzuholen?

Betula schaute auf ihre Hand, die er so fest zusammengedrückt hatte. ‚Ach, hätte ich ihn doch nur nicht eingeladen!', dachte sie. Und warum musste Sir William ausgerechnet jetzt seine Metamorphose haben? Er war der Einzige, der ihr helfen konnte. Sie rollte sich in ihre Bettdecke ein. Nur der Kopf schaute noch heraus. Als sie an sich hinunterschaute, fand sie, dass sie aussah wie ein Riesenwurm in einem Riesenkokon.

In was würde sie sich wohl verwandeln?

# Dreißigstes Kapitel

## In dem der Großvater erkennt, dass er gar nicht so vertrottelt ist

Erst am Mittag fand Betula die Zeitung. Die Postfrau hatte sie auf den Schuhabtreter gelegt. Weiter wagte sie sich nicht mehr ins Krummnagelhaus hinein, weil Frau Zwirnfitz behauptet hatte, dass der Fluch ansteckend sei.

*Hinaus mit den Gespenstern der Vergangenheit!*, schrie eine Schlagzeile über einem Foto mit der kleinen Kapelle vom Birkenwaldfriedhof. Zwei Männer bauten ein Gerüst auf und ein dritter präsentierte mit Stolz den Totenschädel, den Frau Gierzahn ins Fenster gestellt hatte. Im Hintergrund war ein LKW zu sehen, auf dem die Särge standen, bereit für den Transport.

Betulas Hals wurde eng. Nun gab es nur noch einen einzigen Sarg, der ein Wurmloch besaß. Er stand im alten Sarglager des Großvaters. Wenn der Sargtischler heute in die Zeitung schaute, würde er zu dem gleichen Schluss kommen.

Gleich unter dem Foto gab es einen sehr langen Artikel über den Häkelwettstreit. Betula wollte ihn gerade lesen, als eine Postkarte aus der Zeitung heraus fiel.

*Grüße vom Balaton* stand in sonnengelben Buchstaben über einer Reihe von acht leeren Liegestühlen. Jeder Liegestuhl hatte eine andere Farbe des Regenbogens. Dahinter war ein großer blauer See. ‚Sicher der Balaton', überlegte Betula. Flugs drehte sie die Karte um und erkannte die Handschrift ihrer Mutter.

*Liebes Betulchen,*

*wir grüßen dich vom Balaton. Mama und Papa sind schokoladenbraun gebrannt. Das Wasser ist so warm wie in der Badewanne und das ungarische Essen ist gar nicht so scharf. Papa erholt sich gut nach der Schufterei im Gaswerk.*

*Ich hoffe, du hast viel Spaß in Hintermühlen in deinem Kuschelsarg.*

*Wir drücken dich ganz feste.*

*Mama und Papa*

Eine Tür knarrte. Frau Zwirnfitz trat in den Flur. Sie hatte einen Stapel Häkelzeitschriften im Arm und legte ihn vor der Kellertreppe ab. Doch dann stand sie vor dem Stapel, als könne sie sich nicht von ihm trennen.

„Wollen Sie die alle wegwerfen?", fragte Betula vorsichtig.

Frau Zwirnfitz blickte auf. „Ich brauche sie nicht mehr. Ich denke, in dieser Stadt gibt es genügend Topflappen." Sie entdeckte die Karte in Betulas Hand. „Wer hat dir denn geschrieben?"

„Meine Eltern. Sie machen Urlaub am Balaton."

„Am Balaton?", fragte Frau Zwirnfitz verwundert und vorwurfsvoll zugleich.

Betula erriet, was die alte Dame dachte. „Ich wäre sowieso nicht mitgefahren. Ich bin lieber hier", entgegnete sie schnell.

Frau Zwirnfitz' Augen waren jetzt rund und warm wie Kastanien an einem Spätsommertag. „Ich finde es auch schön, dass du hier bist", sagte sie liebenswürdig. „Du bist ein gutes Mädchen. Es gibt nicht viele Menschen, die ein Geheimnis für sich behalten können. Und bei meinem Quasselmund!" Sie gluckste. „Also mir wäre da bestimmt was rausgerutscht." Sie schaute wieder zum Zeitschriftenstapel und nickte kaum merklich. Betula wusste, dass Frau Zwirnfitz wochenlang darin herumgeblättert hatte, auf der Suche nach dem schönsten Häkelmuster und in diesem Moment stand sie da wie jemand, der sich nicht ganz sicher war, ob er etwas übersehen hatte.

Aber dann fuhr die alte Dame mit einer Hand durch die Luft, als würde sie diesen Gedanken in einen unsichtbaren Sack packen. „Frau Gierzahn hat den Preis verdient", sagte sie entschlossen. „Ich hätte sie nie und nimmer schlagen können. Selbst wenn ich darin das schönste Häkelmuster der Welt gefunden hätte. Frau Gierzahn hat Zauberhände." Dann schaute sie wieder zu Betula. „Wir könnten doch heute unseren Spaziergang nachholen", schlug sie beinahe vergnügt vor. „Was hältst du davon?"

Betula schüttelte den Kopf. „Das geht leider nicht. Wir bekommen Besuch."

„Wer traut sich denn noch in dieses Haus? Selbst Dr. Kopflaus begrüßt einen nur noch mit Pinzette und Gummihandschuhen." Frau Zwirnfitz schluckte das Lachen hinunter, als sie Betulas ernstes Gesicht sah. „Du schaust, als käme der böse Wolf zu Besuch."

„Herr Buttersäge kommt", antwortete Betula. „Er wird um drei zum Kaffee hier sein. Martha und Großvater wissen noch nichts davon. Ich habe mich nicht getraut, es ihnen zu sagen."

Frau Zwirnfitz runzelte die Stirn. „Herr Buttersäge? Der hat uns gerade noch gefehlt. Der ist böser als der böse Wolf!"

Betula sagte nichts, sondern schaute auf den Boden.

„Na, ich brühe schon mal eine große Kanne Nerventee auf", sagte die alte Dame. Betula nickte und folgte ihr in die Küche. Sofort setzte Frau Zwirnfitz den Wasserkessel auf und bereitete den Tee mit einer extra Portion Hopfen zu. Dann gingen sie zu Martha und Großvater. Nachdem sie jedem eine Tasse eingeschenkt hatte, traute sich Betula, ihnen die Schreckensnachricht zu überbringen.

Der Großvater riss seine kleinen müden Augen weit auf. „Der Buttersäge? Zum Kaffee?", rief er und drehte seinen Kopf hin und her, als suche er nach der Zange.

Martha wollte sich den Zwiebelturban ins Gesicht ziehen, doch der war so trocken, dass er knisternd vom Kopf fiel.

„Bitte regen Sie sich nicht auf", flötete Frau Zwirnfitz. „Ich nehme an, dass er nur seine Kommode holen will. Ich werde ihm sagen, dass Sie noch krank sind, Herr Krummnagel, und dass er nächste Woche wiederkommen soll."

Der Großvater schien sie nicht zu hören. Er hatte sich das Brett mit den krummen Nägeln zwischen die Knie geklemmt und versuchte, die Nägel mit den Fingern geradezubiegen, was ihm natürlich nicht gelang.

Frau Zwirnfitz runzelte die Stirn. „Was machen Sie denn da, Herr Krummnagel?"

„Wonach sieht es denn aus? Ich versuche, die Nägel geradezubiegen, damit der Buttersäge sie nicht sieht", sagte der Großvater schnaufend.

„Aber so lassen Sie das doch sein. Sie machen den ganzen Quatsch ja nur noch quätscher!", ermahnte Frau Zwirnfitz ihn.

Martha schaute ihm mitleidig zu. „Er kann keine Kommode bauen. Nur Särge, Särge, nichts als Särge", raunte sie.

Frau Zwirnfitz reichte jedem eine Tasse Tee und ließ sich in den Sessel sinken. „Sie könnten dem Buttersäge doch eine alte Kommode geben. In Ihrer Rumpelkammer hab ich eine gesehen", schlug sie vor. „Mit etwas Farbe sieht sie aus wie neu. Und Farbe haben Sie doch genug, Herr Krummnagel."

„Das ist gar keine so blöde Idee", murmelte Martha und warf Frau Zwirnfitz einen überraschten Blick zu. Doch dann schüttelte sie den Kopf und kicherte. „Nur leider fehlt dieser Kommode ein Fuß. Und das lässt sich auch nicht mit Farbe vertuschen."

Frau Zwirnfitz schaute ratlos in die Runde.

„Und wenn er gar keine Kommode will?", schoss es aus Betula raus.

Martha, Großvater und Frau Zwirnfitz starrten sie an. Gerade eben noch wollte sie es ihnen sagen, dass Herr Buttersäge der Sargtischler war und dass er kam, weil er seine Werkstatt zurückhaben wollte, doch jetzt hielt sie etwas davon ab und stattdessen stammelte sie: „Ich ... ich meine, vielleicht gefällt sie ihm nicht ... die Kommode ... aus unserem Sarglager."

„Papperlapapp. Kommode ist Kommode", wiegelte der

Großvater ab. Er kratzte sich nachdenklich am Kopf. Dann schaute er verschmitzt zu Frau Zwirnfitz. „Sie hatten da eben eine verflixt schlaue Idee, Frau Zwirnfitz.“ Er lachte kurz auf und streckte einen prophetischen Zeigefinger in die Luft. „Wer so clever ist wie Sie, wird sicher den Häkelwettstreit gewinnen.“

Frau Zwirnfitz, die gerade an ihrem Tee nippen wollte, hielt inne, stellte die Tasse zurück und nestelte betreten an ihren Fingern herum.

„Warum ziehen Sie denn plötzlich so ein Gesicht? Ist Ihnen eine Masche runtergefallen?“, spöttelte der Großvater.

Betula half ihm auf die Sprünge. „Der Häkelwettstreit war gestern, Großvater.“

Der Großvater schaute verdattert und wollte weitere Fragen stellen, als Frau Zwirnfitz ihm zuvorkam. „Ich habe den Wettstreit verloren“, stieß sie hastig aus und senkte den Blick.

Martha zog eine Miene, als fühle sie sich belästigt. „Ich bin untröstlich“, sagte sie knapp.

Der Großvater grinste. „Das heißt doch nur, dass jemand einen noch größeren Häkeltick hat als Sie. Und das ist eine gute Nachricht.“ Dann hoben sich seine Mundwinkel zu einem aufrichtigen Lächeln. „Aber die Kirschsuppe kocht niemand so gut wie Sie.“

Frau Zwirnfitz nickte schwach und strich mit den Händen die Schürze auf ihrem Schoß glatt. „Das ist sehr nett, dass Sie das sagen“, sagte sie und stand aus dem Sessel auf. „Ein bisschen Normalität tut uns allen gut. In den letzten Wochen ist viel liegengeblieben. Die Gardinen müssen mal wieder gewaschen werden und ...“ Ihre Augen schauten ins Leere. Mehr als die schmutzigen Gardinen fiel ihr nicht ein.

„Sie könnten mir einen bunten Schal häkeln. Für den Winter“, schlug der Großvater vor. Frau Zwirnfitz schaute überrascht, aber dann schien ihr der Gedanke zu gefallen. „Ich habe da einen sehr schönen in einer Häkelzeitschrift gesehen“, sagte sie und eilte auch schon zur Tür hinaus.

Den Großvater hielt nun nichts mehr im Bett. Er sprang heraus und zog seine Pyjamahose höher. Dann schaute er geschäftig auf seine Armbanduhr. „Die Zeit sollte reichen“, stellte er zufrieden fest. „Martha! Komm raus aus den miefigen Federn! Wir kramen die Kommode aus dem Sarglager und tragen sie auf den Hof“, rief er entschlossen.

Martha schüttelte heftig den Kopf. „Was ist mit dem fehlenden Fuß? Du darfst ihn nicht bauen und annageln kannst du ihn nicht.“

Der Großvater fuchtelte mit den Händen herum, als wollte er einen Schwarm Fliegen vertreiben. „Daddeldiedeldumm. Einen Fuß werde ich schon irgendwo finden und dann ...“ Er schnippte mit dem Finger. „... dann klebe ich ihn mit meiner Spucke fest.“ Er sagte es, als würde seine Spucke wie Honig kleben. Und weil sie alle es glauben wollten – sogar Martha – gingen sie zum Sarglager, um die Kommode zu holen. Wie immer, wenn Martha durch die Tür trat, wurde es grabesstill im Kuschelsarg. Die Holzwürmer verharrten irgendwo in den Tiefen ihrer Bohrlöcher aus lauter Furcht vor Marthas Faustschlägen und Tritten. Sie konnten ja nicht wissen, dass Martha so schwach war, dass sie nicht einmal mehr mit dem Finger einen Wurm hätte wegschnippen können. Keuchend stand sie nach den wenigen Stufen im Sarglager. Die Tage im Bett und die andauernde Angst in den Knochen hatten ihr mächtig zugesetzt. Sie brauchte Ruhe. Deshalb brachte der Großvater seine Schwester wieder auf den Hof. Betula eilte mit einem Liegestuhl und dem angefressenen Strohhut hinterher, um Martha vor der Sonne zu schützen.

Dann trugen Großvater und Betula die Kommode, die aus dünnen Kieferbrettern bestand und darum gar nicht so schwer war, zu zweit und stellten sie neben Martha ab. Damit die Kommode auf ihren drei Füßen nicht umkippte, klemmten sie einen Ziegelstein darunter. Dann machte sich der Großvater auf die Suche nach einem passenden vierten

Kommodenfuß. Betula schmirgelte mit etwas Schleifpapier das Holz der Türen an, damit die Farbe später besser hielt. „Welche Farbe soll sie haben?“, fragte Betula Martha. Weil sie keine Antwort bekam, schaute sie hinüber zum Liegestuhl.

Aber Martha war nicht mehr im Liegestuhl, sondern stand seltsam in sich versunken am Gartentor. Betula staunte über Marthas Haar, das als weißer, geflochtener Zopf bis zu ihrer Hüfte reichte. Das Sonnenlicht schien durch den dünnen Stoff ihres Nachthemdes und machte ihre knöchrige Gestalt sichtbar. In diesem Moment wirkte sie leicht wie eine Pusteblume im Spätsommer. Betula fürchtete, die nächste Windböe würde ihre Großtante davontragen.

„Der hier passt!“, rief der Großvater und kehrte mit einem länglichen Holzklotz zurück. In der anderen Hand hielt er eine Dose. Er hatte sich bereits für eine Farbe entschieden. Braun sollte die Kommode werden. „Du weißt schon, braun wie der Kaffee, den Herr Buttersäge für mich besorgt hat“, erklärte er Betula und überprüfte mit zusammengekniffenen Augen, ob sie das Holz richtig angeschliffen hatte.

Die Farbe schmatzte, als Betula den Pinsel aus der Dose herauszog. Während der Großvater hier und da mit dem Schleifpapier ein bisschen nachschliff, sagte sie zu ihm: „Als wir Herrn Buttersäge in der Stadt trafen, konntest du dich nicht an ihn erinnern, stimmt's?“

Der Großvater hielt inne und kaute nachdenklich auf einem Hopfenblatt, das sich offenbar beim Teetrinken zwischen seinen Zähnen verfangen hatte. „Das stimmt.“

Betula machte drei zackige braune Striche mit dem Pinsel. „Du konntest dich auch nicht an ihn erinnern, als er dir von dem Kaffee erzählte?“

„Auch das stimmt“, gab der Großvater ohne Zögern zu.

Betula schaute ihn fest an. „Und du erinnerst dich auch nicht an das Versprechen, eine Kommode zu bauen?“

Der Großvater spuckte das Hopfenblatt aus und zermalmte

es unter seiner Stiefelferse. „Du hast ja recht. Ich bin ein alter Trottel."

Betula schüttelte den Kopf. „Bist du eben nicht", sagte sie. „Du kannst dich deshalb nicht erinnern, weil du Herrn Buttersäge noch nie zuvor gesehen hast."

„Noch nie zuvor gesehen", wiederholte der Großvater. „Du meinst, ich kenne ihn gar nicht?"

Betula nickte.

„Aber wenn ich ihn nicht kenne, kann ich ihm auch keine Kommode versprochen haben."

Betula nickte abermals.

Der Großvater kniff die Augen zusammen. „Verdammt noch mal. So ein Schlitzohr", knurrte er.

„Und du kannst dich auch nicht erinnern, dass du im Altersheim warst und dort Särge verkaufen wolltest, weil du nämlich gar nicht dort warst."

„War ich nicht?" Die Augen des Großvaters weiteten sich vor Erstaunen.

„Du hättest dich sehen sollen, als du den Gemüseverkäufer nach einem Sarg fragtest, um mir die zweite Sargtischlerlektion beizubringen." Betula schüttelte lachend den Kopf. „Und *du* sollst im Altersheim an alle Türen geklopft und gesagt haben: ‚Guten Tag, ich bin Ferdinand Krummnagel'", sprach Betula mit verstellter Stimme. „‚Wann haben denn die Herrschaften die Güte endlich zu sterben? Ich hab da ein paar kuschelige Särge gebaut.'"

Der Großvater schüttelte den Kopf. „Nein. Das klingt nicht nach mir. Wie konnte ich nur glauben, dass ich dort gewesen bin." Er schlug sich mit der flachen Hand an die Stirn und kicherte. „Dann bin ich also gar nicht vertrottelt!", rief er fröhlich und ließ seine buschigen Augenbrauen tanzen. Doch dann hielt er inne. „Aber wenn ich es nicht war, wer war denn dann im Altersheim?"

„Das war Herr Buttersäge. Er hat sich einfach als Ferdinand Krummnagel ausgegeben", erklärte Betula.

Wieder schaute der Großvater sie verdattert an. „Herr Buttersäge? Aber warum sollte der denn …?“

„Weil er der fröhliche Sargtischler ist!“, rief Betula. Endlich war es raus.

„Der fröhliche Sarg …“ Der Großvater starrte Betula an, als könne sie nicht bis drei zählen. „Der Sargtischler, bei dem Max …“ Und dann lachte er laut los. „Aber Betula! Der Sargtischler ist mausetot! Das hat selbst Martha eingesehen.“

Als der Großvater das sagte, hätte Betula ihm am liebsten den Pinsel an den Kopf geworfen. Doch sie warf ihn auf die Kommode, dass es klatschte. „Ist er eben nicht! Er ist in die Zukunft gereist“, rief sie verzweifelt.

Der Großvater bohrte seinen Blick in Betula, wohl um zu prüfen, ob sie mit ihm scherzte. „Bist du dir sicher?“

„So sicher, wie deine Nägel krumm sind, Großvater“, sagte Betula und hielt seinem Blick stand.

„Dann erkläre mir doch mal, wie er das angestellt hat“, sagte der Großvater.

„Er ist durch ein Wurmloch in meinem Kuschelsarg gekommen. Der Sarg ist nämlich aus einem ganz besonderen Holz. Es dehnt sich irgendwie aus und man kann hindurchschlüpfen und kommt in einer anderen Zeit wieder heraus.“

„Aha“, machte der Großvater nur und klang nicht überzeugt. „Er schlüpft durch ein Wurmloch, um sich dann als Ferdinand Krummnagel zu verkleiden?“ Er runzelte ungläubig die Stirn.

„Um dir die ganze Geschichte zu erzählen, fehlt uns jetzt die Zeit“, sagte Betula. „Er tat es, damit die Leute in der Stadt glauben, dass du ein bisschen verrückt im Kopf bist und die Werkstatt schließen musst. Und das hat er ja auch geschafft. Und jetzt will er seine Werkstatt zurückhaben.“

Der Großvater zuckte zusammen. „Er will die Werkstatt? Meine Werkstatt. Niemals! Nicht einen Hobelspan bekommt er.“ Doch bevor der Großvater richtig in Wut geraten konnte, läutete die Turmuhr und verkündete, dass es bereits zwei Uhr war. „In einer Stunde wird er hier sein“, knurrte er mit zusammengebissenen Zähnen. „Na, der kann was erleben!“

Betula sah sich nach Martha um und entdeckte sie im Garten hinter einem schwarzen Erdhaufen. Auch der Großvater schaute nun zu ihr hinüber. Seine Augenlider zuckten vor Schreck. Wie ein Totengeist, der soeben aus dem Grab gestiegen kam, sah sie aus. „Hrmpf“, machte er. „Hoffentlich wird sie diesen Besuch verkraften.“ Betula glaubte zu sehen, dass sein Unterkiefer zitterte. „Es wird höchste Zeit, dass der Buttersäge sich zu erkennen gibt und dieser ganze Spuk ein Ende hat. Aber meine Werkstatt, die gebe ich nicht her.“ Er reckte drohend eine Faust in die Luft.

Betula erschrak und schüttelte den Kopf. „Wir werden den Sargtischler höflich empfangen. Das musst du versprechen“, sagte sie streng.

Der Großvater knurrte, aber dann nickte er.

„Gut“, sagte Betula erleichtert. „Ich laufe schnell in die Stadt und hole etwas zum Kaffee. Und während ich weg bin, holst du den kleinen Gartentisch und vier Stühle aus dem Schuppen und stellst alles hübsch unter der Birke auf. Einverstanden?“

Der Großvater nickte abermals. Dann eilte er kurz ins Haus und kehrte mit einem Fünfmarkstück zurück und drückte es Betula in die Hand.

Mit dem Geld kaufte Betula eine große Tüte Spritzkuchen beim Bäcker Krümel. Doch bevor sie damit zurück zum Krummnagelhof lief, lenkte sie ihre Füße noch ein Stück weiter die Straße hinauf. Mit einem leisen Klingeln verschwand sie hinter der Tür der *Fleischerei Gulasch*.

# Einunddreißigstes Kapitel

## In dem Herr Buttersäge pünktlich zum Kaffee erscheint

Kurz vor drei saßen Betula, der Großvater und Martha am alten, verrosteten Campingtisch, den der Großvater unter der Birke aufgestellt hatte. Betula wollte den Sargtischler hier empfangen. Hier unter der Betula pendula Youngii. Unter dem Baum des Fluches. Abgesehen davon befand sich hier das einzig verbliebene Rasenstückchen, wo man einen Tisch aufstellen konnte. Der Rest des Gartens war seit der Nacht, als Martha auf der Suche nach dem Sarg den ganzen Garten umgegraben hatte, ein Feld mit Löchern und Hügeln. Weil die Äste der Birke so lang waren, dass sie bis zum Boden hingen und der Großvater befürchtete, Herr Buttersäge könnte sie nicht erblicken, hatte er in der Eile ein großes umgekehrtes U hineingeschnitten. Der Bogen sah etwas schief aus.

Gierig starrte der Großvater den Spritzkuchen auf seinem Teller an. „Ich kann nicht länger warten."

Betula warf ihm einen strengen Blick zu. „Er wird pünktlich hier sein. Du hast mir versprochen, ihn höflich zu empfangen."

„Ja doch. Aber ich sage dir, wenn er bis zum dritten Schlag der Turmuhr nicht seinen Fuß auf meinen Hof gesetzt hat, werde ich die Höflichkeit haben und in meinen Spritzkuchen beißen."

Die Aufregung wegen des bevorstehenden Besuches war ihm nicht anzumerken. Martha war noch immer vollkommen ahnungslos. Fragend bohrte sie ihren Blick in den Großvater. „Ich verstehe dieses ganze Theater wegen diesem Buttersäge nicht", meckerte sie. „Und was sollten diese

Andeutungen? ‚Martha mach dir ein paar Sicherheitsknoten in deine Nerven.' und ‚Martha, diese Kaffeetafel wirst du nie vergessen.'" Ein verwelktes Birkenblatt segelte durch die Luft und landete auf Marthas Teller. „Und warum müssen wir unter diesem verfluchten Baum sitzen?", zischte sie und schielte misstrauisch nach oben.

„Das war allein Betulas Idee", petzte der Großvater.

Betula wollte etwas erwidern, doch da erschrak sie. „Oje", stieß sie aus. Sie hatte sich schon so sehr daran gewöhnt, dass sie erst jetzt bemerkte, dass Martha noch ihr Nachthemd trug und auch der Großvater noch immer in seinem Pyjama steckte.

„Was ist? Warum schaust du uns so komisch an?", fragte Martha und reckte ihren dürren Hals zu ihr.

„Es ist nur ..." Betula grinste verlegen. „Ihr beide habt noch immer eure Schlafsachen an."

Martha schaute an sich hinunter. Ihr spitzer Schrei scheuchte einen Schwarm Krähen aus der Birke auf.

Der Großvater schnaufte nur und schaute auf seine Armbanduhr. „Keine Zeit mehr, um sich in Schale zu werfen."

In genau diesem Moment schlug die Turmuhr. Voller Erwartung starrten die drei zum Hoftor hinüber, das weit offen stand. Pünktlich auf den dritten Schlag setzte ein Herr seine Stiefel durch das Tor. Doch wer hereinkam, war nicht Herr Buttersäge. Wer hereinkam, war ein Herr ohne Zylinder und ohne Umhang. Wer hereinkam, war ein Herr in einem himmelblauen Anzug und mit weißem Haar, das an den Seiten zu fröhlichen Hörnchen abstand. Es war der fröhliche Sargtischler, aber das wusste nur Betula. Offenbar hatte er sich entschieden, sein Versteckspiel zu beenden. Betulas Herz schlug wie ein Hammer in ihrer Brust.

Als er die kleine Kaffeegesellschaft unter der Birke erblickte, setzte er ein breites Lächeln auf. Mit großen federnden Schritten umlief er geschickt die Löcher und Erdhügel und kam auf sie zu.

„Wenn ich es nicht besser wüsste, würde ich meinen, das ist Schmittchen Schleicher“, rief Martha verwundert.

Der Sargtischler stand nun am Tisch und schaute auf den leeren Stuhl. „Darf ich mich setzen?“, fragte er freundlich und zog die knallrote Seidenfliege an seinem Hals straff.

Der Großvater schüttelte den Kopf. „Neehe. Dieser Platz ist für Herrn Buttersäge reserviert.“ Mit einer Handbewegung bedeutete er dem Herrn, dass er doch bitteschön wieder vom Hof spazieren solle.

Der Sargtischler machte eine tiefe Verbeugung. „Herr Buttersäge ist untröstlich. Er bat mich, ihn zu entschuldigen. Er kann leider nicht kommen, da er seinen Hut und seinen Umhang verlegt hat“, antwortete er und lachte eine Spur zu laut.

„Was ist so witzig?“, erkundigte sich der Großvater barsch.

Betula versetzte ihm unter dem Tisch einen Tritt gegen den Stiefel und starrte ihn mit durchdringendem Blick an. Da kapierte er endlich, und versuchte zu lachen. „Jahahaha dann“, sagte er, „dann nehmen Sie doch Platz. Der Stuhl ist für Sie.“

Der Sargtischler setzte sich, ergriff sogleich die Kaffeekanne, ließ sie schwungvoll von Tasse zu Tasse wandern und schenkte jedem etwas von dem Kaffee ein. Doch der Kaffee, der aus der Kanne floss, war nicht braun, sondern grasgrün."

Der Sargtischler bemerkte die verblüfften Gesichter. „Ich dachte, grün könnte Ihnen gefallen."

„Wer sind Sie?", fragte Martha, die vollkommen entgeistert in ihre Tasse starrte.

Der Sargtischler stellte die Kanne zurück und betrachtete amüsiert Marthas Kopfbedeckung. „Diesen Strohhut da auf Ihrem Kopf, den habe ich auch gern getragen", sagte er und suchte Marthas Blick. „Er steht Ihnen wirklich ausgezeichnet."

„Sie meinen, Sie haben diesen ... Finden Sie?" Martha hatte plötzlich zwei rote, runde Flecken an den Wangen, als hätte sie sich das Rouge von Frau Ast geliehen.

Der Sargtischler legte den Kopf schief. „Die Farbe Rot steht Ihnen ausgezeichnet. Ihr Sarg braucht einmal keinen Sargdeckel. Sorgen Sie dafür, dass man ihn offen lässt", sprach er galant und Martha kicherte albern. Der Sargtischler nahm ein Zuckerstückchen, das sich augenblicklich zwischen seinen Fingern gelb verfärbte, und ließ es in Marthas grünen Kaffee plumpsen.

Betula gluckste vergnügt und strahlte den Sargtischler an. ‚Wer grünen Kaffee ausschenkt und Zuckerwürfel bunt zaubert, der kommt nicht in böser Absicht', dachte sie.

„Mögen Sie auch ein Zuckerstückchen?", fragte der Sargtischler den Großvater.

Dieser hatte mit einer Mischung aus Verblüffung und Zorn dem Hokuspokus zugeschaut und spuckte nun auf den Rasen. Die Angst, die in den letzten Tagen seinen Zorn klein gehalten hatte, war verschwunden und er schaute den Sargtischler an, als wäre er ein Haufen nutzloser Sägereste. „Daddeldi ...", setzte er an. Aber dann schlug er mit einer Faust auf den Tisch, dass die Tassen auf den Untertassen klirrten.

„Himmel, Arsch und Wolkenbruch“, donnerte er und eine tiefe Zornesfalte wuchs auf seiner Stirn. „Diese alberne Clowns-Nummer können Sie sich sparen! Betula, hol die Blutwurst heraus. Er soll wissen, mit wem er es zu tun hat.“

Der Sargtischler blinzelte erschrocken. „Ein Krummnagel sind Sie. Das kann ich hören.“

Betula griff in das Netz, das an ihrem Stuhl hing, holte die Wurst heraus und legte sie dem Sargtischler auf den Teller. Der fuhr mit dem Oberkörper zurück. Sein Gesicht verzog sich zu einer überraschten Grimasse.

Der Großvater grinste zufrieden. „Wie Sie sehen, haben Sie es nicht geschafft, einen alten Trottel aus mir zu machen. Ich habe Sie durchschaut. Ich weiß, wer Sie sind. Sie sind der Sargtischler.“

Der Sargtischler starrte auf die Blutwurst. Es war deutlich zu sehen, wie es fieberhaft zwischen seinen Schläfenhörnchen arbeitete.

„Du hast ihn also doch aus dem Wurmloch geholt, Betula“, rief Martha entsetzt. Die roten Puppenwangen waren aus ihrem Gesicht verschwunden. Es war jetzt wieder weiß wie ihr Nachthemd.

Betula schüttelte den Kopf. „Er ist von allein herausgefallen.“

Der Sargtischler setzte ein groteskes Grinsen auf und reichte dem Großvater eine schmale, blasse Hand. „Mein Name ist Ilarion von Gras. Ilarion der Fröhliche. Ich bin gekommen um –“

„Ich weiß, warum Sie gekommen sind“, fiel der Großvater ihm barsch ins Wort. „Sie wollen meine Werkstatt. Aber das können Sie sich abschminken. Die gehört jetzt nämlich mir!“

Der Sargtischler zog die Hand zurück. „Nehmen Sie es mir nicht krumm, Herr Krummnagel“, sagte er und lächelte verschmitzt über sein kleines Wortspiel, „aber Ihre Werkstatt ist eine einzige Rumpelkammer. Es macht mich traurig, das zu sehen. Alles darin ist verrostet. Sie haben kein anständiges

Holz und vor allem haben Sie kein Talent, leider. Ihre Särge sehen grauenvoll aus.“ Der Sargtischler nahm ein weiteres Zuckerstückchen, das zwischen seinen Fingerspitzen sofort schwarz anlief.

Betula erschrak.

„Ich habe Sie mir ganz anders vorgestellt“, sagte Martha und reckte ihr Gesicht zum Sargtischler hin. „Ich hatte geglaubt, Sie seien ein blutrünstiger Vampir.“ Sie nippte an ihrem Kaffee und ihre grauen Kieselaugen glitzerten.

Der Sargtischler blinzelte irritiert über die Wendung des Gesprächs. „Wäre ich ein Vampir, könnte ich nicht bei Sonnenschein mit Ihnen unter dieser wunderschönen Betula pendula Youngii sitzen, sondern wäre bereits ein trauriges Aschehäufchen. Ich schlage etwas aus der Art. Die von Gras waren allesamt große Vampire. Doch ich habe Blut nie gemocht.

„Ach“, machte Martha, unüberhörbar auf die angenehmste Weise überrascht, und stellte die Tasse ab.

„Schon bei dem kleinsten Ritzer wurde mir übel, während allen anderen das Wasser im Mund zusammenlief. Dennoch mag ich die rote Farbe am liebsten. Rot ist die Farbe der Liebe. Aber auch die der Gefahr.“ Das Zuckerstück, das eben noch schwarz gewesen war, verfärbte sich nun rot und er legte es auf Marthas Teller.

Martha war wie verzaubert. „Ich heiße Martha“, hauchte sie und reichte ihm ihre knöchrige Hand. Als Herr von Gras mit einem vielsagenden Lächeln seine Hand in ihre schob, schlug sie ihre Augen nieder. „Hätte ich die Werkstatt damals geerbt, würde es da drinnen nicht so liederlich aussehen. Ich habe das Sarggeschäft meines Vaters geliebt.“

„Was?“ Der Großvater sprang von seinem Stuhl auf und stützte sich mit den Armen auf den Campingtisch, sodass sein Oberkörper doppelt so breit aussah. „Du gehst ihm aber mächtig auf den Leim, Schwesterchen“, brüllte er. „Schon vergessen? Er war es! Er hat uns verflucht.“

„Das war reine Notwehr“, erwiderte Herr von Gras mit einem Zittern in der Stimme. „Ihr Großvater Max hätte mich um ein Haar mit seiner Axt erschlagen.“

„Papperlapapp! Notwehr!“, brüllte der Großvater und die Spucke flog aus seinem Mund.

„Es stimmt, was er sagt!“, rief Betula und sprang nun ebenfalls vom Stuhl auf. „Max war genauso wütend, wie du es jetzt bist. Warum kannst du Herrn von Gras nicht einfach bitten, den Fluch von uns zu nehmen, statt so rumzubrüllen?“

Herr von Gras nickte heftig mit dem Kopf.

Martha starrte ängstlich auf das Zuckerstückchen auf ihrem Teller, das eben noch rot war und sich nach und nach schwarz verfärbte, als tauche es in Tinte ein. „Du sturer alter Esel“, zischte sie. „Soll ich deinetwegen für alle Zeiten um glückliche Tage betrogen sein? Ich mag keine schwarzen Zuckerstückchen mehr, Ferdinand. Ich will nur noch rote.“

Den Großvater schüttelte es. „Bist du jetzt vollkommen verrückt?“

Martha erwiderte nichts. Sie schaute stumm zum Sargtischler und schien die Antwort bei ihm zu suchen. Herr von Gras rührte mit dem Löffel in seinem Kaffee. Unwillkürlich rührte Martha auch in ihrem. Als sie das merkte, legte sie schnell den Löffel auf den Tisch zurück. „Verrückt? Ich glaube schon“, sagte sie und kicherte hinter vorgehaltener Hand.

„Bitte, Großvater“, flehte Betula. „Warum fragst du ihn denn nicht? Willst du für immer krumme Nägel ins Holz schlagen?“

Der Großvater sah Herrn von Gras lange und eindringlich an. „Also gut. Nehmen Sie diesen Fluch von uns,“ knurrte er und setzte sich.

Der Sargtischler kippelte ein bisschen auf seinem Stuhl hin und her, vielleicht weil er dachte, er säße in seinem Schaukelstuhl. Er hatte den Kaffeelöffel aus seiner Tasse gezogen, von dem nun bunte Tropfen fielen und im Grün seines Kaffees versanken. „Je öfter man die Farben mischt, umso mehr verlieren sie ihr Leuchten“, sagte er. Dann hob er den Blick und schaute den Großvater herausfordernd an. „Haben Sie nicht ein klitzekleines Wörtchen vergessen, Herr Krummnagel?“, fragte er.

„Sie meinen, ich hätte ein Wort ...“ Der Großvater schien in seinem Gedächtnis nach diesem einen Wort zu kramen.

„Wenn es in seinem Oberstübchen so aussieht wie in seiner Werkstatt, findet er es nie“, murmelte Martha und ein verzweifeltes Stöhnen drang aus ihrem Hals.

Drei Minuten lang kratzte sich der Großvater am Hinterkopf, als piesacke ihn eine ausgewachsene Läusefamilie vom Ururenkel bis zum Ururgroßvater. Doch dann platzte er damit heraus: „Bitte.“ Und noch einmal. „Bitte.“

Als der Sargtischler lächelnd nickte, seufzten Martha und Betula erleichtert auf. Langsam streckte der Sargtischler seinen langen Arm in die Luft und schnipste drei Mal laut mit dem Finger. Bevor jemand einigermaßen verstanden hatte, was geschehen war, hatte er schon wieder seinen Löffel in der Hand und rührte damit in aller Ruhe in seinem Kaffee.

„Wie?“, fragte der Großvater verdattert.

„Das war alles?“ Martha klang beinahe enttäuscht.

„Mit drei Schnipsern?“, staunte Betula.

Der Sargtischler nickte. „Mit drei Schnipsern.“

Betula horchte in sich hinein, aber spürte nicht die geringste Veränderung. „Hm ... Sind Sie sicher, dass der Fluch weg ist? Es war nämlich ein ziemlich verzwickter Wandelfluch. Erst die krummen Nägel, dann die sprechenden Holzwürmer, dann wieder die krummen Nägel. Ich habe Tage gebraucht, um das herauszufinden.“

Der Sargtischler hob erstaunt die Augenbraue. „Darum musste ich auch drei Mal schnipsen, mein kleines Fräulein ...?“

„Betula“, sagte Betula.

„Fräulein Betula“, wiederholte der Sargtischler und näherte

sich ihr vertraulich. „Bei einem nullachtfünfzehn Fluch hätte ein einziger Schnipser ausgereicht."

„Aha", machte Betula, weil sie fand, dass sie etwas erwidern sollte.

Der Großvater sah alles andere als überzeugt aus. „Ich will einen handfesten Beweis", rief er, sprang vom Stuhl auf und rannte in seine Werkstatt. Schon hörte man Hammerschläge. Doch plötzlich war es still. Und dann: ein Jubelschrei.

Stolz kam der Großvater angerannt und schrie ihnen entgegen: „Hurra! Sie sind nicht krumm. Sie sind nicht krumm." Wie eine Trophäe präsentierte er die Nägel, die senkrecht aus dem Holzklotz ragten. „Seht sie euch an. Sie sind gerade."

„Bravo, bravo", sagte der Sargtischler und applaudierte sparsam mit gestreckten Fingern.

Der Großvater stellte den Holzklotz geräuschvoll neben dem Teller mit der Blutwurst ab. „Und nun sind Sie an der Reihe, Herr von Gras. Sie können jetzt zurück in Ihre Vergangenheit reisen", sagte er und zeigte mit der ganzen Hand hin zum Sarglager. „Meine Enkelin sagte mir, dass dort ein Sarg mit einem Wurmloch steht. Wir wollen Sie nicht länger von Ihrer Weiterreise abhalten."

Der Sargtischler schüttelte besorgt den Kopf und seine Hörnchen hingen traurig nach unten. „Ich habe keine Vergangenheit mehr. Die Vergangenheit, aus der ich komme, ist mit Holzkitt verstopft. In meinen anderen Vergangenheiten gibt es mich bereits. Würde ich dorthin reisen, gäbe es mich doppelt. Zwei Ilarions von Gras. Das ist eine schrecklich verwirrende Vorstellung. Finden Sie nicht? Nein, ich kann nicht zurück."

Martha atmete erleichtert auf, worüber der Großvater verwundert eine Augenbraue hob.

„Es stimmt, was Herr von Gras sagt", rief Betula. „Der Ururgroßvater Max hat alle Wurmlöcher mit Holzkitt zugeschmiert."

Der Großvater stöhnte. „Wenn Sie nicht in die Vergangenheit können, dann reisen Sie meinetwegen in die Zukunft."

„Er kann überhaupt nicht mehr durch die Zeit reisen, weil es kein Wurmloch mehr gibt", rief Betula. „Meinen Sarg haben die Holzwürmer zernagt. Die Bretter sind beinahe hohl und fallen auseinander. Es wäre zu gefährlich, damit zu reisen. Und die Särge in der Gruft auf dem Birkenwaldfriedhof gibt es nicht mehr. Die Stadt Hintermühlen hat beschlossen, die kleine Kapelle zu renovieren. Das stand heute in der Zeitung."

Darauf wusste der Großvater nichts mehr zu erwidern und starrte ratlos in die Runde.

Martha griff sich ans Herz. „Wenn Sie auf die Weiterreise bestehen, könnte ich Ihnen einen Sarg bauen", schlug sie vor und warf Herrn von Gras einen bangen Blick zu.

Der Sargtischler lächelte dankbar. Doch noch immer schien ihn etwas zu betrüben. „Für den Sarg benötige ich das Holz einer Betula pendula Youngii. Nur ihr Holz besitzt –"

„Ah, Sie wollen den Baum hier", schnitt der Großvater ihm den Satz ab und schaute hinauf zum Blätterdach. „Den können Sie haben."

Der Sargtischler nickte. „Und ich bräuchte einen Wurm, der mir die Löcher in das Holz frisst. Dieser Wurm muss sehr gefräßig sein und –"

Abermals ließ der Großvater den Sargtischler nicht zu Ende reden. „Ja, ja. Da kann Ihnen meine Enkelin helfen. Gefräßige Würmer haben wir jede Menge. Die können Sie alle haben."

Der Sargtischler lächelte matt. „Das ist sehr großzügig von Ihnen."

Der Großvater grinste breit. „Keine Ursache. Soll niemand sagen, ich sei ein Geizhals", sagte er und zählte die Wünsche des Sargtischlers an den Fingern ab. „Ich gebe Ihnen das Holz und die Würmer. Einen Wunsch haben Sie noch."

Herr von Gras rückte seine Fliege nervös hin und her. Nur

zögernd brachte er die nächste Bitte hervor. „Ich benötige Zeit."

„Zeit?", rief der Großvater mit einem knauserigen Unterton.

Der Sargtischler erhob sich vom Stuhl, verschränkte die Arme hinter dem Rücken und begann, nachdenklich auf und ab zu gehen. Bei jedem Schritt schwappte gelbe Farbe aus seinen Stiefeln. „Die Würmer müssen gezüchtet werden. Ich brauche ein großes Regal, viele Gläser und Unmengen von Holzspänen. Außerdem benötige ich Birkensamen und Birkensaft." Er streckte mahnend einen Zeigefinger in die Luft. „Somit darf dieser Baum erst nach dem nächsten Frühling gefällt werden. Es heißt, nur im Frühling ist der Saft der Birke ..."

„... in Wallung", beendete Martha den Satz. Sie hatte ein verzücktes Lächeln auf den Lippen und ihre Wangen leuchteten wieder in zartrosa. Der Sargtischler wirbelte herum und seine Schläfenhörnchen vibrierten, als er Martha ansah.

„Ich verstehe eine Menge von Birkenwasser. Und Platz haben wir genug im Haus, nicht wahr, Ferdinand?", flötete sie.

„Was?" Der Großvater zuckte zusammen, als er begriff, was das bedeutete. „Du willst, dass er hier bleibt? Bis zum Frühling? Aber –"

Ein lauter Seufzer des Sargtischlers ließ den Großvater verstummen. Oder waren es die Schläfenhörnchen, an denen sein Blick jetzt heftete? Voller Staunen beobachtete der Großvater, wie sie langsam, ganz langsam ihre Spitzen nach unten senkten, bis sie traurig herabhingen.

„Potz Blitz!", rief der Großvater und blinzelte verdutzt. „Wie haben Sie das eben gemacht?", fragte er und tippte sich mit den Zeigefingern an die Schläfen.

„Was meinen Sie?", fragte der Sargtischler und schielte nach rechts und nach links.

„Ihre Hörner. Eben standen sie noch nach oben. Jetzt zeigen sie nach unten."

Der Sargtischler lächelte farblos. „Ich weiß es nicht. Es passiert einfach. Und Sie? Wie machen Sie das?“, fragte er zurück und tippte sich mit dem Finger an die Stirn. „Wie kriegen Sie diese Zornesfalte hin?“

Der Großvater schielte nach oben. „Ich weiß es nicht. Es passiert einfach“, brummte er. Er schnaufte angestrengt. „Seltsam, jetzt kann ich es nicht mehr.“ Der Großvater verzog sein Gesicht zu haarsträubenden Grimassen, aber eine Zornesfalte wollte sich auch nach vielen Anläufen nicht mehr auf der Stirn zeigen.

Betula lachte laut los. „Wie du aussiehst!“ Und ihr Lachen sprang von Kehle zu Kehle. Erst zu Martha, dann zu Herrn von Gras und dann zum Großvater. Sie lachten, dass ihnen die Bäuche wehtaten. Und da konnte Betula es spüren. Der Fluch war gebannt.

Nachdem sich ihre Lachmuskeln ein bisschen erholt hatten, bat Herr von Gras Martha, ihm zu folgen. Betula und Großvater gingen ihnen neugierig nach, bis Herr von Gras vor dem alten Sarglager stehenblieb. Er schaute zu dem Schild auf, das über der Tür hing.

„Fröhliche Sargtischlerei M. K.“, las er laut die Worte vor, die Max Krummnagel in das Holz geritzt hatte. Einhundertundein Jahr hatten sie feuerrot geleuchtet, um den Besitzer der Werkstatt an seinen Auftrag zu erinnern. Nun waren sie verblasst.

„Das M stand nie für Max“, sagte der Sargtischler. Betula sah, wie er vorsichtig Marthas Hand nahm. „Das M stand immer für Martha.“

# Zweiunddreißigstes Kapitel

## In dem Betula auf dem Flohmarkt ihr neues Abenteuer erzählt

„Und so kam es, dass der fröhliche Sargtischler im Krummnagelhaus blieb. Er zog in das Kinderzimmer meines Vaters, das sich im oberen Stockwerk gleich gegenüber von Marthas Zimmer befindet. Und schon am nächsten Tag begannen wir, ein Regal zu bauen und es mit Einweckgläsern für die Wurmzucht zu füllen“, erzählte Betula und strahlte glücklich in ihr Publikum. Alle waren sie gekommen. Karton-Ede, Schrott-Benni, Lumpen-Trude und Fischbrötchen. Die Kinder waren natürlich auch da. Das Mädchen mit den roten Zöpfen, der strohblonde Junge mit der Brille und sogar der Junge mit der Tabakpfeife und noch viele andere Kinder. Wie ein Lauffeuer hatte sich die Neuigkeit verbreitet: Betula war aus den Ferien zurück! Sie hatte eine Geschichte mitgebracht! Jeder wollte dabei sein, wenn Betula sie zum ersten Mal erzählte.

Betula saß in ihrer hohlen Eiche. Die moosgrüne Wolldecke lag vor ihr. Heute lagen dort eine Farbdose, ein Brett mit fünfzig krummen Nägeln, ein Zeitungsartikel, ein Deutschheft und ein Tintenfass.

„Warum erzählt sie nicht weiter?“, fragte ein Mädchen ihren großen Bruder.

„Weil die Geschichte zu Ende ist, du Dummkopf.“

„Ist sie nicht!“, protestierte das Mädchen. „Betula hat gar nicht erzählt, ob die Krummnagelwerkstatt nun geschlossen werden musste.“

„Stimmt“, bemerkte nun auch der Bruder. „Hat denn Frau Grimm genügend Unterschriften gesammelt?“

Betula schmunzelte. „Nachdem der Fluch gebannt war, sprang Großvater alle paar Minuten auf, um in die Werkstatt zu laufen und einen Nagel ins Holz zu schlagen. So glücklich war er, dass sie nicht mehr krumm wurden. Am dritten Tag kam der Bürgermeister zu Besuch. Er hatte die Liste dabei und hielt sie dem Großvater unter die Nase. Zweihundert Unterschriften hatte Frau Grimm gesammelt. Der Großvater lachte nur laut darüber und reichte dem Bürgermeister das Brett mit den Nägeln. Ihr hättet den Bürgermeister sehen sollen, wie er darauf starrte. Einhundertundein Nagel standen so senkrecht darin, wie ein Lot zwischen Sonne und Erde in der brütenden Mittagshitze. Dann fragte der Großvater ihn, ob er die neuen Fenster für die Friedhofskapelle bauen dürfe. Als er am nächsten Tag die fertigen Fenster brachte, hat der Bürgermeister die Unterschriftenliste einfach zerrissen und in seinen Papierkorb geworfen."

„Aber was ist mit Sir William? Hat er sich nun in einen Käfer verwandelt?", wollte der strohblonde Junge wissen.

Betula überlegte kurz, dann nickte sie. „Ich bin mir sehr sicher. Am Tag meiner Abreise bin ich noch einmal in das Sarglager gegangen und ein kleiner Käfer setzte sich genau hier hin." Ihr Zeigefinger wanderte zur Nasenspitze.

„Aber woher willst du wissen, dass es Sir William war?", hakte ein Kind nach.

„Weil dieser Käfer ziemlich viele Haare auf seinem Köpfchen hatte." Die Kinder schienen mit dieser Antwort zufrieden.

„Hat der Sargtischler dir verraten, wie er das mit der Farbe macht?", fragte jetzt das Mädchen mit den roten Zöpfen.

Betula nickte. „Das wollte ich natürlich auch wissen. Er sagte mir, es läge an seinen Stiefeln. Seit er sie trug, konnte er Dinge mit Farbe anmalen. Ohne Pinsel. Einfach mit dem Herzen. Er hat sie von einer Zeitreise mitgebracht. Sie hatten neben dem Sarg gestanden, wie zwei gemütliche Pantoffeln vor dem Bett. Da der Sargtischler an diesem Tag vergessen hatte, seine Schuhe anzuziehen, waren ihm die Füße kalt geworden. So war er in diese Stiefel geschlüpft.

Seitdem hat er sie nicht ein einziges Mal ausgezogen, so herrlich fühlt er sich darin. Aber irgendwann will er sie zurückbringen."

„Ich würde sie behalten", rief ein Kind in der ersten Reihe.

„Zieht er sie denn nie aus, auch nicht, wenn er ins Bett geht?", wollte ein Mädchen in einem schneeweißen Kleid wissen.

Betula schüttelte den Kopf. „Nein."

„Sicher kleben sie an seinen Füßen fest und darum kann er sie nicht mehr ausziehen", sagte ein Junge und hatte ein cooles Grinsen auf den Lippen.

„Sie gehörten bestimmt einem großen Zauberer", rief Schrott-Benni über alle Köpfe hinweg.

Für einen Moment wollten sich alle von diesem Gedanken an den großen Zauberer mitreißen lassen. Betula konnte es an den verträumten Augen der Kinder sehen.

Doch da streckte der Junge mit der Tabakpfeife seinen Arm aus und rief: „Was ist das für ein Heft da auf deiner Decke? Von all den anderen Sachen hast du erzählt. Aber nicht von dem Heft. Ich habe ganz genau aufgepasst."

Betula nahm das Heft in die Hand. Es war ein altes Deutschheft. Auf dem Umschlag stand ein Name: *Augusta Gierzahn*. Betula hatte lange überlegt, ob sie es überhaupt mit auf die Decke legen sollte. Aber hätte sie es einfach zu Hause lassen und verschweigen sollen, dass Frau Gierzahn ...? Sie blickte in die neugierigen Gesichter der Kinder. Sie seufzte.

„Als ich Herrn von Gras erzählte, dass Augusta noch lebte, wollte er sie natürlich im Altersheim besuchen. Doch als wir dort ankamen, sagte uns Fräulein Frühling, dass sie gestorben sei." Ein kleines Mädchen fing zu weinen an, ein anderes nahm es in den Arm. „Fräulein Frühling holte einen Brief und die blaue Schachtel und legte mir beides in die Hände. So wollte es Frau Gierzahn. Ihr könnt euch sicher denken, was in der blauen Schachtel war?" Niemand antwortete. Alle nickten stumm. „In dem Brief schrieb Frau Gierzahn, dass sie sich wünschte, dass Frau Zwirnfitz die Goldene Häkelnadel bekommt. Es sei ein Geschenk aus Dankbarkeit. Denn nur durch Frau Zwirnfitz' Ehrlichkeit – sie hatte ja ihrer Mutter gestanden, dass sie das Häkelmuster genommen hatte – habe sie erfahren, wie leid es ihrer Schwester tat, dass sie und nicht Augusta zum Häkelwettstreit gegangen war. Nur so konnte Frau Gierzahn ihrer Schwester verzeihen und dafür war sie Frau Zwirnfitz sehr dankbar." Eine betrübte Stille machte sich breit, hier und da wurde genickt.

Doch Betula fuhr fort: „Frau Gierzahn wünschte sich einen Sarg mit lila Astern drauf. Und so habe ich also doch noch meinen allerersten Sarg gebaut." Sie lächelte stolz. „Beim Anmalen hat mir natürlich der Sargtischler geholfen. Und wenn ihr mir gut zugehört habt, dann wisst ihr auch, wo Frau Gierzahn beerdigt werden wollte."

„Auf dem Birkenwaldfriedhof! Neben Fleder und Maus!", riefen sofort ein paar Kinder.

Betula nickte. „Frau Gierzahns Beerdigung war die erste auf dem Birkenwaldfriedhof seit einhundertundeinem Jahr. Das wollte natürlich niemand verpassen. Beinahe die ganze Stadt war an diesem Tag da. Auch die Eisfrau war aus ihrem Fernsehsessel mit Vollautomatik und Heizkissen aufgestanden."

Betula schaute auf das Deutschheft in ihren Händen und grinste. „Augusta hat sich einen Spaß daraus gemacht, Schimpfwörter zu erraten. In diesem Heft hat sie diese Wörter gesammelt. Wie ihr seht, ist das Heft schon ziemlich voll. Aber ganz am Ende ist noch für ein paar originelle Beleidigungen Platz. Ich glaube, Augusta würde sich freuen, wenn wir gemeinsam die letzten Seiten füllen. Wenn ich sie das nächste Mal auf dem Friedhof besuche, werde ich sie ihr vorlesen."

Die Kinder schielten nach links und nach rechts, doch niemand traute sich.

„Dann mache ich den Anfang", rief Betula und zog einen

Stift aus ihrem Rucksack. „Ich habe euch ja bereits verraten, wie man mich auf dem Pausenhof nennt: Boh-nen-sta-nge“, sagte sie und schrieb es gleichzeitig ins Heft. Auffordernd schaute sie in die Runde. „Wer traut sich als nächstes?“

„Mich nennen sie manchmal Brillenschlange“, wisperte ein Mädchen in der ersten Reihe.

„Und mich Sitzenbleiber. Dabei bin ich nur einmal sitzengeblieben“, beschwerte sich ein Junge.

„Zu mir sagen sie immer Fettkloß“, gestand ein kleiner, dicker Junge und biss in eine Schokoladentafel. „Naja, ich esse viel, obwohl ich es gar nicht will. Aber es schmeckt mir so gut.“

Fleißig notierte Betula alles in Augustas Heft. „Wer traut sich noch?“

„Mich nennen sie Metallfresse“, nuschelte ein langer, dünner Junge durch eine riesige Zahnspange und erntete dafür eine Menge bedauernder Blicke.

Die nächsten Beleidigungen kamen nur so angeschossen: „Motzkuh!“ – „Hosenschisser!“ – „Rotzbacke!“ – „Popelfritze!“

Betula hatte Mühe hinterherzukommen. Es fing an, den Kindern Spaß zu machen.

Dann meldete sich sogar Schrott-Benni zu Wort. „Mich haben sie immer Matschbirne genannt“, rief er über die Kinderköpfe hinweg. Er lachte, dass die rostigen Schrauben in seinen Taschen nur so klapperten. Betula schrieb auch dieses Wort in das Heft.

„Und mich Lumpen-Trude“, rief Lumpen-Trude.

„Bist du ja auch“, entgegnete Karton-Ede, der neben ihr stand. Zur Strafe stieß Lumpen-Trude mit ihrem Fuß gegen seinen Karton-Turm, der sofort umfiel. *Rums*. Die Kinder lachten schallend.

„Und Sie, wie hat man Sie genannt?“, rief Fischbrötchen der Frau zu, die sich die ganze Zeit hinter den Kartons versteckt hatte. Alle Augen starrten auf diese fremde Frau mit den schönen blonden Haaren, die aussahen wie Sahnewellen.

„Mich haben die Mädchen in einem Ferienlager Klobrillenklette genannt. Einmal habe ich eine ganze Nacht auf der Toilette gesessen, weil kein Papier da war“, sagte die Frau.

„Warum schreibst du es nicht auf, Betula? Hast du nicht gehört, was die Frau gesagt hat“, rief das Mädchen mit den roten Zöpfen und diktierte: „Klo-bril-len-klet-te.“

Die Frau trat an die Decke heran. „Ich hatte ja keine Ahnung. Es tut mir leid, Betula. Ich hätte dich längst schon hier auf dem Flohmarkt besuchen sollen.“

Betula sprang auf die Füße und fiel ihr um den Hals. „Danke, dass du gekommen bist, Mama“, flüsterte sie.

Als Betula später die Sachen wieder in ihrem Rucksack verstaute, fiel ihr das Foto in die Hände, das Herr Wortklauber am Tag der Beerdigung auf dem Birkenwaldfriedhof geknipst hatte. Sie trug es seitdem immer bei sich. Alle waren darauf zu sehen. Der Großvater stand ganz rechts und zeigte stolz auf die neuen Fenster in der kleinen Kapelle. Daneben stand Frau Zwirnfitz mit dem blauen Kästchen in den Händen. Betula sprang gerade mit einer Gorilla-Grimasse durch das Bild, weil Frau Gulasch und Frau Grimm sie so blöde anstarrten. Wie immer, wenn sie sich das Foto ansah, blieb ihr Blick an Martha und Herrn von Gras kleben. Und wie immer wurde ihr ganz warm ums Herz. Herr von Gras hielt Marthas Hand. Seitdem er da war, wollte das Lächeln im Gesicht ihrer Großtante einfach nicht mehr verschwinden.

„Ich kann es gar nicht abwarten, euch alle wiederzusehen“, flüsterte Betula und steckte das Bild zurück in ihren Rucksack.

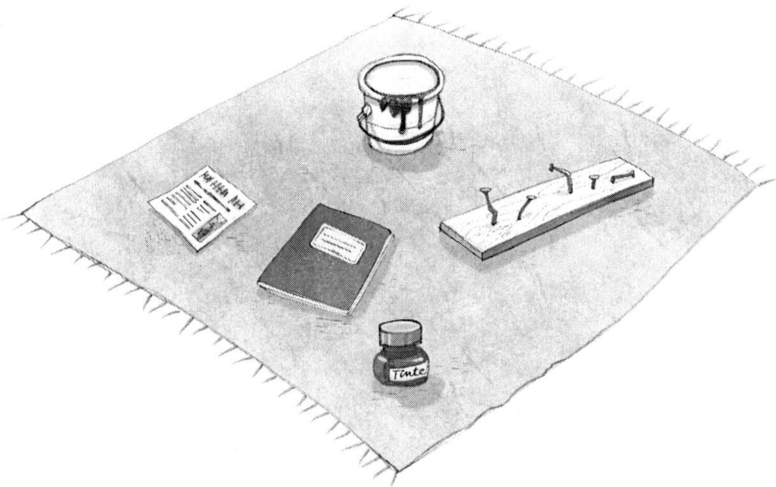
Tinte

# Ebenfalls erschienen

Birgit Bestvater:

**„Betula Krummnagel und der Fluch des fröhlichen Sargtischlers"**

Ein spannendes Abenteuer voller Särge, Holzwürmer und Geheimnisse.

mit Illustrationen von Katrina Lange

Softcover 192 S., 20,6 x 13,5 cm

ISBN Buch: 978-3-95996-063-2,
ISBN epub: 978-3-95996-064-9

Stephan Hähnel:

**„ Das Geheimnis der Gruselmühle**

Ein spannendes Abenteuer voller dubioser Kunst-Schmuggler, gepunkteten Mischlingshunden, ziemlich coolen Mädchen und mutigen Jungs. Mit Illustrationen von Ralf Alex Fichtner

Softcover, 134 S., 19 x 13,5 cm

ISBN: 978-3-95996-038-0

Besuchen Sie unseren Onlineshop.

Wir liefern innerhalb Deutschlands versandkostenfrei

**www.periplaneta.com**